Teclas Rotas

Paula Puerta

Para Tomás y Antonia,
por hacerme creer aun cuando ya no se puede,
por mantener mis demonios a raya
y por tener encendida esa luz
que siempre me señala el camino de vuelta a casa.

I

Si algo sabemos cuando nacemos es que, aunque no sepamos cómo, cuándo ni por qué, algún día hemos de morir. La muerte es el peor golpe que nos asestan; es el hecho más cruel porque nadie está preparado para ella aunque advierta su llegada. Los lazos a la vida, sean cualesquiera que sean en cada caso, te mantienen aferrado a cada nuevo amanecer sin que, por desgracia, eso sea suficiente para hacer desistir al aliento final.

Si muchos pensaron que al entierro de ella no faltó nadie, se equivocaron. Aunque no se recordaba sepelio más multitudinario, el caso es que, en el momento en que el capellán de la iglesia de Nuestra Señora de los Remedios oficiaba su misa de adiós, un hombre esperaba la salida de su vuelo sentado frente a las cristaleras del aeropuerto de Barajas. Mientras oía cómo la intensa lluvia golpeaba los cristales, cerró los ojos y casi por un momento pudo oler su dulzón y agradable perfume; por un instante sintió su mano agarrando la suya mientras dormían. Un fuerte dolor le oprimía el pecho. La llamada que anunciaba la apertura de la puerta de embarque lo sacó de sus pensamientos.

Cogió su bolso de mano, miró por última vez a través de ese ventanal y se preguntó cuánto tiempo pasaría antes de que su cara se le borrase de la mente. Se preguntó si algún día se podría perdonar a sí mismo por haberse rendido sin ni siquiera haber hecho amago de lucha.

A seiscientos kilómetros de allí, tres bellas mujeres vestidas de negro lloraban su pérdida, mientras un niño pequeño agarraba la mano de una de ellas. Las lágrimas recorrían sus rostros de manera discreta, mientras el cura

dedicaba unas bellas palabras para la joven que acababa de
ver   su   vida   truncada.

La fuerte lluvia que desde hacía días asolaba el pueblo malagueño de Estepona no cesó ni un solo instante. Por momentos parecía que el techo de este antiguo convento franciscano, distribuido en tres naves unidas por arcos de medio punto, se vendría abajo. El día no podría ser más triste, pensaba una de las mujeres, mientras otra recordaba lo mucho que le gustaban las tardes lluviosas a su mejor amiga, ahora muerta.

Una vez finalizada la misa, el ataúd -de acero- fue conducido desde el centro de esta irreverente iglesia, cuya torre es visible desde cualquier punto del municipio, de nuevo al cementerio, donde los restos recibirían cristiana sepultura por expreso deseo de la finada. Dos de las tres mujeres, después de darse un tibio beso en sus mejillas, tomaron caminos distintos. Una se montó en un coche oscuro con el niño aún cogido de la mano, mientras la otra recorrió a pie la calle empedrada hasta la casa de su amiga. Desde que una ambulancia se la llevara hacía ya una semana de allí, nadie se había acercado hasta el inmueble. Desde la calle pudo ver que una de las ventanas se había quedado abierta. "Seguramente habría entrado el agua", pensó.

Aceleró el paso y abrió el portón de madera. Subió las empinadas escaleras hasta el rellano donde estaba la puerta de entrada. Una vez allí, se paró para buscar las llaves en el bolso. "Ella siempre las perdía", pensó mientras esbozaba una sonrisa al recordarla. De repente, su leve sonrisa se tornó en llanto, un llanto amargo y desesperado, mientras continuaba buscando el llavero. Sin darse cuenta ya no lloraba, gemía. Ya no buscaba, daba manotazos. El bolso cayó al suelo y las llaves aparecieron de repente. Se sentó en uno de los escalones junto a la puerta y con la cara entre sus manos, lloró desesperadamente, con amargura.

El sonido del móvil le hizo levantar la cara del regazo. Allí estaba el maldito teléfono, junto a las llaves. En la pantalla, un nombre de mujer. No lo cogió. Se enjugó las lágrimas con la manga del jersey y se incorporó al tiempo que recogía el llavero del suelo. Entonces metió la llave en la cerradura y abrió.

La casa estaba en silencio. Todo recogido e impoluto. Entró en el salón y lo recorrió con la mirada. Al ver la enorme mesa en el centro de la estancia cerró los ojos. Imaginó las noches que allí pasaron entre amigos, entre risas; la alegría siempre había reinado en aquel especial lugar. Dio la vuelta a la mesa y se fijó en las copas y en los platos de porcelana inglesa que estaban dentro de una vieja vitrina restaurada. Ahora, las lágrimas caían con tibieza por su cara mientras sonreía de nuevo. El desconsuelo había dejado paso a una enorme paz. Cerró la ventana que estaba abierta y recogió el agua que estaba en el suelo. Revisó la cocina y el cuarto de baño. El cepillo de dientes, sobre la encimera. Lo metió en el vaso de cristal junto a la pasta de dientes. Cerró la caja de su perfume, no sin antes olerlo. ¡Cuánto la quería! ¡Cuánto la iba a echar de menos!

Las estancias de la casa olían a ese ambientador de siempre mezclado con su perfume: una mezcla de aromas de naranja, mandarina, bergamota con notas de rosas, jazmines italianos, mimosas y alguna flor oriental. Todo era familiar. Recorrió el pasillo mirando las fotos que colgaban de las paredes. Ella aparecía en muchas de esas imágenes.

Todo había sucedido tan rápido que ni siquiera podía creerlo. Al llegar a su habitación vio desde el umbral de la puerta la cama deshecha solo por el lado izquierdo. El derecho estaba ocupado por los cojines apilados. Últimamente tenía esa costumbre, la de usar solo una parte; la otra, vacía.

Al llegar a la cama cerró el libro que aún estaba abierto y puso las gafas de ver sobre su lomo. Apagó la lámpara de la mesita de noche, que con las prisas se había quedado encendida. Se sentó en el borde y se quedó un buen rato mirando el gran ventanal por donde la luz se colaba para iluminar aquella estancia de una manera sutil. Miró las zapatillas que estaban a sus pies y la bata, en la parte baja de la cama. Pensó en qué haría o en qué debería hacer con sus cosas. Decidió que no tocaría nada y que todo se quedaría tal y como estaba. A fin de cuentas, a nadie le importaría y a ella le hubiera gustado que todo siguiera así. "Eso sería lo mejor", pensó mientras se levantó a cerrar las cortinas. Desde el ventanal volvió a mirar la cama y entonces la angustia se volvió a apoderar de ella. ¿Habría imaginado aquella noche en algún momento que su final estaba tan cerca?

Se quitó los zapatos y se acurrucó sobre ese lado izquierdo. Se echó la manta que había en los pies y se quedó dormida. Al despertar no sabía cuánto tiempo había pasado. Hundió su cara en la almohada. Quería sentirse cerca de ella. Quería recordar siempre ese olor que algún día terminaría por borrarse de allí. Cerró de nuevo los ojos y repasó sus vidas. Por su mente pasaron miles de imágenes, ella siempre riendo. Trató de dormir de nuevo y deseó con todas sus fuerzas soñar con ella para verla, para tocarla, para pedirle perdón. Ahora era consciente de cuánto la había dañado, quizás porque siempre quiso ser como ella, porque quiso ser ella y porque a lo mejor quiso tener lo que ella había tenido. Entonces se dio cuenta de lo paradójica que era la vida. Su amiga estaba muerta y ella estaba viva, pero más sola que nunca. Cerró los ojos, presa de su propia vergüenza.

El móvil volvió a sonar…

II
María

Hoy me he levantado como todas las mañanas: muerta de sueño. ¿Por qué? No lo sé. No hubo sexo, no vi la tele y ni siquiera leí un libro. Creo que me quedé dormida por aburrimiento, pensando en mañana, que ya es hoy. Nada que hacer en especial, ningún plan, y lo peor, nada que me motive a levantarme.

En cuanto he abierto los ojos he mirado el móvil. Ninguna llamada ni mensaje alguno. No había alarma puesta y él ya no está. ¡Gracias a Dios! He sonreído, creo, cuando he recordado cómo hace años me regodeaba en la cama, que aún era nuestra, después de una noche eterna de sexo. De aquello ya no queda nada. Ya ni siquiera me levanto para vestir al niño para ir al colegio. Hace tiempo que me dieron por loca y ya se ocupa él de todo. Yo me limito a ir al psiquiatra dos veces al mes con el fin de que me siga recetando las pastillas que se convirtieron, hace el mismo tiempo, en mis fieles aliadas en la búsqueda del ansiado sueño que supongo anhelan las personas que son como yo.

Mi amiga Clara siempre me dice que mi mejor medicación sería irme de casa y dejar de aguantar al impresentable de Álvaro. A veces pienso que tiene razón, pero ¿qué me espera allí fuera? Me muero de pánico con solo pensarlo. La he llamado. Me encanta oír su voz por las mañanas. ¡Está siempre tan contenta! Le he contado las cosas de siempre: que Álvaro llegó tarde para variar, que traía unas copitas de más, que le grité, que ni me contestó, que ya estoy harta, que un día de estos cojo al niño y me marcho de casa… Las mismas historias de siempre, las mismas quejas y los mismos consejos.

-No digas las cosas y hazlas. No puedes seguir así. Está acabando con tu vida…

-¡Qué fácil es dar consejos cuando tu vida es perfecta! -Una risa irónica al otro lado del teléfono.

-Sí, perfecta. Bueno, ya sabes que cuentas conmigo. Solo tienes que avisarme y me encargo de todo. ¡Por Dios, María, pon fin a esto! -Silencio-.

Oye, ¿por qué no me mandas al peque unos días? Lo pasaremos bien y tú puedes aprovechar para hacer cosas como salir, yo que sé... Bebe unas copas por ahí. -Silencio otra vez-. Mejor, ¿por qué no os venís los dos? ¡Me haríais tan feliz!

-Clara, te dejo, que tengo cosas que hacer. -Ahora la que sonrío soy yo, porque me siento muy estúpida al decir esa frase, cuando las dos sabemos que no tengo nada que hacer ni hoy, ni mañana, ni nunca.

Estoy harta de mí, de Álvaro y hasta de mi pobre hijo. A veces le miro y me pregunto si en realidad le quiero. Me siento tan ruin cuando pienso en esas cosas que hasta creo que lo mejor que me podía pasar es cerrar los ojos y no despertarme nunca más. A veces también me pregunto cómo he podido llegar hasta donde estoy. Todos piensan que mi vida es ideal: una casa de ensueño, el matrimonio perfecto, un hijo guapísimo, un negocio próspero (el de Álvaro), un cochazo en la puerta, viajes dos veces al año. Entonces es cuando estallo en carcajadas mientras se me caen lagrimones como puños. Tiro la copa que he cogido con el zumo y la estrello contra la cocina de mierda que nunca llegó a gustarme.

Ni siquiera me gusta la casa. Aunque mi terapeuta, que no psiquiatra, a la que también voy otras dos veces en semana, nunca me dice nada y solo me pregunta qué siento cuanto pienso en esto o cuando pienso en aquello, a mí me sirve de mucho. Decir en voz alta las cosas que luego me quiero ocultar es todo un alivio, y es que en realidad soy un caso. Con decir que una vez dejé de fumar y cuando volví lo hacía a escondidas de mi madre, para luego dejarlo a ojos de Álvaro... En resumidas cuentas, que fumaba a escondidas de mi madre, de Álvaro y hasta de mí misma, que salía de casa y andaba un kilómetro para fumarme un pitillo de tres grandes chupadas como si no lo estuviera viendo. Cuando pienso estas cosas es cuando realmente me doy cuenta de que o estoy loca de atar, o bien siempre he querido satisfacer a todos olvidándome de mí misma como dice Clara, que en el fondo es quien yo querría ser.

Yo la quiero como todos y cuando le regaño porque la noche anterior se la cogió de aúpa y hoy no puede con su alma, y me dice que encima Chema se ha enfadado con ella porque no llegó a una cena de negocios en la que la estaban esperando, ella alega en su defensa que hace años que aprendió a quererse, a perdonárselo todo, y que eso es justo lo que yo debería hacer también. Es escritora, de libros que hacen llorar y reír, que emocionan y que se venden como rosquillas. Es una fuera de serie, aunque en realidad para mi gusto era mejor periodista que escritora, pero tuvo una crisis de personalidad y en lugar de ponerse en manos de especialistas, como hago yo, hizo las maletas y puso tierra de por medio. De eso hace unos cuantos años, muchos berrinches y millones de cosas más.

Lourdes, alias Lulú, que es mi otra amiga y una comehombres de tócame Roque, además de la tía más falsa de la faz de la Tierra, también quiere parecerse a ella, pero en este caso todo va más lejos porque se corta el pelo igual y la llama "Superclara". Es una gilipollas. A pesar de que se trata de un adjetivo que aparece en el diccionario como modo vulgar de gilí, que a su vez es la forma vulgar de llamar a un tonto, no se lo puedo decir a la cara por más que yo quiera. A lo que iba, que Lulú siempre dice que de las tres yo soy las más guapa y yo lo pienso también. ¿Por qué no? Ahora me siento como un saco de patatas, pero es por la cortisona que me tomo por el maldito asma y por la enfermedad de Crohn. Y es que a mí me tiene que pasar de todo.

Mi alergólogo dice que es un cuadro de estrés reconvertido en un asma alérgica severa; de mi internista y lo que dice mejor no hablamos. Así es que, en definitiva, entre las pastillas para dormir, los antihistamínicos, los corticoides y el aerosol, me he puesto más llenita, sobre todo en la barriga. ¡Un tonel, vamos!

Pero ¡qué más da! Bueno..., qué más da, qué más da... tampoco. Debería ponerme un poquito a dieta y hacer ejercicio. Dicen que el Pilates va genial. Clara juega al pádel y Lulú tiene el trasero tan firme de nacimiento que sería capaz de partir nueces con él si así fuera necesario. Después de comer la llamaré. Está teniendo una aventura con un político. Clara, que lo conoce, dice que es un tipo muy guapo pero un poco tontín. Lulú se troncha de la risa cuando lo oye y dice que para qué quiere un listo si apenas tienen tiempo de charlar. Ella es así. Le gusta el sexo y debe ser una máquina, porque todos los hombres que han pasado por su vida han terminado profundamente afectados en cuanto ella ha puesto el punto final. Clara siempre le dice que en realidad iba para hombre, pero un giro del destino la acabó convirtiendo en mujer. Yo pienso que menos mal que fue así. De haber nacido hombre hoy habría destrozado millones de vidas de mujeres, entre las que podría estar yo.

Las tres tenemos que ver en parte con Estepona, que es un pueblo de Málaga. Lulú es madrileña, pero llegó hasta allí con tres años después de que sus padres decidieran cambiar de vida y de aires. A mí me han contado que en realidad el padre de Lulú tuvo que esconderse en ese lugar porque tenía a tantos cobradores del frac detrás que ya no sabía dónde meterse. Ella, cuando terminamos el colegio, volvió allí y es donde ha vivido desde entonces.

Teniendo en cuenta su rica vida sexual y que Estepona tiene 65.000 habitantes, Clara y yo creemos que en breve tendrá que irse porque no le quedarán hombres con los que darse un revolcón. Ella, a la que estas cosas le hacen gracia, nos contesta que no nos preocupemos por eso, que mejor empleemos ese tiempo en hacer bicicleta estática, que nos hace más falta. ¿Tú te crees? Clara se parte de la risa, pero yo es que estos comentarios me los tomo todo muy a mal. Siempre va a lo suyo, es muy egoísta y siempre fue más amiga de Clara que mía. Será porque ella sabe que yo nunca la soporté demasiado.

Clara es de Estepona, nacida allí y criada allí hasta los dos años. Su madre era puta. Ya sé que suena fatal, pero es que es la verdad. Una puta muy buena, pero puta... ¡Qué le vamos a hacer! Como los horarios de ese trabajo son tan complicados, pues la metió en un colegio de monjas en Ronda, donde nos conocimos las tres y donde la cuidaron hasta que se fue a estudiar la carrera. He pensado cientos de veces en esos cuestionarios que dan en los colegios, esos en los que preguntan por la profesión del padre o de la madre... Quiero pensar que en el caso de Clara alguien pondría que su madre era ama de casa, que es una profesión más normal, digo yo.

Me he puesto a mirar fotos. Hoy estoy melancólica. Aún guardo un montón de álbumes de cuando éramos pequeñas y no existían las cámaras digitales. Fotos de los veranos en mi casa de Estepona, en la de mis padres. Una bonita villa con piscina al borde del mar. Mis padres se la compraron a un señor inglés por catorce millones de pesetas, de aquellas de entonces. La primera vez que la vi no podía creer lo especial que era. Había jarrones de barro gigantes con plumones por todas partes, azulejos pintados de azul en la enorme cocina y unos sillones de obra en el salón. La casa era y es enorme. También recuerdo que había unos mapas gigantes colgados de las paredes que llegaban del techo al suelo. Eran mapas antiguos enmarcados. La casa tenía y tiene forma de ele y un porche sujetado por vigas de madera. Mi madre cambió los suelos de barro por unos de mármol, modificó la distribución, tiró los cuadros en un alarde de analfabetismo y un montón de cosas más que convirtieron mi mágica casa en una propia de nuevos ricos. Dejó de tener ese encanto mediterráneo que tanto recuerdo para convertirse en un mausoleo arquitectónico cuyo punto álgido obtuvo cuando decidió cambiar las viejas vigas de madera del porche por arcos de medio punto de obra, coronados por una Virgen del Rocío en cerámica. Mi hermano, sin embargo, cree que la guinda fue la colocación de un pez que parece hecho por las manos de un niño en la piscina a modo de fuente inexplicable. Pero para inexplicable las ocasiones en las que mi madre se pregunta por qué aún ninguna revista de decoración se ha interesado por hacerle fotos a su magnífica casa, que para más inri se llama "El cortijo de Tere".

Vuelvo a las fotos en ese cortijo que nunca lo fue. Clara vino un par de veranos, con el permiso de su madre, por supuesto. Me tengo que reír al verla con esas braguitas de bikini que siempre le quedaban grandes, porque mira que comía mal la condenada. En esta sale guapísima. Tiene el pelo muy largo, pelirrojo y lleno de rizos. Había tomado mucho el sol y su cara estaba llena de pecas. Tiene la cara manchada de helado y está sonriendo. Yo estoy al lado y estoy llorando. ¡Vete tú a saber por qué! Mi madre siempre me cuenta que una vez me trajeron los Reyes Magos una muñeca que lloraba. Mientras la tuve en funcionamiento lloré porque ella lloraba y, cuando se le acabaron las pilas, seguí llorando porque ya no funcionaba. Total, que a más de uno le dieron ganas de darme un guantazo. Ahora lloro lo mismo, pero por otros motivos. De hecho, ahora mismo me he puesto a llorar y no sé bien por qué. A lo mejor es solo porque me siento sola o vacía. No sé dónde he leído que la vida, cuando más vacía, más pesa.

Janet, mi asistenta peruana, acaba de llegar. Se empeña en llamarme señora, y mira que le digo que me llame María, que me gusta más y que me hace sentir más joven. Le tengo muchísimo aprecio, no solo porque me hace compañía, sino porque es inmensamente trabajadora y echada para adelante. Si Vileda la conociera le darían un cargo directivo, porque todo lo limpia en un pispás con la bayeta especial para cristales y un bote de amoniaco. Pone todo patas arriba para luego ponerlo patas abajo y encima me da charla mientras lo hace. Y mientras hace todo eso, todavía tiene tiempo de echarme la bronca por andar descalza. Dice que si no me pongo zapatillas se me estropearán los dientes. No sé qué narices tiene que ver una cosa con la otra, pero, por si acaso, ahora antes de estar sin zapatillas me lo pienso dos veces.

Ring, ring, ring...

Es Álvaro. Paso de coger el teléfono. Ring, ring, ring. Ahora el fijo. Lo coge Janet: "La señora no está... No lo sé, señor. Ha debido ir al supermercado. Salió pero no me dijo dónde iba".

-El señor parecía malhumorado -me dice Janet cuando cuelga el teléfono. Ha aprendido a mentir por mí.

No le contesto. Las dos sabemos que él siempre lo parece y lo está. Janet ha puesto música y de nuevo ha sonado el teléfono. Un día de estos, lo juro por Dios, voy a tirar el móvil a hacer puñetas y el fijo lo voy a arrancar de la pared de un tirón.

-Señora, el señor Chema está al teléfono -dice ahora Janet, mientras me pasa el inalámbrico.
-Hola, guapa. ¿Cómo estás? -Tiene un ligero acento extranjero, porque en realidad es medio holandés. Al oírle pienso en que tal vez debería haberme echado un marido de fuera. Todos los que conozco son tan educados...-. Veras, te llamo porque quiero darle una sorpresa a Clara.
-Cuéntame. -"¿Por qué narices no tendré yo un marido así?", me pregunto. Ahora mismo creo que me muero de la envidia.
-Voy a pedirle que se case conmigo. -La respiración ya se me ha parado. El corazón, también-. Quiero que la pedida sea algo especial. Estoy organizando una comida con todos nuestros amigos. Quiero que sepas que será la semana que viene, el lunes.
-Cuenta conmigo.
-¿Crees que dirá que sí? -Las dudas no son propias de alguien como él. Sin esperar a que responda prosigue. Está nervioso-: Bueno, que lo que quería decirte es que te he

sacado los billetes del AVE de las diez de la mañana. Espero que te venga bien.

-Me viene genial. -Me río, es emocionante. Pienso en la cara de Clara. Me río más. Puede que le diga que no, pero al menos nos habremos pegado la comilona padre.

-Pues nada, nos vemos el lunes. Un beso, María, y gracias, como siempre, por todo.

Me quedo petrificada en el sillón, pensando en ellos. Pensando en por qué a mí no me pasan esas cosas, por qué Álvaro no conoce a alguien, como le ha pasado a algunas amigas mías, y se fuga con ella. Ese es mi sueño, que se marche de casa y me deje en paz.

Ring, ring, ring, aún tengo el teléfono en mi regazo. Y lo peor, aún sigo en camisón a pesar de que hace ya más de tres horas que me levanté de la cama.

-¿Sí? -contesto.-Soy yo otra vez. Es que se me olvidó decirte algo. Es un favor...

-Sí, dime. Lo que quieras.

-Veras, como tu AVE llega a las doce y cuarto, necesito que te esperes allí hasta la una y cuarto, para que recojas a mi amigo Gonzalo. Él llegará en el siguiente y no conoce Madrid. Lo esperas y ya venís juntos al restaurante. Sé que es un favor enorme hacerte esperar una hora, pero es que no se me ocurre una solución mejor.

-Sí, no te preocupes. No pasa nada. ¿Cómo sabré quién es?

-Le he dicho que lo esperarás en la escultura que hay junto al jardín botánico. El hombre de las maletas. Ya le he dicho que eres una rubia guapísima. Él es alto y moreno. Un poco hombre de Cromañón. Lo reconocerás. Tiene gafas.

-Vale. Cuenta con ello.

-*Thanks, pretty!*

-¡Oh, cómo me gusta cuando dice esas cosas!

III
Clara

Suena una canción a lo lejos. Casi no puedo oírla, pero la melodía, que no identifico, me gusta. Hoy me he levantado demasiado pronto, tenía muchas cosas que hacer. Apenas ha amanecido y ya parece que el día será maravilloso, de esos días de primavera tan característicos de Madrid.

Hace diez años que volví, pero ya había vivido antes aquí. De mi época universitaria recuerdo especialmente los días navideños del centro. Entonces pensaba que no había nada mejor que pasear por la Plaza Mayor y alrededores. El olor a invierno y a castañas. Pero ahora casi prefiero los días soleados, cuando no hace demasiado calor. Uno de los mejores regalos que me ha dado la vida ha sido esta casa con vistas al Retiro. Es maravilloso levantarse en pleno centro y asomarse a la ventana. Me encanta este lugar, cada rincón.

Pero eso va por momentos. También echo mucho de menos Estepona, a mis amigas y a mi madre, pese a todo ¡Hace tanto tiempo que no hablo con ella y mucho más que no la veo! Me he acordado de Elvira, ese es su nombre, porque me he tomado el café sentada en la mesa de mi despacho donde tengo solo una foto, la suya. Es antigua, de hace tantos años que no sé ni siquiera dónde está hecha. Debo tener unos cinco años. Parece verano porque lleva un traje muy descocado, pero eso en ella no es garantía de nada. Me está abrazando y las dos estamos sonrientes. Es una foto en blanco y negro. Una foto que me encanta. Es lo poco que tengo de ella, pero hasta me parece suficiente. Nunca pudo darme más. Es la única foto que hay en toda la casa. Hay varios motivos que hacen que eso sea así. El primero y fundamental es que, cuando hay fotos y pasa algo, como una separación, a veces se quedan en una especie de limbo, se reparten y acaban guardadas en el fondo de un cajón. O, por ejemplo, lo que le pasó a mi amiga Lourdes cuando se enrolló con un tío que tenía fotos de su ex por todas partes.

Siempre decía que era indescriptible lo desagradable que resulta tener un orgasmo, abrir los ojos y verla a ella, a la ex... A mí hacen gracia los comentarios de Lulú, a pesar de que en realidad opino que era una falta de respeto hacia ella. En definitiva, que mejor no tener fotos impresas en ningún sitio, porque así la de mi madre, al ser la única, toma importancia. La importancia que para mí tiene. Porque, digan lo que digan y sea lo que sea, yo siempre la he querido como supongo que los hijos quieren a sus madres.

El día que hicimos la Primera Comunión, en el colegio interno de monjas en Ronda, recuerdo que debían estar todos los padres allí sentados excepto los míos. Nosotras, en primera fila. Yo estaba inmensamente feliz, porque estaba con mis amigas y con sor Josefina, lo más parecido que he tenido a una madre. El vestido que me habían puesto las monjas era precioso, realizado en una tela que ellas llamaron plumeti. Estaba tan encantada con aquel delicado vestido y con la corona de florecitas que colocaron en mi cabeza que apenas pensé en que nadie hubiera venido a estar conmigo ese día. Más allá de mi madre no tenía familia, al menos que yo supiera.

No la esperaba cuando de repente el cura se calló y yo giré la cabeza. Todos estaban mirando hacia la puerta. Allí estaba ella. Tan espectacular, tan divina, tan única... Todos parecían escandalizados; yo, orgullosa. Llevaba una falda por encima de la rodilla de plumas en rosa claro y unos tacones altísimos del mismo tono. Arriba no recuerdo lo que llevaba puesto, pero sí sus bonitas piernas, su pelo recogido en la nuca y un mechón sobre el ojo derecho. Su pelo era frondoso y brillante; su cara, más bonita si cabe. Siempre ha sido muy guapa. La más guapa. Una sonrisa indescriptible, que muchos dicen que yo heredé. Si eso fuera cierto ya serían dos las cosas que tengo de ella, lo que me produce una leve sonrisa de satisfacción.

La Comunión fue un escándalo. Mis amigas se reían y yo más. Ella, en su línea, recorrió el pasillo central hasta llegar a la bancada donde yo estaba sentada para darme un centenar de besos sonoros de esos que suelen dar las abuelas, ajena o no, a que había conseguido paralizar la ceremonia. Cuando paró de darme besos se sentó en la fila de las niñas que hacían la Comunión, un tanto alejada de mí. Cada vez que la miraba me guiñaba un ojo. Siempre fue un poco descarada -para qué nos vamos a engañar- pero a mí me encantaba tener esa madre y no otra.

De los pocos días que dormí en la que yo suponía era su casa, se enfadó conmigo y me dijo que Dios me iba a castigar de manera que al despertarme por la mañana tendría otra madre, una Tere, que es la madre de mi amiga María. Que es una madre fenomenal, pero una madre de las normales, de las que, según me decía la mía, tienen la capacidad de retorcer el brazo de un niño con una mano, mientras con la otra le tortea el culo. Aquella noche no quería dormir por si acaso el maleficio de mi madre se cumplía. Ella era así y es así. El cura Pepe no dejaba de mirarla. Seguro, porque en el fondo, debajo de aquella sotana había un hombre, uno como todos los demás que estaban en aquella iglesia. No le quitaba los ojos de encima, mientras intentaba disimular. Pero el momento culmen estaba por llegar: la Comunión. Ella se acercó al altar, entre los murmullos de todos, y comulgó. ¿Quién le iba a decir que no? Ella era puta, sí, pero confesa. Y además de pagar mi colegio, hacía importantes donativos anuales, como cuando pagó la reforma de los dormitorios. Cualquiera le negaba aquella hostia consagrada...

Cuando acabó la misa, se acercó y sin decir más que "estas preciosa", en un medio susurro, me besó la frente, se dio medio vuelta y se marchó. Tarde dos años más en volver a verla. Dos años que pasé en aquel colegio, mi casa. Dos años con sus días y sus noches, con sus Navidades, Semanas Santas y veranos. Aunque suena triste, no lo es tanto. A veces me daba permiso para ir a casa de mis amigas unos días en verano, pero el resto lo pasaba en aquel antiguo convento.

Tras aquel tiempo sin vernos, empezó a venir a verme unas dos veces al año. Después llegó la universidad. Cuando acabé COU, el mismo día en el que nos daban las vacaciones, me envió un coche con un chófer que me llevó hasta Madrid. Aquí tenía un piso alquilado y una cuenta corriente con un montón de dinero. Una nota en la encimera:

"Cielo mío, tendrás que perdonarme una vez más. No he podido ir a recogerte, pero sé que lo entenderás. Te he elegido este piso pensando en que te gustará vivir cerca del campus universitario. Yo no entiendo de esas cosas, pero sor Josefina me dijo que querías estudiar Periodismo. Me siento muy orgullosa de ti. ¿Te lo he dicho alguna vez? Si no lo he hecho, será porque se me ha pasado. ¿Ves? De nuevo, mil perdones. Busqué un sitio cerca de esa facultad. Si no te gusta, llamas a la madre Josefina y se lo dices, ella se encargará de todo. Como ya eres mayor de edad verás que en el primer cajón de la cocina hay una cartilla con los ahorros que he guardado para ti, para cuando llegara este momento. Adminístralo y estudia mucho. Serás la primera mujer de mi familia, de todas las generaciones que se recuerda, con un título universitario. Te quiero más que a mi vida y quiero que sepas que eres lo mejor que he hecho desde que empecé a respirar. Prometo ir a visitarte y cuídate mucho.

Tu madre, Elvira."

Con esta nota, que guardo entre la foto de mi madre y la madera de atrás que la sujeta el marco, Elvira se ocupó del resto de mi vida. Eso sí, nunca cumplió su promesa y jamás vino a verme en todos estos años. Aunque yo la esperé durante los cinco primeros, los mismos que tardé en estudiar Periodismo, ella no vino jamás. Sor Josefina murió antes de que acabara la carrera, dejándome un poco huérfana. Mi cuenta corriente nunca se acabó, gracias a que desde algún lugar desconocido me ingresaban dinero de manera regular. Aunque el piso alquilado de Francos Rodríguez no me gustaba demasiado por su falta de luz, decidí no cambiar de vivienda en todo ese tiempo por si acaso ella venía y no me encontraba. El día que decidí volver a Estepona, después de acabar los estudios y tiré de la puerta no pude evitar llorar porque pensé que de esa manera estaba rompiendo el delicado cordón umbilical que nos unía ¿Cómo iba a saber ella ahora dónde estaba yo?

Estoy desnuda delante del espejo. Me estoy mirando la cara de cerca. Se me va notando la edad. Hay arrugas ya alrededor de mis ojos. Son pequeñas, pero serán la antesala de lo que está por venir. En realidad me importa poco. Estoy en contra del bótox, creo que envejecer con naturalidad es lo mejor para una mujer. Ahora mismo, mentalmente, estoy haciendo una lista de un montón de mujeres, entre 60 y 70 años, que siguen siendo espectaculares. Cada arruga, imagino, es la señal de una vivencia, así es que yo quiero tener muchas.

Miro mis pechos. Están igual que siempre. Mis caderas, lo mismo. Mis muslos, aún firmes. A fin de cuentas, solo tengo 33 años y jugar al pádel casi a diario, si el trabajo me lo permite, supongo que ayuda. Miro mi vientre, está plano y también definido. No puedo evitar sentirme triste. Quiero ser madre, aunque se me caigan los pechos, se me ensanchen las caderas o se me llenen los muslos de celulitis. Quiero tener un bebé al que achuchar, que huela a colonia; quiero mirarlo mientras duerme y quiero redimir a mi madre con él. Lo quiero, pero no puedo tenerlo. Y quiero olvidar este asunto, pero tampoco puedo. Cada vez que me miro en el espejo o veo alguna madre en la calle no puedo evitarlo. Anoche, mientras cenábamos en una terraza de un restaurante en Chinchón, un bonito y pintoresco pueblo de Madrid donde solemos ir a cenar, había una mujer embarazada con una barriguita preciosa. Su marido se la acariciaba distraído mientras hablaba con otro hombre sentado en su mesa. Sentí tanta envidia que miré hacia otro lado. Siempre he sido muy supersticiosa, motivo por lo que temí que ese pensamiento pudiera causarle algún daño al bebé que está dentro de ese vientre que yo tanto envidiaba sin poder remediarlo.

-¿Por qué estás tan callada? -dijo Chema mirando a la misma mujer embarazada. No contesté. La cena terminó y los dos volvimos en el coche sin dirigirnos la palabra.

Chema es muy inteligente. A veces creo que lee mi pensamiento. Cuando llegamos a casa, seguíamos callados, pero me desnudó lentamente en la entrada y me llevó de la mano hasta nuestra cama. Me tumbo despacio y se recostó encima, tranquilo, sin oprimir. Delicado como es él. Hicimos el amor despacio, mientras me besaba en el cuello. En ese instante sentí que me miraba como imagino que miran las personas que saben querer, que saben hacer felices a quienes aman y aquellas que saben hacer parecer todo eso. Me miró fijamente con ternura, tanta que no pude evitar decirle: "Yo también te quiero." Él sonrió. Ahora, la que había leído su pensamiento había sido yo, olvidando que es él el que no quiere ser padre.

Esta mañana cuando me desperté él ya no estaba. He dormido toda la noche enroscada en su cuerpo, como hago siempre hasta cuando estoy enfadada. Estaría tan dormida que no he notado que se había levantado. Se ha debido ir muy temprano, porque yo he madrugado muchísimo y él ya no estaba. Creo recordar que hoy tenía una reunión importante, y así sería porque ni siquiera ha tomado café. No había ninguna taza en el fregadero.

Lleva días especialmente contento. Me mira como si me ocultara un secreto y hasta a veces se ríe, lo que me hace pensar que estoy en lo cierto. En el fondo que él parezca tan perfecto y tan especial me hace sentir peor, olvidando ese baúl en el que guardo las miserias que he ido coleccionando todos estos años, porque, como todos, yo guardo un secreto. Mejor dicho, es mi corazón el que lo guarda y lo atesora. Cuando late yo intento no escucharlo, pero es tan intenso que mi pensamiento y la razón no consiguen ponerlo a raya. Mi amigo Rafael Pérez siempre me decía que mi corazón se parecía a los caballos pasados de clase y yo me sentía halagada, hasta que descubrí que esa expresión hace referencia a los ejemplares con los que ya no hay nada que hacer. Aquellos que no se pueden domar y que no atienden a razón alguna. Va a ser que después de tantos años le tendré que dar la razón a Rafael. Le echo de menos también. Es otra persona que me dejó hace ya un par de años. Era mayor para algunas cosas y demasiado joven para morir, pero al menos me consuela que vivió la vida como quiso, a su manera y disfrutó todo lo que pudo. Alguien a quien es imposible olvidar y en quien yo no quiero dejar de pensar ni un solo día. Aunque esa es otra historia.

Las historias de cada cual son únicas en sí mismas. Nada más hay que vernos a nosotras tres. El viernes pasado, que salí a tomarme unas copas con unas excompañeras de trabajo y acabé bebiéndome hasta el agua de los floreros, me dio llorona. Hasta tal punto que a última hora de la noche, cuando se me acercó un chico muy guapo, se me saltaron las lágrimas. El pobre pensaría que me estaban emocionando toda la sarta de tonterías y cursilerías que me estaba diciendo, cuando en realidad ni siquiera le estaba escuchando. Lloraba porque pensaba en lo distinta que discurre la vida, en que nada termina siendo como uno había soñado. La mía en concreto no tiene nada que ver con lo que yo hubiera deseado, pero aun así no debería quejarme, porque a efectos prácticos tengo todo cuanto alguien puede desear. Todo menos una cosa; o tal vez no solo sea una.

Aquella noche pensaba en María. La primera vez que la vi yo estaba en lo alto de la escalinata del colegio. Hacía un calor terrible. Vi el coche llegar a lo lejos y busqué su cabecita entre los ocupantes de aquel Seat que se acercaba por el sendero que va desde la verja principal hasta la entrada del convento, que es donde yo estaba agarrando a sor Josefina. Me sudaban las manos de los nervios. No había podido dormir en toda la noche. Me habían dicho la tarde anterior que iban a venir dos niñas de mi edad este curso y yo estaba como loca de contenta. Debía tener alrededor de cinco años.

El coche se fue acercando hasta que llegó a nuestra altura. Entonces, y solo entonces, la vi. Estaba rellenita y tenía una cara redonda y preciosa. Había vomitado, tanto que olía antes de que ella se bajara del coche. Llevaba cara de pocos amigos y un vestido que me pareció precioso. El pelo, en una coleta con un enorme lazo. Todo fue muy rápido. Se abrieron las puertas, se volvieron a cerrar, una maleta sobre la grava del suelo y el sonido de un beso escueto. Eso fue todo.

Yo bajé corriendo las escaleras y le di la mano. Ella la cogió. Yo le di un beso en la mejilla asquerosa y que olía fatal, pero a mí lo mismo me dio. Ella tan solo me devolvió una mirada que comenzó en mi cara y acabó en mis pies con gesto de extrañeza. Supongo que a lo mejor no le gustaron mis zapatos. Nunca se lo he preguntado. La próxima vez lo haré. Ahora, sigue teniendo la cara redonda, sigue siendo preciosa y continúa estando rellenita. He hablado con ella hace un ratito. Lo hacemos todas las mañanas. O me llama cuando se despierta o me manda un mensaje. Se casó con un impresentable que fue así desde el principio. Lo que pasa es lo de siempre: que al principio todos los gatos son pardos, ¿o eso es cuando es de noche? Bueno, sea lo que sea, los besos del día de la boda y las carantoñas acabaron demasiado rápido; duraron el mismo tiempo que lo que él tardó en poner un negocio que resultó ser muy próspero y a gastarse la mitad de las ganancias en cocaína y alcohol. Ella dice que no, pero me da la sensación de que él es violento. Le he dicho mil veces que lo deje, que se venga a casa, que no aguante nada, que ya saldremos todos para adelante.

Manuel, que es el hijo de ambos, es un ángel. Tiene los ojos azules como el mar de Estepona en los días de poniente y el pelo del color del trigo. Es muy gracioso. En julio cumplirá cinco años, los mismos que hace que María debería haber hecho las maletas. Pero como no lo hizo, ahora se pasa el día entre el terapeuta y el psiquiatra. Porque claro, Álvaro piensa que está loca y ella le ha creído. A veces pienso que Manuel no es hijo suyo y cuando se lo digo a María se ríe, como si en el fondo le divirtiera pensar que eso fuera cierto.

IV
Lourdes

Treinta de mayo. ¿Ya es treinta? ¡Dios mío, pasan los meses que vuelan! Creo que tengo que empezar a planear qué hacer estas vacaciones o me pasará como todos los años, que me quedaré en Estepona. Aunque, pensándolo bien, ¿dónde mejor que aquí? Hace dos inviernos nos fuimos María, Clara y yo a Punta Cana. Era el cumpleaños de Clara; cumplía 31. Chema nos regaló el viaje. No puedo parar de reírme cuando me acuerdo o veo las fotos de aquella aventura. Era noviembre. Nos pasamos una semana borrachas como cubas en un hotel estupendo en el que no había nada mejor que hacer que beber piñas coladas desde las nueve de la mañana hasta que se iba el sol a eso de las seis.

Cuando volvimos, nos pillamos tal depresión que María estuvo a punto de separarse de Álvaro, su marido, por enésima vez. ¡Una pena que no lo hiciera! Yo pensé pedir la excedencia, pero lo peor fue el episodio de Clara. Ella empezó a deprimirse tanto, ya en el aeropuerto de Santo Domingo, que se tomó dos pastillas para dormir. Lejos de conseguir ese efecto, lo que hizo fue agarrar un enfado monumental porque había unos chicos hablando en la salida de emergencia, justo donde estaba ella. Se quejó ante las azafatas que no le hicieron caso, entretenidas vendiendo perfumes y cigarrillos que en realidad no lo son. Se quejó ante el señor que llevaba al lado: un pobre hombre dormido y tapado hasta los ojos con una manta. Finalmente terminó encontrando al objetivo perfecto para su dardo envenenado de frustración: un sobrecargo llamado Mauricio. Cuando llegó a Madrid dio las quejas a la compañía aérea para que lo echaran por estúpido e inepto, según ella. Según nosotras, lo mejor es que no volviera a tomar esas pastillas ni de broma.

Chema juró que nunca más nos pagaría un viaje y Clara acabó también enfadada con él. Menos mal que aquello solo duró lo que tardó en comerse el postre de la cena en la que estábamos las tres. Fue la última vez que coincidimos todas juntas, hace más de dos años.

La vida es complicada. Mucho. María vive en Málaga, yo en Estepona y Clara en Madrid. Aunque estoy a un tiro de piedra de María, pasamos meses sin vernos. Sin embargo, más o menos un fin de semana al mes viajo a Madrid para estar con Clara. Siempre estuve más unida a ella, probablemente porque es más condescendiente y más divertida. Ella es escritora. Yo no me he leído ninguno de sus libros, como tampoco me he leído *El alquimista* o *El lazarillo de Tormes*. Pero ¡qué ilusión me hace cuando voy al Corte Inglés y veo sus ejemplares entre las estanterías! Siempre que paso por donde están sus libros les digo a los dependientes que ella es mi mejor amiga. Yo sé que no me creen, pero como yo sé que es verdad, pues qué me importa entonces.

Que ella haya triunfado me hace estar en paz conmigo misma. Todavía ahora, cuando me duermo, recuerdo su cara el día que se marchó de aquí. Ella no siempre ha vivido en Madrid. ¡Me he sentido tan culpable por haber callado! ¡Me he preguntado tantas veces qué hubiera pasado si le hubiera dicho que Miguel la estaba esperando! He imaginado hasta la saciedad lo distinta que habría sido su vida. Pero ya es tarde para confesiones. Chema la adora y el lunes que viene piensa pedirle matrimonio. Tiene cuatro o cinco libros escritos, un pedazo de premio literario en su currículum y una vida cómoda. Quizás todo estaba escrito como sus libros. Todo estaba predestinado a que sucediera así y no de otra manera, ¿o no?

Miguel, Miguel, Miguel... Cuando ella pronunciaba ese nombre sonaba como a la brisa del mar de un día cálido de verano.

-Tu cara me suena -dijo Clara mientras le miraba con curiosidad en una taberna irlandesa, una noche de diciembre de hace ya diez años.

-La tuya a mí no -contestó él.

Miguel mintió. La había visto muchas veces. De hecho, aquella noche recordaba cómo la primera vez que la vio pasar por la puerta de su inmobiliaria no pudo apartar sus ojos de aquella mujer. Su manera de andar lo había hipnotizado. Un ritmo que paró los corazones de Miguel y de los dos amigos que estaban con él.

"La tuya a mí no", creo que no se le ocurrió nada mejor que decir. Ella al oírlo, se giró sin decir nada y se marchó. Él se arrepintió de haber dicho aquello. Y así, sin más, con sólo estas dos frases fue como comenzó aquella historia que acabó marcando la vida de todos. Muchos meses después de aquella frase, ella se marchó de Estepona, yo me quedé y María dejó de quererme porque en el fondo siempre supo la verdad y no fue capaz de perdonarme, aunque nunca dijo nada.

Un año antes de "tu cara me suena", Clara llegaba a Estepona. Había acabado la carrera y había conseguido un trabajo como redactora en un periódico local. La habían contratado para cubrir las noticias de política en particular y de todo en general. El sueldo no era gran cosa, pero al menos le daría para vivir cómodamente, lo que tampoco era importante teniendo en cuenta que Elvira ya le proporcionaba el dinero suficiente para vivir más que bien. Por aquel entonces María aún no se había casado y yo ya trabajaba en Zara de Marbella. La elección de piso fue fácil. El mismo día que llegó, nada más aparcar, Clara ya tenía decidido que viviría en una casa que había frente al ayuntamiento. Había un cartel de "Se alquila". Aún sin haberla visto me dijo que sería allí donde viviría el resto de su vida. Recuerdo que cogimos el teléfono y una semana después ya estaba instalada en aquella bonita casa, rústica y decorada, como si la hubiera estado esperando los diez años que había estado deshabitada. La fachada está exactamente igual que ahora.

Así es como comenzó lo que ella llamó el resto de su vida. Por las mañanas iba a las ruedas de prensa de los políticos y por las tardes a la redacción, donde escribía las noticias y departía con su jefe, un curioso personaje que, además de darle una oportunidad sin conocerla, acabó adorándola como todos. Por las noches íbamos a su casa, que tenía unos bonitos miradores desde donde las vistas de Estepona no podían ser más pintorescas, incluidas las que pasaban por la casa donde había nacido su madre, según contaba ella, ahora restaurada y habitada por un matrimonio joven y feliz. Desde allí, desde ese salón, también se escuchaba el sonido de las dos urracas desagradables de una pareja gay que vivía en la coqueta casa de enfrente. Ella estaba tan feliz que hasta el sonido de aquellos dos bichos le gustaba. Nos quedábamos hasta tarde sentadas allí, a veces sin hacer nada, otras bebidas como monas, otras hartas de hablar de cosas sin importancia o de cosas que sí que la tienen. Eran días libres de relojes de arena.

Así pasaron los días y sus noches de ese año en el que Clara llegó hasta que cuatro días antes de final de año fuimos a comer a un restaurante que hay en la calle Real. La mujer del dueño, una rubia espléndida de la que no recuerdo el nombre y que por lo visto era vidente, cuando vio a Clara nos preguntó si podía sentarse con nosotras. Tomamos café, unas cuantas frases de cortesía y una inquietante predicción antes de despedirnos: "Antes de que acabe el año conocerás al hombre de tu vida".

Nos fuimos entre risas y bromas porque ya estábamos a finales de diciembre. Dos días antes de final de año, Clara, María y yo fuimos a la fiesta navideña que daba el Partido Popular en una taberna que había en el polígono industrial y de la que ahora tampoco recuerdo el nombre. Lo bueno que tenía el trabajo de Clara era que la invitaban a fiestas y a inauguraciones provocando que de repente en la agenda de las tres surgiera una apretura poco usual, al menos para una simple dependienta como era mi caso. Aquel día, Antonio, el jefe de Clara, no quiso ir a ese ágape y la animó a que fuera con nosotras en pos de una visión más comercial. Si nos llega a ver, después de habernos bebido tropecientas cervezas diciendo tonterías, se habría arrepentido de habernos mandado como emisarias comerciales de su periódico. Aunque era sólo Clara su empleada, nosotras íbamos por la redacción como Pedro por su casa. Antonio era y es un tío fantástico.

Las copas "populares" se nos acabaron quedando cortas y terminamos en el puerto deportivo de Estepona, moviendo nuestros traseros al son de no recuerdo qué canciones en una taberna irlandesa que aún sigue en pie a pesar de los años que llevamos de crisis a las espaldas. Para esas horas de la noche, Clara ya me había perdonado las bromas de la vidente y las que hice respecto al abrigo de leopardo sintético que llevaba puesto. Que ahora que me acuerdo era muy mono en realidad. Lástima que nunca me quedó bien su ropa porque, entre otras cosas, ella usaba dos tallas menos.

Es curioso que, si te paras a pensar, Clara no es nada del otro mundo. Ni es alta, ni tiene pecho ni nada especialmente espectacular, salvo su sonrisa. Pero siempre tuvo un don: el de la armonía, diría yo, y un pelo muy bonito. Quizás su manera de vestir tan personal y tan estilosa, la perfección de sus facciones y la dulzura de su cara han sido sus secretos. Ella siempre centraba la mayoría de las miradas masculinas. María, sin embargo, siendo infinitamente más guapa, se ganó la fama de borde, porque realmente lo es, aunque en el fondo cuando la conoces es la más dulce de las tres. Mi fuerte siempre ha sido el físico, será por eso y como dice María, que no me molesté en cultivar mi intelecto. Lejos de ofenderme me hace gracia, porque es verdad. Unas piernas largas y unas tetas grandes abren puertas. Luego otra cosa es mantener esas puertas de par en par, que para eso está claro que no es suficiente con una talla 110 y un gran desafío a la ley de la gravedad.

La alta, la guapa y la pelirroja. Las tres allí. Copa va, copa viene. Yo, coqueteando con el camarero, María y Clara cuchicheando no sé qué, que debía ser muy gracioso porque se estaban tronchando de la risa. De repente, cinco chupitos en la barra y dos chicos que se acercan. El camarero los había llamado. Uno de ellos era realmente guapo. Tenía el pelo castaño, ni largo ni corto. Su boca, grande y masculina. Sonreía tímidamente. Sus dientes eran perfectos. Tenía los ojos muy grandes, castaños, también claros. Era alto y ancho de hombros. Estaba delgado y, pese a la ropa, se intuía que un tanto musculado. Me gustó su manera de andar, recuerdo. Pero a medida que se fue acercando me di cuenta de que la estaba mirando. La miraba fijamente mientras ella, ajena aún a él, seguía con sus bromas ligeramente de espaldas.

-¡Venga, chicas, una copa, que pasado mañana es fin de año! -dijo el camarero que era medio español o por lo menos tenía acento extranjero-. Chicos, no os quejéis que mira qué compañía os he buscado para que terminéis el fin de año como Dios manda…

-Vaya gilipollas -me dijo Clara al oído refiriéndose al comentario, mientras sonreía y se acercaba al que no había dejado de mirarla hasta que ella se dio la vuelta, momento en el que él comenzó a disimular.

-Tu cara me suena… -Eso fue lo que le dijo Clara para asombro de aquel chico con vaqueros gastados y un jersey de punto en tonos marrones. Ella era tan espontánea y extrovertida que aquella frase tan directa supongo le pilló un tanto desprevenida.

Esa fue la frase. Las primeras palabras de un amor. Las palabras que ella nunca olvidó. Las que tuvieron que ser y no otras. Desde que ella se fuera de Estepona, unos meses después de aquella noche que no llegaron a sumar el año, nunca más mencionó su nombre, hasta que un día, no hace demasiado tiempo en su casa de Madrid mientras tomábamos el sol en su terraza, repitió en alto aquellas palabras. Susurró "tu cara me suena". Yo me volví para mirarla. Estaba con los ojos llenos de lágrimas. No dije nada. Tras otro breve silencio, ella prosiguió...

-¿Qué crees que hubiera pasado si en lugar de contestarme "la tuya a mí no" me hubiera dicho otra cosa? - No contesté. Soy una mala persona. Ella calló y yo dejé de tomar el sol.

V
La vida

Mi ojo esta morado. Anoche Álvaro llegó borracho como una cuba, yo le estaba esperando. Le había llamado mil veces al móvil, pero no me lo cogía hasta que lo apagó. Era más de la una y media de la madrugada cuando sentí que un coche se acercaba. Era el ruido de su motor, lo distinguí a la perfección. Luego escuche la puerta del garaje y después la puerta del sótano. Para cuando quiso estar en el salón yo ya le estaba esperando sentada en el sillón. Pensé que sería mejor no decirle nada, pero, cuando lo vi, perdí los nervios. Traté de no gritar para no despertar al niño, aunque en algún momento seguro que alcé la voz. Ya no me acuerdo.

-¿Quién te crees que eres? ¿De veras crees que eres tan especial como para que yo siga a tu lado? -le dije, pese a que había estado al menos media hora tratando de distraer mi pensamiento. Una técnica que me enseña mi psicóloga para evitar caer en las actitudes de las que luego me arrepiento, todas ellas provocadas, con o sin razón, por Álvaro.

No contestó. Su mirada estaba perdida. Me apartó de un manotazo. Llegó hasta el sillón a trompicones mientras trataba de quitarse los pantalones. Ya no solo había dejado de quererle, había dejado de respetarle y me producía asco. Sus ojos me decían que había consumido algún tipo de droga, probablemente mezclada con alcohol. Un cóctel poco recomendable que lo ponía violento, pero que en ese momento ni siquiera sopesé.

-¿Dónde has estado? Te he llamado mil veces. ¡Un día te vas a matar con el coche! ¿No piensas en tu hijo? Ya que no te pones en mi lugar, al menos ponte en el suyo. ¡No mereces ser su padre! -seguí diciendo sin poder parar de recriminarle. Estaba tan cansada...

En ese momento sí fijó la mirada. Me estaba mirando a los ojos. Tenía la mirada de un loco. Se levantó del sillón y volvió a ponerse los pantalones.

-¿Dónde crees que vas? -dije mientras le seguía por el pasillo de la entrada tratando de interponerme entre la puerta y él. No podía conducir, eso era obvio. No quería que se marchara en esas condiciones.

-¡Quita, puta! -balbuceó.

-¿Qué has dicho? No me dio tiempo a decir más. Cuando me quise dar cuenta, ya me había empotrado de un fuerte empujón contra el armario de los abrigos que había en la entrada. Las puertas cedieron de inmediato haciendo ruido.

Me quedé paralizada. Sus manos me sujetaban los hombros con fuerza, pero en ese momento el miedo impedía que sintiera dolor. Hasta esta mañana no me he dado cuenta de que tenía un ojo morado. Después de tirarme contra el suelo y darme una patada, abrió la puerta y se marchó. De eso hace ya unas cuantas horas.

Mientras me miro el ojo doy gracias a Dios de que Clara no haya venido tal y como estaba en sus planes. Algún imprevisto evitó que lo hiciera. Hasta ayer ese era el plan, de modo que me ha tenido de los nervios pensando que si venía y decidía quedarse hasta el lunes estropearía la sorpresa de Chema, que nos ha sacado los billetes a todos para reunirnos en Madrid. Él no contaba con los planes de última hora de Clara, que menos mal que finalmente ha cambiado de opinión, evitando así no sólo complicar la sorpresa de Chema, sino estar presente cuando este es, cuanto menos, como diría mi suegra, un "mal momento". Si Clara llega a ver mi ojo, seguro que termina metiendo a Álvaro en un lío.

Me siento fatal porque no sé qué hacer. Siento miedo, estoy aterrorizada. Habíamos discutido muchas veces, pero nunca había llegado tan lejos. Ahora sé que tengo que dejarle, pero el problema es que no sé cómo hacerlo. Tengo un hijo, nunca me he dedicado profesionalmente a nada. He sido su sombra y ahora no valgo para nada. Siempre podré volver a Estepona, allí están mis padres. Ellos seguro que me ayudan… Estoy muerta de miedo.

Me siento fatal porque pienso que tal vez me falta valor simplemente porque estoy cómoda pagando este peaje. ¿Peaje? No sé ni cómo puedo mirarme al espejo sin sentir vergüenza. Un día de estos debería de armarme de valor. ¿Qué sentido tiene la vida si uno ha perdido la libertad? ¿Qué sentido tiene si esa pérdida ha sido encima voluntaria? Yo me he ido dando cuenta de mis concesiones a lo largo de estos años sin hacer nada por evitarlo. No valgo nada porque ya no soy nada.

Vaya pintas que tengo. ¡Dios Santo a lo que he llegado! Vuelvo a estar en camisón a pesar de que son más de las doce de la mañana. Llevo más de tres horas tentada en echarme el bote de somníferos a pecho, pero pienso en Manuel. ¿Qué culpa tiene mi niño de esto que está pasando?

Será mejor que no me las tome. Quizás en otro momento. ¡Qué curiosa es la vida! Estoy pensando que siempre que alguien le ha preguntado a otra persona si se arrepiente de algo, nunca he escuchado decir que sí; todo lo contrario. Todo el mundo se muestra de acuerdo en asegurar que no cambiarían nada de sus vidas, que no se arrepienten de nada. Pues yo me arrepiento de muchas cosas y puedo asegurar y aseguro que si volviera a vivir, hay cosas que no haría. Por ejemplo, jamás me casaría con Álvaro otra vez.

Jamás. Nunca. Ha sido el error de mi vida. La boda fue un auténtico fracaso. Nuestra noche de bodas fue el preludio de lo que pasaría después. Recuerdo que me quedé dormida llorando y pensando en mis amigas, ellas me daban envidia. Estaban solteras y podrían ser libres. Yo acababa de firmar un contrato con el que no estaba de acuerdo, ni siquiera me gustaba mi vestido de novia. Era como si hubiera descolgado las cortinas abullonadas del salón de mi tía Pepi y me las hubiera puesto junto a otras; otras de baño, de esas que parecen de encaje de plástico, a modo de velo. No puedo evitar sonreír mientras cuento las veces en las que he pensado desde entonces en separarme. Estoy como una cabra y eso me hace gracia. Estoy loca y cansada. Tan loca como para haber hecho, incluso, en el transcurso de la noche de San Juan, la del año pasado, un ritual para ver si conseguía que se fuera con otra. Casi quemo la casa tratando de reducir a cenizas una larga lista de deseos, todos relacionados con el fin de mi matrimonio.

Sigo sonriendo cuando me acuerdo también que otro día, después de que me contarán que un fulano se había fugado con una sudamericana que había conocido por internet, me fui al Corte Inglés y compré un ordenador. El más caro, como si eso facilitara las cosas. Cuando me lo trajeron a casa estaba como loca porque Álvaro llegara para enseñarle a chatear.

¡Qué cosas! Ni aprendió a chatear, ni siquiera a encender el maldito ordenador, que me costó una pasta y que desde entonces está en la buhardilla sin que nadie lo encienda. No tengo suerte para nada, ni para eso. No tengo la suerte de que Álvaro me deje por otra, se marche y yo me quede aquí, en la casa que, aunque no es de mi agrado, no deja de ser el lugar donde se está criando mi hijo. Haría negocio de mi divorcio y a vivir que son dos días, como hacen algunas mujeres. Si me apuras ni siquiera haría negocio, hasta lo dejaría ir a cambio de nada, pero eso seguro que no me va a pasar a mí.

Ahora pienso en Clara, ella me confesó no hace demasiado que su relación tampoco es idílica, pero creo que exagera. Yo aprendo de ella, que para eso es la que más sabe de autoayuda. Cuando lo dejó con Miguel, estaba tan triste que le compré un libro que se llamaba *Cómo recuperar a tu ex*, o algo por el estilo. Cuando se lo di lo guardó en el bolso y no dijo nada. Un tiempo después me contó que en el prólogo se enumeran los errores que no debes cometer tras una ruptura sentimental. Ella no había cometido ninguno, será por eso que nos reímos tanto cuando confesó que el día que se inundó su antigua casa años después, mientras achicaba pensaba en las claves del libro y se consolaba mentalmente. Total, que aunque no le sirvió para volver con Miguel, al menos le valió para mantener la calma cuando vio cómo todo se anegaba de agua en plena madrugada. Creo que nunca antes un libro de autoayuda había servido para tanto. Por esa misma razón estoy pensando que tendré que salir y pasarme por La Casa del Libro a ver si lo encuentro ¡Válgame Dios que no lo quiero para que Álvaro vuelva cuando aún ni siquiera se ha marchado! Lo quiero para hacer lo que hace Clara: soportar las cosas estoicamente. Y ahora que me doy cuenta, la de veces que nombro al Santísimo. Esto me hace creer que el dinero que le pagaron mis padres a las monjas estuvo bien empleado. No es que sea muy creyente, pero por lo menos lo tengo presente en mis palabras. Y es que la fe no está nada mal. Especialmente para momentos en el que uno deja ya de creer en todo. Pensar que hay alguien que está contigo sin condiciones consuela, y consuela mucho, aunque luego al pensarlo fríamente también dejes de creer hasta en él.

A pesar de esto, sigo pensando que yo no logro darle el sentido que ella le da a todo. Creo que lo que haré será acto seguido ir a ver a Amanda, mi terapeuta. Luego me iré de compras y cuando ya esté mejor creo que llamaré a Clara y prepararé la maleta. Quizás sea buena idea irme mañana en lugar del lunes, diré que he ido a Madrid para yo que sé qué. No creo que a Chema le importe si aparezco unos días antes. Me llevaré a Manuel. ¡Clara se alegrará tanto de verlo!

Llamaré a Lourdes por si acaso se anima a venirse también... Será buenísima idea pasar el fin de semana las tres juntas como antiguamente. Lo pasado, pasado está. A lo mejor ya va siendo hora de que vayamos pasando páginas. Ha pasado demasiado tiempo desde aquel día en que Clara se marchó de nuevo a Madrid. Es hora de que enterremos el pasado. Como dice ella, aunque el curso de los acontecimientos hubiera sido otro, tampoco tenemos la certeza de que las cosas hubieran sido de otra manera.

Pese a todo, yo recuerdo aquella noche como si hubiera sido hoy mismo. Clara me llamó dos días antes, cuando yo prácticamente acababa de llegar de mi luna de miel o de hiel, según se mire. Ella estaba llorando y apenas le entendía lo que me estaba diciendo. Que Miguel se marchaba, yo ya lo sabía. Su viaje por Europa estaba planeado antes de que la conociera incluso a ella. Que lo hiciera de aquel modo, tan anticipadamente, no habría podido ni imaginarlo.

-Serénate un poco. Deja de llorar porque no entiendo lo que estás diciendo -recuerdo que le dije.

-María, se ha ido. Me ha dejado. -Su voz estaba ronca-. Su madre estuvo aquí.

-Pero, ¿qué es lo que ha pasado? ¿Quieres que vaya?

-Se marchó como todas las mañanas -comenzó a relatar-. Me dijo que se iba a ir a la playa a eso de las diez de la mañana. Pero cuando Lourdes llegó a las cuatro de la tarde me contó que se había cruzado con Miguel, que se estaba montando en el coche y que llevaba el bañador.

-¿Y qué tiene eso que ver con nada? -le pregunté sin entender nada en absoluto.

-Que discutió con su madre cuando llegó a casa. Lo estaría esperando... Ella se lo imaginaba. Por eso no fue a la playa por la mañana tal y como tenía pensado. ¡Lo hizo a las cuatro, no a las diez! Desde entonces no me ha llamado.

-Bueno, tranquilízate, seguro que no es nada. Ya sabes cómo son los hombres: se agobian y quieren distancia.

-No. -Clara volvió a llorar-. Su madre estuvo aquí.

-¿Aquí? ¿Dónde?

-En mi casa, María. Llamó a la puerta y cuando la abrí y la invité a pasar se quedó clavada en el escalón de la calle. Me dijo que dejara en paz a su hijo, que yo no era más que la hija de una puta y que si tanto lo quería que lo dejara marchar.

Después de aquella conversación, fuimos Lulú y yo hasta su casa como todas las noches. Él nunca más la llamó. Adelantó el viaje que tenía previsto para unos días después, dejando una nota en el parabrisas de su coche en la que la citaba a las doce de la noche del día de antes de su partida en la Plaza del Reloj, un lugar cercano a las casas de ambos, para despedirse. Las doce de aquel día llegaron y ella salió como una loca a su encuentro. Él nunca llegó y ella se quedó desconsolada. Nosotras esperamos en silencio en el salón de la casa de Clara, que justamente daba a esa plaza. Lourdes y yo, mientras esperábamos a que ella volviera, no nos dijimos nada. Al menos yo pensaba que en uno de esos instantes se estarían dando un largo abrazo. Recuerdo que mientras esperaba pensé en la envidia que me daba cómo la miraba. Miguel era capaz de parar el mundo cuando veía a Clara. Un amor tan grande no podía acabar así. Al rato, apenas veinte minutos después, sentí cómo la puerta de abajo se abría y cómo Clara subía las escaleras. Cuando se abrió la puerta del salón, vi sus ojos enrojecidos. No dijo nada. Se sentó a mi lado, me cogió la mano y miró al frente. Siguió callada.Lulú guardó silencio como nosotras, pero en su caso había algo distinto: su mirada, que mostraba inquietud. Al rato, quizás una hora después, Clara se levantó de la silla donde había estado sentada, apoyó la mano en mi hombro, me besó la mejilla y me dijo al oído: "Me marcho, Miguel no ha venido a despedirse de mí" Se dirigió a su dormitorio y oí cómo la puerta se cerraba. Entonces miré a Lourdes. Ella siguió callada. Después de unos minutos también se levantó y se fue. Clara ya estaba acostada.

-¿Estás contenta, Lulú? -le pregunté antes de que cerrara la puerta tras de sí.

Ella no me contestó. No sé por qué pero supe que algo ocultaba. Ella solo me miró y cerró la puerta. Su gesto estaba entristecido pero su mirada no, lo que de nuevo la delataba. En ese momento ya no había inquietud en sus ojos, sino alegría. Al día siguiente, Clara se marchó a Madrid. Aquel día, un abrazo fuerte y un beso como el que me dio la primera vez que me vio en aquel internado cuando éramos pequeñas, fue nuestra despedida. El final de una época feliz.

El punto final a una historia de amor que nunca debió acabarse, al menos de aquella manera.

Álvaro y yo, que habíamos ido a su casa para ayudarle con el equipaje, después de despedirnos nos quedamos allí plantados delante de la puerta viendo cómo su coche se alejaba. Minutos más tarde era Miguel el que se cruzó con nosotros. "¿No se había ido?", me pregunté. Estaba sonriente y me dijo adiós con la mano. Aquella sonrisa. Tanto tiempo para descubrir lo que escondía aquella cara de felicidad. Ninguno de los dos sabíamos en aquel momento lo que significaba la palabra traición. Clara a día de hoy tampoco lo sabe. Hay cosas que son mejor ignorarlas porque, en caso contrario, creo que no te dejarían vivir.

VI

He estado dando vueltas por Madrid. Sin rumbo. Necesito pensar, reflexionar, tragar la bola que tengo en la garganta. Estoy preocupada y no quiero estarlo. Quiero no anticiparme a las cosas. Necesito paz. Son más de las seis de la tarde. Vuelve a sonar música al fondo del pasillo. Chema me ha llamado no sé cuántas veces al móvil. No se lo he cogido. En este preciso momento me habría encantado no vivir con él, ni siquiera haberlo conocido. Pero la realidad es otra. Así es que dejo el bolso en la entrada de mi casa, me miro en el espejo y echo a andar en dirección a la puerta de su despacho. Iba a tocar con la mano, pero al final he girado el pomo sin más. Cuando la puerta se ha abierto, él ha levantado la vista, ha cogido el mando del reproductor de cedés, ha bajado el volumen y se ha quedado mirándome. Si una cualidad tiene Chema es que raras veces pierde los nervios y siempre se muestra dialogante hasta en ocasiones como esta, cuando yo de sobra sé que está preocupado por mí.

-No te preguntaré dónde has estado, porque es obvio que no quieres que lo sepa. De lo contrario, me habrías cogido el teléfono -dice.

Me quedo callada. Mientras, me voy acercando hasta él. Le quiero. Le quiero muchísimo, aunque no esté enamorada o eso es lo que creo. ¿He dejado de estarlo? Sé que le necesito. Ahora, de repente soy consciente de que a veces la necesidad suple al enamoramiento y a muchos sentimientos que puede que, en ocasiones, nuestros corazones hagan que estén sobrevalorados. A medida que me voy acercando siento la necesidad de acariciarle. Ya estoy a su lado. Arrimo una silla y me siento. Cojo su mano y la entrelazo con la mía. Me sigo acercando, despacio, y le beso en la mejilla. Ese beso me sabe a gloria.

-No es nada de lo que estás pensando -apenas susurro.

-No estoy pensando nada. Solo estaba preocupado -dice tajante.

-Lo sé y lo siento.

-Lo importante es que estás en casa. Sea lo que sea que ha pasado no importa. Lo que importa es que estás aquí -. Ahora su tono ya no es tan brusco. Besa una de mis manos.

No puedo reprimir las lágrimas, no por lo que había pasado horas antes, sino por lo que está pasando en este momento. Apoyo mi cabeza en su regazo mientras pienso en lo mucho que le quiero. Por momentos hasta entiendo sus escarceos. Me estoy volviendo loca. Tal vez, el tiempo o las ganas frustradas de tener un bebé o, probablemente, el tatuaje que de Miguel llevo en mi corazón nos ha ido alejando poco a poco. Un día, no mucho después de que pasara el torbellino primero de una relación que empieza y promete borrar un pasado que ya no tiene sentido, empezamos a basar nuestro "amor" en la paz de nuestro hogar, en la compañía mutua, en una pasión controlada que no se ha agotado y en la complicidad que, lejos de desgastarse, se ha ido afianzando con el paso del tiempo. Tal vez otro de los motivos puede que sea que un día, no hace demasiado tiempo, me empeñé en buscar la verdad -el testimonio certero de que mis sospechas eran ciertas-. La verdad que yo buscaba se tornó en la historia de una mentira. Conversaciones privadas en su teléfono probablemente sacadas de contexto, pero conversaciones que pensé que sólo tenía conmigo. Pensé, pensé... ¿Por qué las mujeres pensaremos a menudo que somos los centros de sus universos? Universos diferentes en una constelación llena de estrellas que brillan, deslumbran y que, en definitiva, no se rigen por las leyes que conocemos. Lejos de gritar o de decir, opté por callar. Sentí miedo. Y entonces leí en alguna parte que las personas más risueñas y alegres son las que más fuertemente lloran en su almohada. ¡Qué gran verdad! Me convertí en lo que parezco y no en lo que realmente soy. El miedo a la pérdida no me deja vivir mientras, cuando nadie me ve, me abandono en los brazos de mis fantasmas.

-Clara, debes dejar de querer tener un hijo. Eso nos está desgastando.

No he dicho nada, no tengo nada que decir. En este momento no estoy pensando precisamente en hijos. Pienso en cómo pasa el tiempo. De repente es como si un reloj se hubiera instalado en mi cuerpo. Tengo un tic tac que me recuerda que es un milagro estar vivo, respirar cada día. Pienso en mi madre, en Miguel, en María, en Manuel y hasta en Lourdes. Pienso en todos los que forman parte de mi vida, en los que se han marchado, en los días que he dejado pasar de manera absurda. Ahora disfruto oliendo a Chema; su olor natural y cotidiano. Siento el contacto de su mano como nunca. Oigo la melodía que apenas se escucha en esta habitación. Sus caricias en mi pelo. Sus besos en mi nuca. Pienso en Miguel. Pienso en él y doy gracias por haberlo conocido. Entonces imagino, no lo puedo evitar, que quien coge mi mano es él y quien me está acariciando el pelo. Quiero dormir. Es demasiado tarde y el día ha sido muy largo.

El timbre, preludio de una enorme sorpresa, me ha despertado. He oído la voz de María hablando con la asistenta. ¡No lo puedo creer! Pego un brinco de la cama y salgo corriendo como cuando era una niña. Allí están las dos y Manuel. ¡Qué alegría tan enorme! Me tiro a su cuello y la beso. Cojo a su hijo en brazos y lo abrazo. También beso a Lulú, que está junto a ellos en el recibidor de mi casa.

-¡Niña, qué delgada estás! Das asco. En serio, Clara. ¿Es que no te dan de comer en esta casa? -Ríe María mientras me pellizca el trasero-. Y te verás guapa… Pues no te ha quedado culo ni nada.
-Es verdad, María tiene razón. Estás muy flaca. ¿Qué talla tienes? -dice Lulú mientras me abrazaba cariñosamente.

Chema ya viene vestido. Probablemente se había levantado mucho antes que yo a pesar de que era sábado. Siempre tiene cosas que hacer. La voz de María me había sacado de la cama con tanta prisa que ni siquiera me he fijado si estaba él o no acostado a mi lado.

-Fide, prepara la habitación de invitados para la señora Lourdes y la del fondo para la señora María. Manuel dormirá en la habitación junto a la nuestra. No te importa, María, ¿verdad? -ordeno a mi asistenta.

-Me troncho... Mira que te has vuelto estirada. -María sigue riendo mientras me habla casi en el oído-. La señora María todavía tiene un pase, pero eso de la señora Lourdes…

Me río a carcajadas. Su tono irónico me ha hecho gracia. Estoy tan contenta que no me he fijado hasta ese momento en que María trae un ojo morado. La paro de camino a la terraza. La miro fijamente. Estamos las dos solas. No puedo creer que Álvaro haya sido capaz de llegar tan lejos. Lo habría matado de haberlo tenido enfrente ahora mismo. La alegría da paso a la impotencia y en mi cara se debe notar porque ella inmediatamente dice: "Se me cayó la tapa de una olla cuando abrí un mueble de la cocina. Una pasada, ¿a qué si?"

-No digas nada. Cuando lo tenga delante juró que lo despedazaré.

-¡Qué cosas tienes, Clarita! ¿Cómo iba a hacer esto Álvaro? ¿Estás loca o qué?

-La única que debe estar loca eres tú por aguantar esto. Sigue con él y un día tendremos que enterrarte.

La conversación se corta de inmediato. Chema nos está llamando. El café ya está en la mesa de la terraza. Lourdes y él nos están esperando sentados. Manuel está en brazos de Chema jugando con un panecillo.

-Luego hablaremos -le digo a María mientras le agarro la mano tan fuerte como puedo.

Pero esa conversación no ha llegado a producirse, porque ella se ha encargado de no estar ni un minuto a solas conmigo desde su llegada. Hoy tengo resaca. Ayer, despúes de su llegada, pasamos todo el día por ahí, de compras, paseando, recorriendo el centro de Madrid. Comimos en un pequeño restaurante de moda en Chueca y luego nos fuimos al cine. El pequeño se quedó en casa con Fide, así es que, cuando salimos de ver la película de estreno, nos fuimos a cenar para seguir con unas copas. Chema se unió a nosotras en el restaurante, pero, cuando llegó el momento de alternar, decidió marcharse a casa con la excusa de que así estaríamos más tranquilas y más a gusto. Y así fue. Nos bebimos todas las botellas de ginebra que encontramos a nuestro paso por un millón de bares en los que paramos. Parecíamos cupletistas viejas recorriendo escenarios, como diría Antonio, mi antiguo jefe en el primer periódico en el que trabajé.

Cuando salimos del último bar en el que estuvimos, un tablao flamenco en Juan Bravo, era de día. A mí me dio hasta un poco de vergüenza cuando nos cruzamos con gente con el pan en la mano o con el perro de la correa, pero es que sacar a Lourdes de ese local, que por supuesto había ligado como siempre, nos costó la misma vida.

Cuando lo conseguimos y una vez fuera de ese bar lleno de humo y de gente borracha, cogimos un taxi. Parecíamos quinceañeras desafiando a esos zarpazos que da la vida y que rompe en mil pedazos la felicidad cuando menos te lo esperas. Cuando llegamos a casa, Chema y el niño ya estaban desayunando. Una mirada de reprobación sin más fue nuestro saludo matutino, preludio de mi inquieto sueño que sólo se alargó hasta la hora de comer. Tanto exceso ha hecho que hoy estemos pasando el día sin grandes alharacas, después de la resaca tan tremenda con la que hemos amanecido -uso de un verbo absolutamente inapropiado teniendo en cuenta la hora a la que nos hemos levantado- las tres. Hemos comido en casa y hemos dormido hasta la siesta. A las ocho hemos cenado algo ligero y Chema se ha ido a dormir. Hemos estado hablando durante horas hasta la madrugada, cuando de repente, sin saber bien porqué, Lourdes se ha echado a llorar -algo inusual en ella, que se ha vanagloriado media vida de no ser muy susceptible y estar inmunizada contra el llanto.

Y ha sido entonces cuando las lágrimas de Lourdes han descrito a la perfección el amor, la amistad y la traición. ¡Qué palabras tan enormes! También de repente he sabido las cosas que se hacen en su nombre y me he quedado aterrorizada. No he sabido qué decir o tal vez sí. He pensado en sor Josefina y en la generosidad. He pensado por un instante, sólo por un momento... Mi vida ha pasado por delante en un segundo, la vivida y la que pudo ser. Me parece injusto. He oído su voz, la de la monja, cuando era niña; he oído su voz mientras me hablaba cuando no llegaba a los pomos de las puertas y me había enfadado con Lourdes en el internado. Me había tirado del pelo, había insultado a mi madre y nos había castigado a las dos en habitaciones separadas. Unas salas a la que enviaban a las niñas para reflexionar y en las que no entraba nadie durante casi ocho horas. Pero en mi caso la puerta aquel día se abrió. Allí estaba, la que había sido prácticamente mi madre. Recordándola, he podido sentir su caricia en mi mejilla.

-No ha estado bien lo que ha pasado hoy -intenté contestar, pero la monja aquel día me mandó callar poniendo uno de sus dedos suavemente en mis labios-. Sé que ha sido injusto que te castigue. Tienes razón para estar enfadada. Pero debes aprender a perdonar. Debes aprender a que cuando alguien te da una bofetada hay que poner la otra mejilla. ¿Sabes por qué? -

Yo me limité a asentir con la cabeza no entendiendo entonces todo lo que aquel día me estaba diciendo-.

Porque eso te distinguirá de todos los demás. El ser humano es mezquino, pero tú no lo serás. Pondrás las mejillas las veces que hagan falta, porque eso te hará ser diferente. Te hará estar por encima de los demás y desde esa posición verás el mundo de otra manera. El mundo estará a tus pies.

Tras recordar esto, aquel castigo, esas palabras, he puesto la otra mejilla. Decido perdonar y, en lugar de reprochar, le he contado un cuento. Elijo el de la rana y el escorpión. Le cuento cómo el escorpión, después de prometer que no le picaría para que le cruzara el río, justo en la mitad del cauce incumple su promesa. La rana le pregunta por qué lo ha hecho y el escorpión le contesta: "No he podido remediarlo, es mi condición". Ella es el escorpión, que no puede evitar hacer daño. Yo soy la rana que confía. Lo peor es que ambos animales mueren ahogados en el río. Yo no quiero que eso me suceda a mí, pero un cuento es un cuento y en este caso el daño ya está hecho. Siento la necesidad de lastimarla. Y aun consiguiendo hacerle daño, pienso, seguro que no experimentará el dolor que ella me acaba de causar. Siento dolor en el pecho y náuseas. No puedo llorar de la rabia. Quiero dar marcha atrás en el tiempo, pero no puedo hacerlo. Quiero volver a esa noche. Tampoco eso es posible. Siento odio, pero controlo. Respiro. Cojo aire. Ya es tarde. Se me ha hecho muy tarde. Y el reloj que ayer latía en mi interior vuelve a ponerse en marcha en una cuenta atrás que sé que no se detendrá.

VII

Mientras escucho ese "no, no puedo", mi corazón creo que se ha parado. ¿O no? Sigue latiendo, pero su voz apenas inaudible sigue retumbando en mi cabeza. Mientras Clara se niega una y otra vez; como una niña pequeña ha bajado la mirada. No puede casarse con Chema. No puede y no quiere, esa es la cuestión.

-No, no puedo -La voz de Clara apenas le sale del cuerpo.
-No pasa nada, cariño. Era sólo una pregunta -contesta Chema delante de todos, acercándose hasta ella aún más para cogerla suavemente por los hombros, con una sonrisa evidentemente forzada en la cara.

Ella tiene cara de espanto. Sigue sentada, lo mira con pena, con ira, con dolor. Todos los que estamos en esa mesa no podemos creer lo que ha pasado, salvo dos, claro está: María y yo. En mi caso, sabía que esto podía pasar; María, imagino que también. Digo imagino porque desde anoche no me habla.

Chema, que acaba de pedir matrimonio a Clara ante todos nosotros, sigue sonriendo. Le sigue hablando con paciencia y la besa tímidamente en los labios. Ella vuelve a decir no en bajito hasta en tres ocasiones. María esta frente a ella, con la cara desencajada. Cuando Chema la mira, ella le devuelve una sonrisa.

-Bueno, sigamos comiendo. Que, como dice Clara, ¡las penas con pan son menos! -termina diciendo Chema después de una escena que se ha prolongado una eternidad.

No sé cómo Chema puede bromear en este momento. Quizás son los nervios. Todos, obedientes, seguimos comiendo y fingiendo que allí no ha pasado nada. Pero sí que ha sucedido. Chema ha llamado a casi cincuenta amigos para pedir matrimonio a su chica, que delante de todos le ha dicho que no. Ella, con un vestido azul marino de Rosa Clará, que parece estar hecho para su menudo cuerpo, está callada mirando el plato. Su pelo largo ondulado cae sobre uno de sus bonitos hombros. ¡Su aspecto es tan delicado! Debe ser porque es pequeña y delgada. Su piel, a pesar de ser una pelirroja, está bronceada y llena de pecas por los hombros y el pecho. Está avergonzada, tanto que cuando levanta los ojos del plato, que por cierto está intacto, sonríe a aquel con quien se cruza la mirada. Pepe, su agente literario, que también ha venido a la comida, no deja de mirarla. Los dos están atragantados. No lo conozco demasiado, pero sí lo suficiente como para saber que, además de su agente, es la persona que más horas pasa con ella, quien hace incluso de padre cuando ella deja de entrar en razón y quien guarda sus secretos. Lo sé porque no hace falta más que verlos cuando están juntos. La complicidad de sus miradas lo dice todo. Parece, incluso, que él lee su pensamiento. Tiene pinta de ser buen tío. De lo que no cabe duda es de que es muy *salao*, como diría mi madre. Sin embargo hoy creo que ha dejado de estar de humor. No deja de mirarla, no le quita los ojos de encima y, a diferencia del resto, no está fingiendo. Ha dejado de comer y creo que tiene ganas de marcharse.

María, que también lleva un vestido muy parecido al de Clara sólo que es negro de una tela más corriente (el de Clara es de miles de capas de tul de seda) y más corto, también está muy guapa. La pobre está haciendo el papelón que estamos haciendo los demás, con la diferencia de que ella no deja de hablar ni un segundo con el amigo de Chema, un tal Gonzalo, que ha ido a recoger al AVE esta mañana cuando para entonces Clara pensaba que venía al cumpleaños sorpresa de su querido Pepe. Cosas de la vida, Chema quiso sorprenderla y al final el que ha resultado sorprendido y para mal, supongo, ha sido él.

Mi móvil no deja de pitar. Es Nacho, el político con el que ando enrollada desde hace meses. Demasiado tiempo para mí, pienso. Nada mejor que hacer. El arroz se me está pasando y debe ser que mi reloj biológico empieza a sonar como el de Clara, sólo que el mío tiene un sonido más tenue. La señora que se sienta a mi lado, una amiga de Chema y de Clara, que se dedica al diseño de modas y que me ha dicho que se llama Irene, o eso le entendí cuando ella misma se presentó al sentarnos en la mesa, me pregunta si estoy casada, si tengo hijos y ese tipo de cosas que la gente pregunta y que yo nunca he entendido bien por qué. De lo que no me dice nada es de lo que acabamos de presenciar.

María sigue hablando con ese hombre grandote que a su lado parece un mastodonte venido del Polo Norte directamente, pero que tiene que ser divertido porque ella se ríe a carcajadas. Pepe se pone en pie, se disculpa, besa a Clara en su mejilla mientras aprieta con su mano uno de sus brazos, en un gesto más de complicidad entre ambos. Chema no deja de estar atento a Clara, se nota que está preocupado. ¡Cómo para no estarlo! El resto de comensales llegan a los postres como buenamente pueden. El personal del coqueto restaurante donde hemos comido ha permutado la tarta que estaba prevista por un postre individual para quien así lo haya querido. Sin instrucciones previas, sin consultar. Era obvio que la cosa no estaba para tartas. Los miro y también veo en sus caras cierto gesto de incomodidad. Sé que conocen a Chema especialmente desde hace años, igual que sé que este lugar se convirtió en el escondite preferido de Clara después de conocer su existencia de la mano de Chema una noche al principio de sus principios.

Ahora ha pasado el tiempo. Han pasado muchas cosas desde aquella noche de verano, en la que el hombre que se sienta justo enfrente mía se sentaba en una mesa que hay en un rincón desde donde se ven los cedros que da nombre a este restaurante que, en realidad, es un hotel en pleno centro de Madrid, en una de las zonas más exclusivas de la capital. Aquella noche soplaba una leve brisa que movía las copas de los viejos árboles que rodean este palacete de inspiración toscana. Un pianista tocaba unos románticos acordes mientras ellos empezaban a contarse las historias que se cuentan los enamorados cuando acaban de conocerse. Ella, con un vestido de color crema y el pelo recogido en una coleta baja, que dejaba al descubierto los mismos bellos hombros que luce hoy, no dejaba de sonreír mientras él la miraba embelesado y le contaba miles de cosas pensando en aquellas que no le daría tiempo a hacer aquella noche, que fue la noche, la primera. La primera en la que acarició su tibia piel, pero no la primera vez que la vio.

Eso había ocurrido unos meses antes. Entonces no pudo apartar la mirada de aquella cara. Ella andaba por la redacción de los servicios informativos de Antena 3 -donde consiguió trabajo pocas semanas después de llegar a Madrid- de un lado para otro. La siguió con la mirada durante el tiempo que duró el paseo por las oficinas. Se prepara una importante fusión entre dos grandes empresas del mundo de la comunicación. José María Adax -Chema para los amigos- era el director general de una de ellas. Uno de los abogados que actuaba de cicerone en aquel paseo por las instalaciones del grupo que iban a absorber en las próximas horas no paraba de hablar. Él hacía rato que había dejado de escuchar. Le presentaron a gente y, mientras estrechaba manos y cruzaba palabras de cortesía con ellos, la seguía mirando.

Clara, ajena a aquella mirada y a aquellos hombres enchaquetados, trataba de resolver unos problemas que habían surgido a última hora. Los teletipos habían dejado de funcionar y los informativos estarían en el aire en menos de media hora. Aunque ella era la ayudante de redacción con menos antigüedad allí, superada en inexperiencia tan sólo por dos o tres becarios, trataba de hacer su trabajo lo mejor posible. Si no lograba sacarle las castañas del fuego a su redactor, ella sería la que más gritos recibiría aquella mañana.

-¡Manda cojones que pase esto justo hoy! -dijo Jesús, su jefe, en voz baja y sin levantar los ojos de los folios que había sobre su mesa.

-¿Qué tiene hoy de especial? -le preguntó Clara. Estaba extrañada de que su jefe fuese tan comedido en su tono, cuando en circunstancias normales ya le habría dedicado algún que otro improperio, a pesar de que el fallo no dependía de ella y afectaba a todos en la redacción.

-¿Ves a esos hombres de traje? -le preguntó Jesús con cierta ironía-. Clarita cariño, tu cabecita está para algo más que para peinarla...

Jesús, dicho esto, volvió a bajar la mirada a la par que comenzaba a teclear en su ordenador mientras seguía hablando en voz baja.

-Pues esos hombres que ves ahí son los que van a comprar todo esto y los que nos van a poner de patitas en la calle, así es que mueve ese trasero y ponte las pilas para que nuestra pieza esté acabada en media hora.

El comentario de Jesús hizo que los ojos de Clara se dirigieran hacia la puerta de Alberto Mora, el hasta entonces jefe de los servicios informativos. Allí había un grupo de hombres impecablemente vestidos estrechándose las manos. De entre todos sobresalía la cabeza de uno de ellos. Un hombre alto, muy alto, de pelo claro y gesto serio. La estaba mirando y, a pesar de la distancia, Clara sintió escalofríos al percatarse de que se trataba de la mirada más gélida que había visto jamás. Hasta la habría traspasado si eso pudiera ser posible, pensó Clara, mientras disimulaba y hacía como que escribía.

Los hombres se marcharon y ella recobró la tranquilidad, aunque no dejó de pensar en aquellos ojos clavados en su cara. Ni siquiera se dio cuenta de que con la marcha de aquellos hombres toda la redacción había recobrado la normalidad. Se comenzaron a escuchar risas, alguna que otra bronca, llamadas telefónicas y corrillos en las esquinas.

Finalmente, el informativo salió a la perfección y, como todos los viernes, parte del equipo fue a tomar unas cañas a un bar cercano a la tele. Allí todos hablaban de la maldita fusión, mencionaban nombres que Clara jamás había escuchado y se especulaba con el número de despidos que conllevaría aquel matrimonio de conveniencia. Mientras escuchaba todas aquellas especulaciones, Clara no pudo evitar sonreírse al imaginarse allí de pie, muerta de miedo, mientras un extraño la miraba. Probablemente, aquel hombre tan sofisticado jamás habría visto un vestido tan *hippie* como el suyo o una melena tan despeinada. Después de un rato elucubrando los miles de motivos por los que aquel hombre la estaría mirando tan fijamente, pensó en Miguel y se preguntó qué es lo que estaría haciendo en aquel preciso instante mientras ella daba un sorbo a una cerveza con limón. ¿Estaría pensando en ella? No, no lo estaría haciendo... Hacía ya casi un año que no se veían. El sol había vuelto a la misma posición que el día de su marcha casi en dos ocasiones.

-¡Clara! -La voz de Raquel, una de sus compañeras de trabajo, la sacó de sus pensamientos-. Nos vamos. ¿Te vienes con nosotros?

-No, me he traído el coche.

Quizás nunca sabremos lo que estaba haciendo Miguel durante ese sorbo, pero sí lo que estaba haciendo Chema: salía de la ducha. Se estaba arreglando para ir a una de esas cenas que tanto le aburrían, aunque esta noche el motivo merecía la pena. Era el producto de muchos meses de trabajo y aún más noches de desvelos. Su mujer se estaba maquillando en el mismo cuarto de baño. Mientras se liaba en la toalla miró a Johana a través del espejo. Vio su espalda. No la había visto en todo el día. No había pensado en ella hasta entonces y un "hola" había sido la única palabra que se habían cruzado desde que él llegara a la casa que ambos compartían en Conde Orgaz.

Volvió a mirar su cuerpo escultural de más de metro ochenta, aquella espalda perfecta y aquella melena rubia que ahora llevaba recogida. "¿Qué coño vería yo en esta mujer para casarme con ella?", se preguntó no obstante. Un pensamiento inconsciente que le provocó una carcajada.

-¿De qué te ríes? Pareces contento. Supongo que es por lo de la fusión. -Las palabras de Johana no encontraron respuesta. Él salió del cuarto de baño ignorando el comentario.

Los dos, ya vestidos, salieron para dirigirse hasta el Ritz, donde tenía lugar la cena que celebraba la firma aquella tarde de la fusión que había traído de cabeza a Chema y a su equipo durante meses. Ya era un hecho: ya era el director general del grupo de comunicación más importante de España. Sudamérica era ahora su meta. Mañana sería la noticia que abriría todos los informativos y todos los periódicos. ¡Qué extraño que una vez conseguido uno de sus sueños en lugar de sentirse satisfecho se sentía vació! Se sentía sólo en aquel coche sentado al lado de aquel témpano de hielo teutón. Pensó en su padre, en su madre, en su familia. Todos tan distantes. Todos tan fríos, tan educados, tan correctos. Pensó en aquellas madres que besaban a sus hijos en las puertas de los colegios, aquellas madres que llevaban a sus bebés abrazados como si de un momento a otro se los fueran a arrebatar de sus manos. Trató de recordar un beso de la suya. No existieron.

De repente, la imagen de una cara pecosa vino a su mente. Una sonrisa, la más inocente y por ello hermosa que había visto jamás. Una mirada tierna que se tornó de espanto en cuanto se topó con la suya. No se extrañó, solía provocar miedo en la gente. Ese pavor le satisfacía, nunca pretendió resultar cercano. Las distancias y la frialdad siempre le habían dado buen resultado. Salvo unos pocos amigos que cabían en media mano y que le conocían a la perfección, el resto de la gente le describía como un hombre educado, frío, ambicioso, calculador, inteligente, seguro de sí mismo, distante, caballeroso y a la vez razonable y ecuánime. Un hombre que no se dejaba ver en las distancias cortas y del que poco se sabía. Un hombre celoso de su intimidad, considerado durante años como el soltero más codiciado hasta que la bella Johana logró tener su arandela de oro y brillantes en el dedo anular. A partir de ese de ese día Chema pasó a convertirse en el casado más codiciado en los círculos de la alta sociedad española.

Todos se han levantado de la mesa. Chema coge a Clara de la mano, quiere que se sienta segura. Se despide de todos cariñosamente, mientras yo estoy pensando en la manera de acercarme a ella. Quiero pedirle perdón, necesito que me perdone por lo que hice, por la confesión trasnochada de ayer. He intentado alejar con todas mis fuerzas la envidia que siempre he sentido por ella desde que la conozco, pero está claro que no he podido. Cuando estaba Miguel, él ocupaba mis pensamientos. Ahora que veo la mano de Chema apretando la suya, también quiero eso para mí. Trato de pensar en otra cosa, mientras me acerco. María y su acompañante están con ellos. Clara parece que se está relajando a medida que los amigos se están marchando. Tanto es así que su mano también está apretando la de él. Los nudillos están blancos. Yo no puedo dejar de mirar esas manos. No puedo apartar la mirada de esa pequeña mano entrelazada a la enorme y bella de él. Se aprietan con fuerza, estrechan sus lazos secretos. La envidia me corroe.

Sonrío, no sé bien por qué pero lo hago. Chema y Gonzalo bromean. Es obvio que se conocen desde hace años. Ese hombre, casi tan alto como Chema, está contando la aventura vivida con María antes de llegar al restaurante esa misma mañana. Todos están riendo. Todos tratan de restar tensión a la situación que es verdaderamente incómoda.

-Llevaba más de 45 minutos esperando, cuando me di cuenta de que no tenía el teléfono de esa María que estaba encargada de recogerme. Te llamé, y el tuyo estaba apagado. Ni siquiera sabía dónde estaba el restaurante ni su nombre. - Su acento es obviamente andaluz-. ¡La próxima vez, Chema, mándame a tu mujer, que parece que anda más cuerda que la loca que se ha dejado el coche arrancado en mitad de la calle!

-¿Mi mujer? ¿Más cuerda? ¿No te has enterado acaso que me acaba de decir que no? -contesta Chema bromeando y provocando la carcajada de todos, incluida la de Clara.

-No ha sido un no tan no -interviene Clara con las mejillas encendidas. Siempre le ha encantado reírse de sí misma. Está cómoda con Gonzalo, se nota que le cae muy bien.

-Bueno, ha sido un no, nena. Te has quedado sin anillo. Ahora no quieras arreglarlo. Y tú, por favor dedícate a otra cosa que no sea de guía turística -dice Chema en broma mientras el resto ríe. Gonzalo no deja de mirar a María, que hoy parece otra mujer. Una distinta.

El amigo malagueño de Chema cuenta detalles de la aventura protagonizada por María, quien al parecer, después de equivocarse de túnel en Madrid, terminó en el Pirulí teniendo que atravesar la Castellana con el coche de Clara, un coche nuevo regalo de Navidad, que -según ha confesado Gonzalo- se ha dejado abierto, con las llaves puestas y arrancado en el *parking* para los taxistas en la Estación de Atocha.

-Estaba preocupado, cansado de esperar. Me habías dicho que esa tal María llegaría a la una y cuarto. Eran ya las dos, cuando de repente veo una mujer bajar corriendo rampa abajo con un vestido negro palabra de honor y unos taconazos. La estaba mirando, porque no podía entender cómo podía correr tanto subida en esos andamios -sigue contando Gonzalo-. Y lo peor fue cuando vi que venía directa hasta donde yo estaba...

-Llegaba una hora tarde. ¡Estaba angustiada! -le interrumpe María-. Imagínate, en cuanto lo vi supe que era él. Encajaba con la descripción que me habías dado, Chema. Sí, la del hombre de las cavernas.

Chema no para de reírse. Clara está evidentemente más relajada que unos minutos atrás. Todos en realidad están fingiendo, guardando una educada compostura maquillada de una no menos falsa diversión, mientras yo les miro con la perspectiva que da la distancia de los cobardes. Ellos siguen hablando, yo sólo miro.

-De repente, viene y me coge por el codo mientras dice: "¿Eres Gonzalo?" -sigue narrando el amigo de Chema-. ¡Joder!, menos mal que era yo... Que anda, que si es otro lo lleva al coche igualmente porque no me ha dejado ni contestarle que sí.

María está encantada. Yo no digo nada. No he sabido que María tenía que recoger a un amigo de Chema en el AVE hasta ahora. Nadie me ha dicho nada y cuando la he visto salir por la puerta esta mañana no he preguntado. Sabía que no me contestaría, ella es así de orgullosa. Cuando se enfada, se enfada de veras.

-Perdona, Gonzalo, creo que no te he presentado a mi amiga Lourdes -dice de repente Clara-. Ella es como María. Las dos son como hermanas para mí. Creo que te he hablado de ellas en alguna ocasión.
-Sí, claro. Encantado, Lourdes. Perdona que no me haya presentado antes. No me he dado cuenta -dice él mientras me besa en las mejillas.
-Un placer, Gonzalo -contestó yo, mientras miro a Clara a la vez que le doy dos besos a Gonzalo.
-En fin, me marcho. Llegaré tarde -sigue Gonzalo, después de mirar el reloj- -Si no te importa, María, me iré en taxi. Ya estoy mayor para tanto sobresalto.
Sigue la broma, pero finalmente es Chema quien le lleva al AVE. Nos despedimos. Nosotras nos vamos en el coche de Clara. Esta vez es ella quien conduce. Estamos las tres calladas. Yo, cómo no, voy sentada detrás. Suena un cedé. Lo escuchamos. Ninguna dice nada. Entre nosotras no hace falta decir gilipolleces para matar el tiempo. No hay disimulos. Los silencios a veces son lo mejor. Esta ocasión, la mejor prueba de esta afirmación. Llegamos a casa. Clara

aparca el coche en el *parking*. Para el motor, quita la llave. No se baja. Nosotras tampoco.

-No puedo casarme con él-. Clara rompe el silencio.

María y yo, seguimos calladas. Por primera vez creo que estamos de acuerdo en algo: no es momento de decir nada.

-Vamos a cambiarnos de ropa. He pensado que, como os vais mañana, será divertido tomar unas cervezas en el centro -añade Clara, mientras tomamos nota de su indirecta. No tenemos billete para ese "mañana" que acaba de mencionar. Pero yo, al menos, lo capto. Quiere que nos marchemos.

VIII

Ni me siento mal, ni me siento bien. No siento nada. Manuel se ha puesto muy contento de nuestra vuelta, Chema aún no ha llegado. Pero no tardará en hacerlo. Atocha está relativamente cerca de nuestra casa. "Nuestra casa", pienso. Me gusta todo lo que empieza por y' "nuestro". Después de dar un beso al niño, cada una ha ido a su habitación. Manuel, como es normal, ha seguido los pasos de su madre mientras le decía que estaba hecha toda una princesa. ¿A quién habrá salido el peque? Desde luego a su padre no.

Deben ser algo más de las seis de la tarde. Lo sé no porque haya mirado el reloj, que nunca llevo, sino por la luz que entra por la ventana. Me apoyo en el quicio de la puerta. Me siento como si estuviera a salvo después de haber estado en peligro. Estoy tan aliviada de no sé qué, que miro mi habitación. La enorme cama está en el centro. Mi habitación es de color azul. Una azul alegre que combina, en mi opinión, a la perfección con las dos paredes enteladas de florecitas que cobijan la parte en la que está instalado mi despacho. Siempre hay flores. Me gustan las flores campestres. Las hay por toda la casa, pero las de mi habitación son especiales porque Chema me las trae personalmente todas las semanas desde que nos vinimos a vivir a aquí. Él nunca entendió por qué no quise tener un despacho independiente como el suyo, que está en una de las dos habitaciones contiguas a la nuestra. Suele pasar mucho tiempo en él, pero siempre ha dicho que, aun teniendo que estar trabajando en casa quiere tenerme cerca. Algo parecido a lo que pasa con nuestra cama, que es sagrada. Tanto que aunque nos hayamos enfadado sin perdón, que ha sucedido en alguna ocasión, tenemos como norma no dormir en otro lugar aunque nos demos la espalda, cosa que tampoco ha sucedido hasta ahora.

Ahora hace tiempo que ya no lo hago, lo de poner reglas y normas, digo. Antes tenía una cierta afición a ese tipo de convenios que tanta gracia le hacían a Chema. Me gustan las normas. Los códigos que son sólo nuestros. Que no valen para nadie más que para nosotros. Me gustan nuestras leyes, las que rigen nuestra vida en común. Por una simple razón: porque ellas convierten nuestro binomio en único, en singular e irrepetible. Tres cualidades que me atraen de todas las cosas que las poseen. Así, si un día dije que si se marchaba a dormir al sillón después de haber discutido conmigo, que en este caso sería una auténtica estupidez por el simple hecho de que este enorme piso tiene nueve habitaciones y diez cuartos de baño, me iría de casa. Chema a pesar de que siempre tuvo la certeza de que no cumpliría con mi palabra, nunca jamás lo hizo.

Ahora giro levemente mi cuello. Cruje. Estoy aún un poco tensa. Sigo de pie frente a la cama, apoyada aún en el quicio. Oigo unos pasos por el pasillo, pero no me doy la vuelta porque sé que no es él. Conozco la forma en que cruje la madera cuando él la pisa. Es María, que llega espléndida con su ojo aún morado, eso sí. Se ha quitado el maquillaje y ahora se le nota más que hace unas horas. Aunque era evidente que algo le pasaba en el ojo, a pesar del maquillaje, nadie creo que ha preguntado por él.

-Nena, necesito que me dejes tus vaqueros. Esos que son tan chulos. Los de Fornarina. ¿Sabes a cuáles me estoy refiriendo?

Es increíble la capacidad que tiene María de reinventarse cuando está lejos de Álvaro. No parece la misma, debe ser entre otras cuestiones porque no se toma tantas pastillas. No me da tiempo a contestarle cuando oigo que ha abierto el vestidor. Está dentro. El ruido de las perchas dicen que ya los está buscando. A mí no me importa en absoluto, aunque sé que no le van a entrar. Pero ella es así, siempre lo intenta.

-Nena, que de ropa. Creo que te hace falta hacer un poco de limpieza en este armario. Y claro, lo que ya no te quede bien o se te haya quedado pequeño me lo das a mí -. Ahora bromea, no estoy viendo su cara, pero sé que se está riendo.

De repente, sale del armario, con los vaqueros en la mano. Con los vaqueros y con un par de prendas para ponerse encima y una caja de zapatos. Está claro que tiene decidido pasar una mala noche con unos pantalones que no la dejarán respirar, con una camiseta con las costuras reventadas y con un dolor de pies que se prevé insoportable, pues tengo dos números menos. Tampoco cabe duda de que saldrá con todo eso puesto sea como sea.

-Oye, que simpático el amigo de Chema ¿Cómo ha dicho que se llama? ¿Gonzalo?

Conozco bien a María. Tanto que sé que quiere que le cuente lo que conozco de él. Es evidente que se está haciendo la loca y que recuerda perfectamente su nombre. Y no sólo cómo se llama, seguro que en las más de tres horas que hemos estado en la Quinta de Los Cedros, ella ha sabido aprovechar el tiempo. Algo que me sorprende, en cierta medida, porque jamás de los jamases la he visto ni interesada por nadie que no sea Álvaro, con quien sale desde los diecisiete, y mucho menos coquetear.

-Está casado.

La voz de Chema nos hace pegar un respingo a las dos. No lo esperábamos. No lo hemos escuchado llegar. No he mirado sus pies pero sé que está descalzo. Está justo detrás de mí. Pegado a mi cuerpo. Lo sé porque estoy sintiendo su respiración en mi cuello. Ahora lo besa. María lo está viendo, porque está enfrente de mí y de él. Se ha quedado sorprendida o más bien desilusionada, supongo. No sé por qué. Ella también está casada y no creo que tuviera interés en tener una aventura. No le pega. Sigue parada con la ropa en la mano, pero ahora intentando disimular.

-Yo también lo estoy, quería saber a qué se dedica. Siento curiosidad. Sólo eso -le contesta tímidamente.

Chema, mientras María habla, me desabrocha la cremallera del vestido, que aún no me he quitado.

-Os veo ahora, ¿Vale? -dice María mientras sale de nuestra habitación.

Chema me rodea con sus brazos. Me baja el vestido, me lo quita. Me besa la espalda. Me lleva hasta los pies de la cama. Me da la vuelta. Me sienta. Me quita los zapatos, delicadamente, como todo lo que hace y que tiene que ver conmigo. Le miro y pienso en lo guapo que es. Lo perfecto. Está arrodillado delante de mí. Estoy en ropa interior. Me abraza de nuevo y apoya su cabeza en mi vientre. Oigo que dice 'te quiero'. Enciende mi deseo. Me arrepiento de haber dicho que no. Abre mis piernas y comienza por uno de mis tobillos.

-¿Por qué no pasamos de salir esta noche y nos quedamos en casa? Me apetece ver una película en la cama, cenar algo aquí. Hace tiempo que no lo hacemos. Quiero estar contigo. Perdona Clara, pero estoy un poco cansado. Hace días que no estamos a solas.
-Les he dicho que saldríamos a tomar unas cervezas..., mañana se marchan. Yo no me voy a ir a ningún sitio ¿Tu?
-Como quieras Clara. Respecto a mí, esta semana tengo que ir a Barcelona. Serán unos días, pero esta vez quiero que vengas. Lo pasaremos bien. Incluso podríamos ir a Paris desde allí a pasar el fin de semana, ¿te parece?
-Hablaré con Pepe. Tenemos algo esta semana. Ahora mismo no recuerdo de qué se trata. Si lo puedo posponer, claro que voy contigo.
-Siento lo que ha pasado hoy. Debería haberlo hecho de otro modo.
-Yo te quiero Chema.
-Pero no lo suficiente.

-Más de lo que piensas. Mucho más. Estoy preocupada, eso es todo. Después de lo que ha pasado, al llegar a casa, he sentido que te quiero más que nunca.

-¿Qué nos ha pasado, Clara?

Me doy la vuelta. Hace ya un rato que hemos terminado de hacer el amor. Me acurruco en su pecho. Entonces esa pregunta me hace recordar algo que vi hace unos días en la televisión. La veo muy poco, pero haciendo zapping algo llamó mi atención. Eran unas ballenas que jugaban con una cría de foca. Un comportamiento extraño, según decían en el documental. Un comportamiento que sólo está sujeto a suposiciones. Las ballenas, las hermosas orcas, lanzaban por los aires a la cría. Durante un largo rato. Una y otra vez. Incluso cuando ya estaba muerta. Finalmente, se la comían. Un ritual extraño, como tantas otras cosas. No sé qué lugar era, ni que océano.

-Todo está en constante movimiento. En constante cambio y no nos damos cuenta hasta que un día nos paramos en seco y tomamos consciencia de cuánto han cambiado las cosas sin saber por qué -le digo.

"La naturaleza está en constante movimiento". Así es como acaba ese documental del que en ese preciso momento me estaba acordando. Chema besa mi frente. Sonríe. 'Clara, eres tan especial para mí', dice él mientras yo oigo como su corazón late. Suelo poner la oreja o una de mis manos en su pecho. Me gusta sentir su corazón, siempre me ha gustado. Imagino cómo es de grande. Debe serlo y mucho.

-¡Clara!

Me están llamando. Lourdes y María deben estar desesperadas y yo aún sin ducharme. Salgo de la cama, no sin antes dar un beso a Chema en los labios. Decido apartar de mi mente ese extracto de conversación con una chica que no soy yo en la que Chema le dice que no quiere ser padre. Una frase leída a hurtadillas en su móvil que ha sustituido a la foca en una milésima de segundo. Abro el grifo de la ducha y me meto dentro. Mientras me enjabono le pido a Chema que me saque unos vaqueros y una camiseta. Cuando cierro el grifo está todo, ropa interior limpia incluida, encima de la silla que tenemos en nuestro cuarto de baño. Mientras me visto le llamo pero no me contesta. Cuando salgo y entro en la habitación veo que no está. La música que oigo me hace saber que está en su despacho y que no tiene ninguna intención de venir. Demasiadas chicas, demasiadas salidas para él, que tiene trabajo pendiente y muchas responsabilidades que atender, supongo.

Ahora soy yo la que le beso en el cuello ¡Huele tan bien! Sé que no va a venir, pero no digo nada. Entre nosotros ya hay muchas cosas que no hacen falta decir. Esa es la ventaja que da el paso de los años. De las pocas ventajas que otorga ese constante cambio del que antes, tan sólo un instante antes, le hablaba.

-Adiós. Me tengo que ir. ¿Me esperarás despierto?
-Sólo si vienes a una hora prudente. Mientras te duchabas ha llamado Pepe. He estado hablando con él. Tenemos que hablar, Clara. Me ha dicho que si no terminas el libro, tendremos que rescindir el contrato con la editorial -. Su tono ahora es muy diferente al de hace tan sólo un momento.
-No tengo ganas de hablar de eso ni ahora, ni creo que luego...

Chema se ha levantado. Cierra la puerta. Hace tiempo que no se pone así. En casa, suele ser una persona diferente. Se ha vestido de presidente, olvidando que yo no soy su empleada. Me ha cabreado en un solo segundo, en el mismo tiempo que un Lamborghini podría pasar de cero a cien. No es el momento. Pero, ¡qué se le va a hacer!

-¿No quieres hablar ni ahora ni luego? ¿Qué significa eso? ¿La naturaleza y sus cambios te han hecho olvidar que hace tan sólo unos años no eras nadie?

Ahora me resulta una persona cruel. Ese es uno de sus mayores defectos. Cuando se enfada hiere. Hace daño porque sabe muy bien dónde apuntar. No tiene escrúpulos. Luego se le pasa y se disculpa, pero el daño ya está hecho sin gritos y sin palabras malsonantes. Hay palabras envueltas en un susurro que duelen más que una puñalada certera.

-No me hables así.

-Pues entonces procura no olvidar que debes estar muy agradecida a tu suerte.

-¿A mi suerte o a tu dinero?

-A tu suerte. Mi dinero no ha tenido nada que ver con tu carrera. Ha sido cuestión de un talento que descuidas a menudo. Eres una excéntrica y una egoísta. Dos rasgos que sólo se justifican si sigues siendo una artista. De lo contrario, sólo serás una malcriada con comportamientos como el que has tenido hoy delante de todos.

-¡Eres un rencoroso de mierda! -. Lo siento, pero no puedo evitarlo. Hace sólo un momento no le daba tanta importancia.

-Habla bien, por favor. Ese vocabulario no es digno de alguien como tú.

-No escribiré, porque simplemente no me da la gana. No escribiré y si hay que rescindir el contrato se rescinde. Si tengo que pagar, pagaré. Pero no voy a escribir más.

-No te entiendo, Clara. De veras que no consigo entenderte.

-No hay nada que entender. Simplemente, ya no tengo nada más que contar. Eso es todo. Demasiado he contado para haber vivido tan poco, ¿no te parece?

-Si es así, prepárate para el ocaso. La gente como tú no suele llevarlo bien. Si realmente estás pensando de veras lo que estás diciendo, estás acabada. Tú misma.

-¿Sabes una cosa, José María Adax? Que no hace daño quien quiere, sino quien puede. Tú no puedes. Estoy acabada, tú lo has dicho. Pero no porque yo lo haya elegido. De nuevo, la vida ha elegido por mí.

Pego un portazo. Siento que le odio en este instante. Ha sido un día intenso. Mañana veremos las cosas de otra manera, supongo. Pepe está preocupado, lo entiendo. Pero no sé por qué le ha dicho nada a él. Yo soy su jefa. Soy la que le ha dado de comer todos estos años. Ha ganado tanto dinero con mis libros que podría no trabajar más el resto de su vida. Tiene cincuenta y tantos, la vida resuelta, dos hijas mayores, una mujer joven y siento que me acaba de traicionar. Siento otra vez, no es la primera, que mi carrera ha estado directamente relacionada y de manera proporcional con el amor que todos los que me han rodeado desde que volví hace diez años me han profesado. Siento que me están robando en parte, que me están succionando la sangre de alguna manera. Me siento mal y ahora entiendo por qué mi boca dijo no, sin que ni siquiera a mi cerebro le hubiera dado tiempo a pensar la respuesta. Está claro que quien pronunció ese no fue directamente mi corazón.

Mis amigas me están esperando. Ya se hablan. Me parece estupendo. De nuevo y pese a todo, ellas son lo único de verdad que poseo en la vida. Lo único que está fuera de toda duda. Lo incuestionable. ¡Qué más da lo que pasara hace diez años! Miguel tuvo tiempo de venir a buscarme y no lo hizo. Con su marcha no hubo perdedores ni ganadores. Durante mucho tiempo pensé que, en realidad, él había huido de su familia, no de mí. Ese pensamiento me consolaba. Está claro que el tiempo ha pasado, que no cogí ese avión, que no viví ese amor que tan mío lo he sentido todos estos años. Está claro que lo nuestro no estaba escrito, por eso mi fortuna de ser escritora me ha permitido versionar ese amor de mil maneras diferentes en los libros que he escrito. Ahora, desde la sabiduría que me han dado los años he descubierto que lo que muere pronto permanece en nuestras retinas como algo incorrupto, algo no ajado por el desgaste del tiempo, por ese permanente cambio. Nuestro amor murió cuando estaba en su momento más álgido, por eso es incomparable el sentimiento que permanece a cualquier otro que pueda experimentar. Él ha sido y será mi regalo de vida. Mi alimento.

IX

Hemos salido a cenar a pesar de que ha sido un día tan largo. Antes de ir al restaurante donde Clara ha reservado mesa, hemos estado tomando cañas por Huertas, una conocida zona de Madrid en pleno centro. Por el portazo que se ha escuchado en el ático de la calle Ibiza, yo diría que Clara ha discutido con Chema. ¡Y yo que pensaba que estaban haciendo el amor! Algo que no he podido saber porque ella no ha dicho nada ni respecto de eso ni de nada de lo acontecido en todo el día; todo lo contrario, bromea y charla animadamente a pesar de que él no ha venido, lo que interpreto como síntoma inequívoco de que algo ha ido realmente mal. Espero que no tan mal como para tener que llamar a Gil Stauffer. De tener que hacer una mudanza, está claro que para poder pagarla Clarita tendría que escribir otro de sus libros. Madre mía, la de cosas que había en esa casa. "Cuanto más gatos, más ratones" que diría mi madre.

Cuando se mudaron de la primera casa en la que vivieron, un adosado en un pueblo a las afueras de Madrid, donde él se instaló después de separarse de teutona, y tetona por cierto también, el pobre Pepe ya se quejó de la cantidad de cosas que había que trasladar. Y no fue por falta de una empresa de mudanzas, que se contrató. Fue por culpa de Clarita, que como la paciencia no ha sido nunca su virtud, decidió llevarse algunas cosas unos días antes, porque no quería dormir con las paredes vacías. Así es que sin remedio yo vine a ayudarla y, como no, su Pepe que siempre ha estado para todo.

-¿Yo quisiera saber, Clarita, donde está tu amado mientras nosotros nos jodemos la espalda cargando cosas? - recuerdo que decía Pepe en una falsa queja. Siempre ha sido muy teatrero.

Era verano, no recuerdo la fecha exacta pero sí el calor que hacía. Habíamos alquilado una furgoneta para llevar unas cuantas cosas, que resultaron ser bastantes. Pepe estaba apoyado en la puerta del vehículo. Estaba exhausto. Era el único hombre presente en este evento. Por eso fue el que se llevó la peor parte, cargando prácticamente todo en la furgoneta de alquiler, mientras Clara y yo decidíamos qué embalar en ese traslado, llamemos de emergencia.

-Está de viaje, Pepe.
-¿Que está de viaje? ¡Manda cojones la cosa! Espero que de donde esté no te traiga un puto cuadro más, que ya pareces la Thissen y eso que todavía no has ganado bastante dinero...

Por aquel entonces, Clara ya había escrito el primero de sus libros, que dio de lleno en la diana después de ganar uno de los más prestigiosos premios literarios nacionales. Por aquel entonces ese libro -*Luces tenues*- comenzaba a ser traducido en varios idiomas, convirtiéndose en un éxito de ventas en Inglaterra o Italia. Ya se sabe, eso de que uno no es profeta en su tierra. Aunque este dicho tampoco es exacto en este caso, porque en Estepona, donde ella iba bien poco desde que se marchara, le llegaron a poner su nombre a una calle y la nombraron hija predilecta. Aquel día ella fue, acompañada por Chema. Su cara era un poema. No sé bien por qué, aunque puedo imaginarlo. Le hicieron un par de entrevistas y volvió aquella misma noche. ¡Qué curioso me pareció aquello! Hacía relativamente tan poco tiempo que era quien se ganaba la vida entrevistando a la gente… Ahora era ella la que había vuelto por la puerta grande, siendo la protagonista. Hasta la madre de Miguel se acercó a saludarla. Parece que había dejado de ser la hija de una puta a sus ojos. No me extraña que después de aquel saludo ella me dijera al oído: "Qué poco me gusta el mundo a veces, ¿te lo había dicho alguna vez?".

Para entonces, Pepe ya se había convertido en su perro guardián. Álvaro, que es muy avispado, a pesar de lo desagradable que es, siempre me ha dicho que ese hombre fue impuesto por Chema para vigilar a Clara. Alguna vez recuerdo haberle preguntado cuándo o cómo lo conoció, sin obtener más respuesta que un "nos conocemos desde hace años". De cualquier manera, sea como fuere, el paso del tiempo creo que terminó alineando a Pepe en el bando de Clarita. Al final, terminó queriéndola tanto que, si eran los ojos de Chema cuando este no estaba, seguro que hizo el mundo ciego en más de una ocasión. A fin de cuentas, la que ganaba el dinero que tan buena vida le estaba permitiendo a él era ella, no Chema. Pero en este caso, para ser franca y justa, creo que se trataba más de un asunto de cariño verdadero y sincero que de una cuestión de dinero.

-Venga, no te quejes, que me estás haciendo muy feliz. Piensa que esta noche dormiré en casa y que, mientras lo haga, pensaré en ti -le dijo Clara a Pepe, que seguía refunfuñando.
-No intentes camelarme, Clarita, que te conozco. Y deja de reírte, que estoy cabreado y mucho, te lo digo en serio.

Y lo decía en serio, pero no podía evitar reírse con ella. Era una especie de debilidad la que ya le profesaba por aquel entonces. No era para menos. Como digo, ella lo había convertido en lo que ahora era. Le había dado una oportunidad cuando más lo necesitaba. Su negocio se había ido al traste por lo visto y se había quedado prácticamente sin nada. Y cuando digo sin nada, es nada. Ella fue como una bendición para él. No sólo le dio trabajo, sino que ocupó todas las horas de su tiempo, lo cual le vino de cine en ese momento de soledad que estaba viviendo y que pronto encontró su final con la llegada de Marina, una jovencita a la que conoció en un avión volviendo de la firma de una feria del libro en Guipúzcoa. Pepe estaba en deuda con ella, de eso no cabe la menor duda, ni siquiera ahora cuando los años han borrado el dolor de aquel tiempo y el fracaso vivido.

Desde que empezó a llevarle sus asuntos, suele llegar a casa de Clara en torno a las nueve y media de la mañana. Desayuna con ella mientras departen los asuntos del día o las cosas pendientes. Normalmente se queda en casa de Clara, donde en su momento decidieron instalar la oficina de ambos por deseo expreso de ella. La acompaña a todas las reuniones e incluso en estos últimos tiempos le suple en aquellas tareas que son sustituibles. A no ser que ella tenga otros planes, o la acompaña a las comidas de trabajo o simplemente comen los dos solos en casa o en un restaurante que está justo al lado del piso de Clara. Un sitio pequeño, en la calle Ibiza, donde todos los días hay un menú diferente a base de platos caseros. A ella no le gusta demasiado comer fuera. Prefiere estar en casa. Ella escribe, cuando lo hace, en su habitación - que es muy grande-, mientras él tiene una mesa en el despacho de Chema desde donde hace su parte del trabajo. En cuanto a viajes se refiere, él también la acompañaba a todas partes, aunque Chema vaya también. Se ocupa de todo. Más que un agente, él es quien la cuida. Una especie de hombre de confianza con el que contar siempre. Una relación basada en muchos aspectos, todos ellos positivos. Hacen un tándem perfecto en opinión de todos, incluidos los cónyuges de ambos que nunca han visto nada anormal en esta relación tan estrecha, especialmente Chema. Lo que afianza la teoría de Álvaro, en mi opinión. Ella, por su parte, ha pagado, me consta, con creces esta dedicación y lealtad hasta el día de hoy.

¡Si pudierais leer sus libros! Son magníficos. Me sorprende reconocer en ellos tantos sentimientos distintos, tantas historias diferentes, máxime viniendo de alguien que no ha vivido demasiado. Lo paradójico es que justo ahora, cuando sí que está viviendo, es cuando menos escribe. Ella dice que tiene una crisis de creatividad, pero yo creo que es otra cosa. Que no tiene ganas, que ya ha escrito bastante. Quizás lo que quiere es disfrutar de lo conseguido: pasar tiempo en esa terraza que tanto le gusta llena de plantas, cenar con amigos y trasnochar si hace falta. Porque mira que es triste tener de todo y no poder disfrutarlo como me pasa a mí.

A diferencia de Clara no me gusta ningún rincón en especial, nunca tengo planes ni los hago, salvo cuando vengo aquí, que parezco una persona distinta. No se me ocurre quedar con amigos, me da pánico que Álvaro me deje en mal lugar. Un asunto que no es una paranoia de tantas cuantas tengo, es producto de la praxis: lo termina haciendo siempre. Tenemos una casa de vacaciones a la que nunca vamos, un barco que ni siquiera sé dónde está atracado y una larga lista de bienes por los que no he sentido ni el más mínimo interés. A lo mejor ha llegado el momento de dejar de tomar tantas pastillas. Desde los trece años estoy diagnosticada con la enfermedad de Crohn y lo cierto es que no me vienen bien del todo. No suelo tener brotes agresivos, desde que hace ocho años tuve el último que casi acaba conmigo y que se saldó con una cicatriz que atraviesa mi barriga de manera vertical, partiéndola en dos y una bolsita en el costado que tuve que llevar casi un año entero.

Dicho esto, lo del Crohn lo llevo bien y me sirve de excusa para hacerme la enferma en casa y no tener que acostarme con Álvaro. Pasar por loca, además también me ayuda. Es como lo de Clara y el "artisteo", que le viene perfecto para justificar ciertas conductas. Yo me apoyo en estas razones para justificar las mías. ¿Ves? Si al final va a resultar que tenemos muchas cosas en común las dos.
-Cuenta, María... -Clara interrumpe mis pensamientos-. Te he visto muy embelesada con Gonzalo esta tarde.

Me gusta esta zona de Madrid y creo que a Clara también. Sigue sin decir nada de lo que ha pasado. Está disimulando. La conozco bien. Sé que está molesta por algo; seguro que tiene que ver con el portazo que hemos oído antes de salir de casa. Lourdes ha sacado por internet los billetes del AVE. Mañana nos vamos. Hemos entendido a la perfección la indirecta de Clara, así es que aprovechando su tardanza, Lulú ha decidido emplear el tiempo no vaya a ser que al llegar a Atocha no hubiera billetes y tuviéramos que esperar. Me pregunta por Gonzalo porque quiere desviar la atención de sí misma.

-No hay nada que contar..., ni mucho menos. Es muy agradable, eso es todo -contesto sin más.

-¿Os habéis dado los teléfonos? -pregunta Lourdes, que ya está coqueteando con un apuesto joven que está en la misma barra que nosotras con sus amigos. Ella siempre tan práctica.

-Está casado y yo también. ¡Vaya mentes calenturientas!

-Pues deberías plantearte tener una aventura -dice Lourdes.

-Lo que deberías plantearte es dejar a Álvaro. No volver con él. Ya está bien, María, estás destrozando tu vida. Eres preciosa. Piensa en cómo te miraba ese Gonzalo hoy. Así es como aún te miran muchos hombres menos el animal con el que vives.

-Déjalo ya, ¿quieres? -suplico a Clara.

Álvaro. No había pensado en él desde hacía horas. Me ha estado llamando todo el fin de semana. No le he cogido el teléfono. He leído un mensaje en el que me pregunta dónde estamos. Está preocupado. Le he contestado que vuelvo mañana. Mañana, otra vez al infierno. Saco el móvil del bolso, vuelvo a ver las quinientas llamadas perdidas de Álvaro y un mensaje. Lo abro. ¡Qué sorpresa!

"Cuento las horas para volver a verte".

No contesto. Quiere filtrear... Está casado. ¿Por quién me toma?

X

Pasaron por lo visto tres días y tres noches desde que nos fuéramos de Madrid sin que Chema dirigiera la palabra a Clara. Parece que, tal y como intuyó María, el último día que estuvimos con ella tuvieron una discusión. Ella misma me lo confirmó después, sin entrar en detalles. En esos tres días ella no dejó de llorar, no porque no le hablara sino por haber roto una de sus absurdas normas. Parece que él no durmió en todo ese tiempo en su habitación. Ella decía que no entendía nada. Creo que el asunto no tiene que ver con lo de la pedida de matrimonio porque si no ella lo entendería, digo yo.

A mitad de semana y tras esos tres días el desconsuelo fue en aumento, después de que al levantarse se diera cuenta de que se había marchado, al parecer a Barcelona. Digo al parecer porque ella es lo que supuso. No dijo nada. Hizo las maletas y se marchó. La asistenta, Fide - creo que se llama, si no recuerdo mal- le dijo que había salido muy temprano después de llamar a un taxi con una maleta en la mano. Entonces Clara pensó que antes del fin de semana estaría de vuelta, pero eso no sucedió. Llegó a finales de la semana siguiente, cuando para entonces ella ya llevaba días en casa después de otro viaje: el suyo a Roma. El motivo, una firma de libros en unos grandes almacenes.

-¿Por qué no le llamas? ¿No te parece un poco absurdo tensar tanto la cuerda? -le dije por teléfono la noche antes de su viaje.

-¿Cómo le voy a llamar? Hay una cosa que se llama dignidad. Yo no he sido quien se ha marchado sin decir nada. No le pienso llamar; que llame él si quiere.

-Pues me parece que estáis llevando las cosas demasiado lejos. Así lo único que haréis es convertir un enfado de nada en una cosa muy grande. Yo no sé mucho de relaciones, pero lo suficiente como para saber que esto no tiene buen final a menos que uno de los dos cedáis.

-Me marcho mañana a Roma. Pepe viene conmigo. Vamos a una firma de libros, estaremos tres días en principio. Ya le he dicho a Pepe que como le diga a Chema dónde vamos, le despido de inmediato. No es justo que yo esté con este sinvivir mientras él vete tú a saber dónde está.

Finalmente, Clara se marchó a Roma con Pepe. Exactamente estuvo allí tres días, tal y como ella me dijo. No supe nada de ella durante esas dos semanas porque, como si una especie de vendaval hubiera entrado en nuestras vidas, Nacho me dejó y María hizo lo mismo con Álvaro.

Así. Tal como suena. Después de diez años de matrimonio, nueve y once meses de desamor, un hijo en común y alguna paliza que otra, María se montó en su coche una noche, con el niño en pijama, tiró de la puerta y pisó el acelerador. Mientras, Álvaro destrozaba la casa a puñetazos en cuanto llegó y se dio cuenta de que María le había dejado, no porque faltara nada sino porque había una nota que decía: "Adiós, Álvaro. Jódete". Ella, entretanto, a medida que ponía kilómetros de por medio se iba quitando piedras de la mochila, al tiempo que mentalmente se repetía una y otra vez: "La vida es todo lo fácil o lo difícil que quieras hacerla".

Una vez aparcó en la puerta de la casa de sus padres fue cuando realmente tomó consciencia de lo que había hecho al mirar atrás. Manuel, dormido en su sillita. No había maletas. No había nada. Un móvil, un coche, su hijo y su vida en pedazos era cuanto se había traído.

El ruido del motor en plena madrugada hizo que Lorenzo, su padre, que también se llama igual que su único hermano, se asomara a la puerta para ver quién había llegado. Al ver a su hija, despertó a Tere, su mujer. Algo estaba claro que había pasado. Sin embargo, no hicieron falta palabras, sólo un beso de bienvenida. Y es que así son los padres. Al menos, los que yo conozco.

Álvaro no se quedó de brazos cruzados. Como es un cobarde, se limitó a llamarla una y otra vez hasta que María decidió cambiar de número de teléfono, no sin que su padre llamara al que había sido su yerno para advertirle de que en caso de que no respetara la decisión de su hija, esta vez quien terminaría con la cara partida sería él y no su pequeña. ¡Como para no ceder! A ver quién iba a tener narices con Lorenzo Moreno.

Yo me enteré al día siguiente de aquello. La propia María me llamó por teléfono para contármelo. Me pidió que no le dijera nada a Clara, que ella ya bastante tenía con lo suyo.

-Ya sé que hemos estado un poco distanciadas. Lulú, ahora eres casi lo único que tengo aquí, además de mis padres, y te necesito.

Yo me sentí orgullosa de aquellas palabras, aunque no hayamos sido tan amigas como Clara y ella, yo siempre la he querido. Me agradó saber que contaba conmigo y yo con ella. Nacho me había dejado y aunque debería estar acostumbrada a relaciones efímeras, he de reconocer que en esta ocasión me dolió. No porque fuera el primer hombre que se atreviera a semejante hazaña, sino porque en el instante que le vi coger las pocas cosas que tenía en mi casa, sentí un dolor físico en el estómago. Y ahora que digo esto me pregunto por qué no me dolía el corazón como a todo el mundo en este tipo de casos.

No obstante, entiendo su decisión. Me he estado acostando con otros hombres. Normal que si se ha enterado, haya cogido sus cosas y se haya marchado. Nunca he entendido muy bien cómo es posible que el género masculino, que es por norma general el que tiene este tipo de conductas, no se solidarice mejor con personas como yo. Pero bueno, habrá más peces en el río, supongo.

María, al enterarse del asunto, se limitó a decir: "Si al final va a resultar que el tontín es más listo de lo que todas nos pensábamos". Una frase que me hizo recordar el porqué de que nunca hayamos congeniado del todo. De la misma manera que todo lo que hace Clara le parece estupendo, todo lo que hago yo le parece fatal. Pero bueno, como nos hemos dado una nueva oportunidad he decidido pasar el comentario por alto. Lo debe estar pasando fatal. Y digo debe, porque no lo parece del todo. Está más guapa que nunca y menos afectada que yo. No toma pastillas, ha dejado de fumar en secreto y no para de comprar ropa interior. El otro día se estaba probando un vestido en mi tienda y cuando entré en el probador me quedé de piedra. Llevaba un conjunto de encaje amarillo pollo. "¿Qué narices le está pasando? -me pregunté-. ¡No creo que ni la madre de Clara usara esos conjuntos en su época laboral de mayor auge!"

Pero lo grave no es que yo esté pensando en suplicarle a Nacho que vuelva conmigo o que María se haya vuelto loca del todo. Lo peor, peor de todo, ha sido esta tarde. He acabado de trabajar a las nueve. Entre unas cosas y otras he terminado saliendo de la tienda casi a las diez. Con esto de que la nueva temporada está llegando no hay un día que salga temprano. Después de apagar las luces y despedirme de las compañeras que aún estaban aquí, sorpresa. ¿Quién me estaba esperando en la calle, apoyada en su coche? Mejor dicho, ¿quiénes me estaban esperando?

Pues ni más ni menos que María, acompañada de Clara. Me he quedado sin palabras. Ayer mismo hablé con ella por teléfono de tonterías, evitando precisamente preocuparla más de lo que evidentemente estaba. Si bien unos días después de volver Clara de Roma supe que Chema había vuelto también, intuí que algo estaba pasando. Nada bueno. Tanto es así, que no le conté nada de lo nuestro, de lo de María o mío. En varias ocasiones su teléfono ha estado apagado o no me ha contestado a mis llamadas. Algún mensaje que otro a deshoras en los que decía:

"En cuanto pueda te llamo".

Algo demasiado inusual en ella. Lo que yo digo, algo ha debido pasar en el cosmos, porque de lo contrario todo esto no tiene explicación.

Hoy hace justo un mes desde que Clara rechazara a Chema. Yo no he visto el programa del que un día, no hace demasiado tiempo ella me habló, ese de las ballenas. Pero no puedo dejar de imaginar, a pesar de no haberlo visto -insisto-, a esa pobre cría de foca muerta volando por los aires por los zarpazos de esas ballenas. La tres ahora mismo parecemos crías de foca o eso es lo que mí me parece. Aunque, como Clara también dice, a veces cuando parece que estás perdiendo, en realidad estás ganando. Yo no entiendo bien ese tipo de cosas, como su cuento del escorpión, pero ella es muy lista y seguro que tiene razón.

-¿Qué haces aquí? -Mi cara debe ser de sorpresa, claro está. Como para no tenerla.

-Lo mismo que vosotras, supongo -contesta Clara sonriendo.

-¿Ha pasado algo?

-Ha pasado de todo -dice Clara, mientras María curiosamente también sonríe. Yo me contagio aunque no creo que nada de lo que está pasando sea motivo de alegría. Parece que volvemos al punto exacto en el que lo dejamos hace diez años cuando ella se marchó, con algunas diferencias.

-¿Has discutido con Chema? -le pregunto.

-¿Crees que una discusión me ha traído hasta aquí? -dice ella, mientras yo me siento demasiado básica para entender ciertas cuestiones-. Anda, tonta, ven y dame un abrazo.

La abrazo. ¡Es tan menuda! María se une. Nos abrazamos las tres. Eso sí, a diferencia de cuando éramos pequeñas, no nos besamos. Creo que todos los castigos que nos llevamos por besarnos en la boca las tres en el patio del colegio de un convento terminaron por hacernos desistir de esa conducta que para nosotras era la mayor de las rebeldías.

Ahora es de madrugada. Yo no consigo dormir. Los acontecimientos de esta tarde me han puesto un tanto nerviosa. Quizás lo que más nerviosa me tiene en realidad es que le he mandado un mensaje a Nacho, porque no me atrevo a llamarle, que decía

"Te necesito".

y aún no me ha contestado. Estoy tumbada en mi cama, tengo el móvil en mi regazo. No contesta. Será que no tiene nada que decir. Estas cosas pasan. A lo mejor ahora que estoy sufriendo por primera vez en mi vida siento que lo merezco. Quizás ahora tengo que padecer todo el dolor que yo he causado. Por eso creo que hasta he rezado y he pedido perdón. Me pasa lo mismo que a Clara y que a María, que no soy especialmente creyente pero ¿qué tengo que perder en este tipo de casos? ¿Y si es verdad que Dios existe y me está escuchando? Anda, que si encima me perdona, mejor que mejor.

Me acurruco contra una almohada, ahora en el lado contrario. Nada, no puedo conciliar el sueño. Por momentos me voy poniendo más nerviosa, pronto darán las siete y tendré que levantarme. Cuanto más pienso esto, menos sueño tengo. Empiezo a asumir que mañana iré sin dormir a trabajar, a menos que llame diciendo que estoy enferma. Pero ese no es mi estilo. Suena el despertador. Las siete en punto de la mañana.

XI

Hace exactamente cinco años que compré la casa. No se lo dije a nadie, excepto a Pepe. Hicimos un viaje relámpago de unas cuantas horas a Estepona para firmar la escritura y volvimos, no sin antes parar en la finca que acababa de pasar a ser de mi propiedad. Pepe se quedó abajo. Le dije que quería subir sola. Su cara era de extrañeza, pero asintió no sin antes protestar. Quería saber qué tenía de especial ese sitio que había adquirido por una millonada.

El dinero era mío. ¡Qué le tenía a él que importar lo que hacía con él! Le pedí que me guardara el secreto, aunque dudaba que lo hiciera. El paso del tiempo borró la duda, porque estoy convencida de que no se lo dijo a Chema, que fue en realidad quien lo contrató en mi nombre. Ellos se conocían de algo, aunque nunca supe de qué. Me contaron que eran viejos amigos y poco más. Lo único cierto de la historia que siempre se ha sabido es que él estaba en una precaria situación económica cuando llegó a Madrid para cuidar de mí. Cuidar de mí es exactamente la tarea que ha tenido encomendada. A mí me dio lo mismo porque en realidad yo nunca hice nada que quisiera ocultar. Pero como el tiempo pone cada cosa en su sitio, ahora sé que haga lo que haga él nunca me delataría.

Al meter la llave en la cerradura de la puerta de arriba, sentí que el corazón me iba a explotar. Estaba como cuando era niña. Como el día en que conocí a María, sólo que esta vez no me esperaba una niña regordeta con olor a vomitona. Me estaba esperando mi vida. Mi propia vida. La miraría de frente, igual que he hecho hace tan sólo unas semanas. Hace tan sólo unas horas. Son días de levantar la mirada, de alzar la cabeza. Son momentos, como dice Pepe, de ganar con valentía o perder con osadía. Es mi momento, igual que ocurrió ese día cuando tras la puerta se abrió ante mí mi propio pasado.

Todo estaba exactamente igual que como lo recordaba. Desde la puerta se veía la cocina americana, que tenía un pequeño balcón, y el salón cuadrado con dos miradores de aluminio blanco por los que entraba la luz a raudales. El suelo de cerámica tenía dos dedos de polvo a tenor de mis propias pisadas, que se quedaron marcadas. Los sillones blancos seguían allí, al igual que la gran mesa de comedor que estaba en el centro. Un secreter antiguo en una esquina con una lámpara encima y una vitrina, también antigua, eran los únicos muebles que había en esa sala. Retrocedí mis pasos por el pasillo hasta la puerta del cuarto de baño. La abrí. Todo igual. El que fuera mi dormitorio, también. Las paredes no habían cambiado de color. Todo pintado de blanco, excepto el paño que hacía de cabecero, de un color parecido al de los fresones. Dos mesitas de noche y una coqueta de color blanco, junto a un sillón de enea, era lo único que quedaba de la que un día fue mi casa. El segundo de los dormitorios estaba vacío.

Abrí el armario del principal. Estaba de suerte: encontré varios juegos de sábanas, algunos incluso me resultaron familiares. Sin saber exactamente la razón, los desdoblé y cubrí los muebles con ellos. La casa estaba llena de polvo, los muebles eran antiguos, pero a mí todo me gustaba. No tenía intención de cambiar nada. No quería que se estropeasen. Me aseguré de que las ventanas estaban bien cerradas. Salí y cerré la puerta tras de mí, sin saber cuánto tiempo pasaría hasta volver, si es que alguna vez volvía. Bajé, me monté en el coche en el que me estaba esperando Pepe. Arrancó y nos fuimos hasta Málaga, teníamos que coger nuestro avión.

-No has quitado el cartel de "Se vende". ¿Piensas especular con esta casa?

-En absoluto. No quiero que nadie se entere que la he comprado.

-¿Por qué?

-Porque no.

-A veces pareces una niña pequeña con esos "porque no" o "porque no me da la gana" -me reprendió Pepe, mientras yo sentía que me había metido en el bolsillo una guerra ganada.

Han pasado cinco años desde aquel día. Estoy de nuevo en esta puerta. Justo delante, sin haber puesto aún los pies en los dos escalones que la separan de la acera. Desde abajo veo ese cartel del que me habló Pepe. Los números se han borrado por el sol. No creo que a estas horas ni siquiera mi querido Pepe sepa dónde estoy. No tengo teléfono porque lo he tirado por la ventanilla del coche. Ahora me arrepiento porque creo que lo necesito, porque quiero llamarle para que esté tranquilo -sé que se preocupara en cuanto no pueda localizarme-. Iré a sacar un duplicado de mi número o tal vez me saque uno nuevo. Hace tan sólo unos días estábamos los dos en el aeropuerto de Barajas, en Madrid, volviendo de Roma. "El vuelo aterrizará a las 21:15, tal y como estaba previsto", decía una azafata mientras yo pensaba en la cara de Miguel. Cerraba los ojos y trataba de escuchar su voz.

-Perdone, señora Ceballos, ¿le puedo hacer una pregunta? -dijo una voz en español que me resultó muy familiar.

Pepe, que estaba sentado a mi lado en el lugar donde estábamos haciendo la firma de libros en Roma, donde aquella tarde me habían presentado como la nueva Mochica de la literatura italiana, levantó la vista al oír esa frase en castellano. Sin dejarme contestar tendió su mano: 'Hola, soy Pepe Crespo, ¡qué alegría da siempre encontrar un español cuando uno está fuera de casa!'. El momento que había imaginado miles de veces, de millones de formas distintas, había llegado de sopetón como llegan las cosas que importan: cuando menos te lo esperas.

-Hola, lo mismo digo -dijo aquel joven español sin decir su nombre. Algo que pasó desapercibido para Pepe, no siendo así en mi caso.

-¿Qué es lo que le querías preguntar a Clara Ceballos? Perdona, creo que te interrumpí... -dijo Pepe consciente de su a veces sobrada extroversión.

Por un segundo miré la cola que se estaba formando en aquel centro comercial. Desee que se parara el tiempo. Algo que obviamente no sucedió.

-Quería saber por qué su último libro se llama *Nueces de Macadamia* si no hay nada en su interior que haga referencia a esta especie de fruto -dijo mirándome fijamente. El ejemplar que llevaba aquel joven en su mano ya estaba abierto por la primera página, mientras el directivo de los grandes almacenes, que no se había separado ni un segundo de nosotros aquella tarde, me volvía a acercar una estilográfica.

-Por el mismo motivo por el que yo me llamo Clara. No hay ninguno. Me gusta el nombre y ya está -contesté, intentando no mirarle a los ojos mientras escribía 'Siempre' en su dedicatoria -. No siempre tiene que haber un porqué para todo...

-Gracias -. Escuché que dijo.

No dejó de mirarme mientras se alejaba entre la gente. Notaba sus ojos clavados en mi cara, a pesar de que estaba intentando no mirarle. Seguí firmando sin levantar los ojos de la mesa salvo para saludar a quienes me habían traído hasta aquí. Alguna foto que otra. Palabras en italiano que no siempre entendía. 'Teníamos que haber invitado a ese joven a la fiesta de esta noche. Es el único español que nos hemos cruzado en todo el día, ¿no te parece? -oí que decía Pepe-. Quería salir corriendo tras él. Quería decirle que me alegraba de verle..., que estaba tan diferente. Que no había dejado de pensar en él ni un solo día. Pero sólo escribí "Siempre" en esa hoja de un libro cualquiera a pesar de haberlo escrito yo.

Había pasado un rato cuando al levantar la cabeza vi que seguía entre la gente. Me sonreía. Intenté mantener la compostura, mientras notaba que se me estaban llenando los ojos de lágrimas levemente. Los suyos brillaban también.

Estaba igual de guapo pero más mayor, mejor. Era como un buen vino, había ganado con los años. Ahora era un hombre. Quería seguir mirándolo, pero después de una amplia sonrisa y un gesto discreto de adiós con la mano que sólo vi yo, desapareció entre la gente y se fue.

Esta vez más que nunca me sentí agradecida por haber sido escritora, por haber tenido la oportunidad de publicar. Por haber podido llamar a un libro *Nueces de Macadamia* o poder firmar en uno de ellos la palabra "Siempre". Todo con tal de haberle podido hacer saber que le seguía queriendo, que no le había olvidado, aunque esas palabras en realidad fueran demasiado grandes para aquello.

-¡Clara, ayúdame a estudiar inglés, anda! Deja de jugar que a este paso cuando esté en Bélgica no sabré decirle al taxista ni siquiera la dirección de mi colegio mayor.
-¡Miguelito, no seas aburrido!
-No me llames Miguelito, llámame Miguelón -decía mientras reía y jugaba con los botones de mi vestido. Sólo sentir el tacto de su mano me hacía estremecer.

Cuando lo recuerdo siempre está riendo. Siempre tiene veinte años. Es como recordar una imagen poco nítida, en la que no puedo ver su cara del todo. Hoy la vida me ha regalado una segunda oportunidad. La he vuelto a ver, solo que ahora no tiene veinte, sino treinta y tantos.

-Inglés no puedo. Si quieres te ayudo con el castellano ¿Cuál es tu palabra favorita? -recuerdo que le pregunté.
-¿En inglés o en castellano?
-En castellano. -Me reí. Siempre me está tomando el pelo. Mi vestido ya no estaba. Ahora jugaba con el broche de mi sujetador.
-Nueces de Macadamia. -Ahora se reía más.
-¿Nueces de Macadamia? -pregunté sorprendida por su elección.
-Sí, ¿qué tiene de extraña esa palabra?

-Nada, es que me ha parecido rara tu elección. De cualquier manera es una palabra compuesta. Yo dije una palabra simple, no compuesta -contesté besando su boca.

-No dijiste nada. Solo palabra. De todas maneras, mi palabra favorita es esa.

-¿Por qué?

-No lo sé. Supongo que porque me parece musical. ¿Por qué siempre tiene que haber un porqué? Me gusta esa palabra, del mismo modo que me gusta tu nombre. Aún no me has dicho la tuya.

-La mía es secreta.

-¡No seas tramposa! -Mi sujetador tampoco estaba ya. Me dio la vuelta para besar mi espalda mientras suplicó: "Anda, dime cuál es".

Me insistía susurrándome al oído. No se la dije. Hicimos el amor toda la noche, de mil maneras, en todas partes. Miguel me besaba, me acariciaba, me decía cosas al oído, me volvía loca. Jugueteaba con mi pelo, entrelazaba sus manos a las mías. Nos quedamos dormidos.

El sonido del despertador en su móvil nos despertó aquel día. Yo apenas me moví, recuerdo. Noté que se levantaba y que se estaba vistiendo. Sonaba la hebilla de su cinturón. Trataba de hacerlo en silencio aunque creo que sabía que estaba despierta. Nunca se quedaba a dormir toda la noche. Su madre. Su maldita madre. Las cosas que nos separaban, que aunque no se mencionaban los dos sabíamos que existían. Traté de evitarlo, él también. Quería evitar tener que reprochar, que quejarme. Él trataba de que no llegara a hacerlo jamás. Debían ser las cinco o las seis de la madrugada, la hora habitual en la que él se marchaba cada noche. Salía muy despacio, cerraba la puerta y recorría los escasos metros que separan nuestras casas. Antes de salir a la calle miraba, pues no quería que nadie le viera. Que nadie descubriera lo nuestro. No quería que su madre se enterase. Sabía que si lo hacía se interpondría entre nosotros. Yo no lo entendía del todo, pero lo respetaba. Le respetaba porque le quería. Porque no quería pensar en mañana, ni en pasado mañana. Solo quería aquel hoy, ese ahora. Era lo único que sentía que tenía.

-Siempre. Mi palabra favorita es siempre -le dije cuando sentí que iba a cruzar la puerta del dormitorio.
-¿Siempre?
-Siempre -contesté en un murmullo sin ni siquiera moverme.
-¿Por qué?
-¿Por qué tiene que haber un porqué para todo? -le pregunté haciendo mía su pregunta formulada horas antes.

Entonces sentí un beso en la comisura de mis labios. Volvió sobre sus pasos, los pasos de unos pies aún descalzos. Sabía que estaba sonriendo. Me di la vuelta y le miré. La luz estaba apagada, pero por la ventana entraba la suficiente como para distinguir sus facciones. Besó mis labios y, sin separar apenas su boca de la mía, él susurró otro "siempre". El suyo...

El vuelo de Roma con destino Madrid salía muy temprano. La noche anterior no había dormido bien. Náuseas y un dolor abdominal importante me habían tenido en vela mi última noche en la capital italiana. Pepe me recogió a las ocho en punto en el *lobby* del hotel. Mi cara debía ser espantosa, pero él no dijo nada. Me besó como siempre, me cogió el bolso y me ayudó a montar en el taxi.

-¿Te encuentras hoy mejor?
-Sí, un poco.
-Cuando lleguemos a Madrid será mejor que te hagas una revisión. Nunca está de más una analítica para comprobar que todo está en orden.
-Debo tener una cara espantosa...
-En absoluto. Estás muy delgada, es lo único. Entiendo que debes estar preocupada, pero no dejes de comer, Clarita. Ya verás cómo, cuando lleguemos a casa, Chema está esperándote.
-¿Te ha llamado?

-No me pongas en un compromiso. Ya sabes que sí.

De nuevo me sentía como una muñeca de trapo en manos de todos. De nuevo estaba decepcionada. ¿Por qué le llamaba para saber de mí, en lugar de marcar mi número de teléfono? La azafata se acercó. Habíamos despegado hacía un rato, pero no oí lo que me dijo. No me interesaba. Le di las gracias sin ni siquiera mirar. No sé qué me había dicho, pero un gracias seguro que nunca estaba de más, pensé.

-¿No quieres un té? -me preguntó Pepe.

-No me apetece nada. Gracias.

-Por cierto, se me ha olvidado contarte una cosa -dijo mientras yo comencé a pensar que me iba a contar alguna mentira para entretenerme.

-Anoche te hubiera gustado venir a la fiesta. Una pena que no te encontraras bien -siguió diciéndome.

-¿Me disculpaste?

-Claro, cómo no -contestó acercándose como si quisiera contarme un secreto-. ¿A qué no adivinas quién estaba allí?

-No, no estoy para adivinanzas. Seguro que no conseguiría saber quién estaba.

-¿Te acuerdas de aquel chico que estuvo en la firma de los libros por la tarde? ¿Aquel chico español que te preguntó...?

-No lo recuerdo -contesté sin dejarlo terminar. El corazón se me había acelerado. Traté de disimular. Dejé de leer, aunque no levanté los ojos del periódico.

-Me dio esto para ti -dijo sacando del maletín en el que siempre lleva el ordenador a cuestas un extraño objeto: una especie de cilindro con un marcador que contenía números y letras. Pepe se sonrió mientras me lo daba.

-¿Qué es? –pregunté, aun sabiendo perfectamente la respuesta.

-Es una especie de caja secreta. Me dijo que debes adivinar una contraseña numérica y un nombre. ¡Qué majo el chaval!

Dejé que siguiera hablando. No dije nada. Sostuve el objeto entre mis manos. Era una caja antigua, la primera que compró hacía años en un anticuario en Cádiz. Yo estaba con él. Le pareció la caja más bonita del mundo, cuando aún ni siquiera sabía lo que era. Estaba hecha a mano en madera de abedul con incrustaciones de nácar que aún conserva intactas, a pesar de que entonces nos dijeron que la caja debía haber sido realizada a finales del siglo XVII. Una ganga que resultó ser solo el inicio de una afición que le llevaría a coleccionar objetos de este tipo.

-Es español como ya sabes. Debe tener tu edad más o menos. Una personalidad en Roma, muy amigo del embajador. Llegó con una rubia despampanante que tenía unas tetas enormes. Una rusa que no entendía nada.

-¡Pepe! -le dije simulando estar molesta por el asunto de la delantera de la rusa.

-Enseguida vino a saludarme. Un tío encantador. Ha leído todos tus libros. Es un admirador tuyo como no te imaginas. Creo que esperaba verte allí.

-Una lástima no haber podido ir, definitivamente. -Traté de que el tono de mi voz sonara lo suficientemente neutro.

-Se llama... ¿Cómo se llama? ¡Qué cabeza la mía! ¡Qué malo soy para esto de los nombres! Espera -continúo diciendo Pepe mientras echó mano al bolsillo de la chaqueta, de donde sacó una tarjeta-. Miguel Dorado. Sí, así se llama. Me dio su tarjeta por si volvemos en otra ocasión. Si lo hacemos recuérdame que lo llame. Me contaron que tiene un palacete en pleno centro de Roma que es una gozada.

-Parece que le han ido bien las cosas en Italia... -Me arrepentí de haber dicho lo primero que se me había pasado por la cabeza en voz alta. Pepe no se dio cuenta a tenor de sus palabras.

-Sí, eso parece. Me contó que empezó a trabajar en una inmobiliaria. Sus padres deben tener un negocio parecido en España, aunque no le pregunté dónde. Pronto montó la suya y ahora tiene una de las constructoras más potentes de Italia, a pesar de que no debe tener mucha más edad que tú.

Mientras Pepe me contaba todo esto, yo seguía jugando con la caja de los secretos, sin que se hubiera dado cuenta. Probablemente pensó que estaba moviendo las ruedecitas con letras y números sin saber lo que estaba haciendo. Yo, en cambio, ya probaba las primeras combinaciones que se me vinieron a la mente. Su fecha de nacimiento, su nombre y el mío. Trataba de pensar qué contraseña abriría esa maldita caja. Quería saber qué había en su interior. Pepe, entretanto, jugaba con la tarjeta. Quería que me la diera, pero en lugar de eso se la volvió a guardar en la chaqueta.

-Le daré las gracias en tu nombre. Le diré que te ha encantado el regalo.

-Ha sido muy atento al mandarme esto. Parece un objeto de valor. Casi preferiría darle las gracias yo misma.

-Ya lo hago yo, no te preocupes -contestó distraído-. Por lo visto colecciona cosas así. Lo que te digo, Clarita, la próxima vez que vengamos le llamaremos.

De repente Pepe se calló, parecía que no tenía más ganas de contarme nada. Yo guardé la cajita en el bolso, cerré el periódico y recline mi cabeza en su hombro. Me dolían aún un poco las sienes. Menos que la noche anterior, pero aún persistían los pinchazos.

-¡Ah! No te pierdas que al final con tanta charla se me olvidó contarte lo que te quería decir! -dijo Pepe al cabo de unos minutos.

-¿Qué?

-Pues que no tendrás tan mala cara. Ese chico dijo durante la cena que eras la mujer más bonita que había visto en toda su vida. Lo dijo así, sin más. Delante de todos.

-¿Y la rusa qué dijo? -pregunté riéndome.

-¿Qué va a decir? Esa no se enteraba de nada. Se nota que se la folla y ya está.

-¿No está casado?

-Me parece a mí que no. Si lo está, desde luego esa rusa no es su mujer.

-¡Cómo eres!

-Hija, solo quiero que te animes. Si de mí alguien tan estupendo dijera en público que soy el hombre más guapo del universo, me sentiría halagado.

-Yo me preocuparía si alguien dijera eso de ti. Marina sería capaz de arrancarle la cabeza de cuajo-. Seguí disimulando mientras me maldecía por no haberle quitado la tarjeta de la mano mientras se la guardaba. Nos reímos los dos por el comentario de Marina y, cuando dejamos de hacerlo, me besó en la frente. Estábamos llegando a Madrid.

XII

Volvimos de Madrid a mediodía. A Lourdes vino su padre a recogerla a Vialia, la estación de tren en la capital malagueña. Yo recogí mi coche, que había dejado en el *parking* tres días antes, cuando decidimos adelantar el viaje para la pedida de Clara por el asunto de mi ojo morado. Me despedí de Lulú sin esperar siquiera que llegara su padre. Cogí a Manuel con una mano, la maleta con la otra. Bajamos, pagamos en el cajero automático y nos montamos en mi coche, que estaba a pocos metros de la puerta para peatones en la primera planta subterránea de esta antigua estación, hoy convertida en un conocido centro comercial. Si me crucé con gente no lo recuerdo, de la misma manera que tampoco recuerdo cómo llegué desde Vialia a mi casa en la Malagueta. Los nervios me hacían parecer una autómata. Si la distancia me había vestido de valor, la cercanía ahora me había desnudado de nuevo. Álvaro no defraudó, menos después de haber estado intentando contactar conmigo sin haberlo conseguido durante días.

No hizo falta girar la llave para abrir la puerta. Como si de magia se tratara se abrió suavemente, con la diferencia de que en lugar de encontrar detrás a David Copperfield me encontré con un Álvaro ojeroso, con barba de unos cuantos días y con pinta de no haberse duchado desde hacía tiempo. Era obvio que no había estado yendo a trabajar al restaurante que tenemos -o más bien que él sigue teniendo- en una céntrica calle aledaña a Marqués de Larios. Manuel, al verlo, salió corriendo y le rodeó el cuello con sus bracitos mientras él se agachaba para saludar a su hijo. Él, entretanto, no dejaba de mirarme con una aparente mezcla de tristeza y arrepentimiento. Digo aparente, porque aquella misma noche a cuenta de la cena me volvió a golpear, solo que está vez con más virulencia que la anterior.

-Mamá, vámonos de casa -me dijo mi pequeño Manuel con su aún media lengua cuando fui a arroparle a su habitación. Tenía miedo, era evidente. No me di cuenta, quizás Álvaro tampoco, de que el niño vio la escena en la cocina. En ese momento di por hecho que seguiría acostado en su camita en la planta de arriba. Tal vez las voces o el ruido lo sacaron de la cama. Tal vez... Pero, fuera lo que fuese, lo cierto es que mi niño, que se había ido a dormir contento, estaba entonces hecho un mar de lágrimas.

-¿A dónde vamos a ir, cielo mío? -le contesté yo. Lo abracé. Me había metido en su cama, mientras él trataba de encontrar la postura dentro de la curva que dejaba mi abdomen-. Ahora es muy tarde, tesoro. Mañana buscaremos un sitio donde ir, ¿vale, vida mía?

-Vale, mamá, lo que tú digas. Tengo miedo, no quiero que llores. ¿Te duelen las pupitas? -me preguntó mientras yo seguía abrazándolo de espaldas. ¡Su cuerpo es tan pequeño aún a pesar de haber dejado de ser un bebe...!

-No, mi vida. No me duele nada. -No podía moverme aunque en ese momento aún no sabía que tenía las costillas rotas y la nariz también.

Aquella noche, mientras Álvaro se comía un helado tranquilamente tumbado en el sillón del salón, como si nada hubiera pasado minutos antes en la cocina y yo intentaba dormirme pese al dolor, en la pantalla del móvil, que estaba en silencio, aparecía su nombre: Gonzalo. El dolor insoportable me impidió aquella noche siquiera contestar. No sé si el dolor de mi cara podía superar al que sentía en mi corazón. Él seguía tumbado en el sillón. No hizo amago alguno de llevarme a un hospital. Yo sola no podía.

A lo largo de los días siguientes me fui encontrando mejor y no fue hasta el tercero cuando Álvaro decidió llevarme a una clínica donde, por supuesto, dije que me había resbalado en la bañera. Entretanto, comenzó un intercambio incesante de mensajes a todas horas con ese nombre que había aparecido en la pantalla de mi móvil tres noches antes. No sabía aún que aquel era el nombre de quien, sin él saberlo, me dio la fuerza que necesitaba para coger las llaves del coche, a mi hijo y, sin más pertenencias, poner tierra de por medio justo a la décima noche de mi presunto resbalón en el baño.

Hoy es viernes. Son las once de la mañana nada más. Han pasado solo unas semanas desde que llegué de Málaga para instalarme en casa de mis padres. Aún hay rastros en mi cara de la brutal paliza, pero ya casi son imperceptibles. He dejado a mi hijo con mi madre, con la excusa de una inexistente entrevista de trabajo, cuando en realidad estoy en un bar de carretera esperando a Gonzalo. Con él, en pocos minutos estaré cruzando la puerta del hotel La Taberna del Alabardero, para pasar, hasta las siete, las horas de mi secreto, del suyo. La habitación 207, la nuestra de los viernes desde que llegué. Esa habitación será testigo nuevamente de un día eterno de sexo -que es en realidad lo que hacemos-, como dos prófugos y sin rubor. Cruzaremos el *hall* del hotel sin maletas, con lo puesto. Me importará poco o nada lo que piense la chica de recepción de turno. Es evidente que somos amantes, que venimos a follar. Supongo que también es obvio que el que está casado es él y no yo, pero tampoco me importa. Dice que su matrimonio está acabado, que no se acuesta con ella, que está enamorado de mí, mientras retoza y me hace experimentar sensaciones que no había sentido hasta ahora.

Yo, en secreto, quiero que la deje, pero no se lo pido. Quiero que haga lo mismo que hice yo hace unas semanas, que pegue el portazo. He leído historias como estas en los libros de Clara y nunca acaban bien. Yo quiero que la mía sea diferente, por eso no exijo, no pido, porque creo que el amor que dice que siente será suficiente para dejar a su mujer, mientras fantaseo en cómo será nuestra vida, nuestro futuro, sus hijos, el mío…

Estoy loca o debo estarlo. No lo sé y no me importa. No se lo he contado a nadie, ni siquiera a Clara. Tengo miedo de que me juzgue, de que no me entienda. Es una estupidez solo pensarlo, cuando ha sido ella la que más me ha apoyado desde que me separé. Pero en el fondo me avergüenza estar aquí, esperando mientras me tomó un café en un lugar intermedio entre donde vive Gonzalo y la casa de mis padres en Estepona. Una vergüenza que me preocupa solo por momentos y que olvido en cuanto lo veo. Un rubor que se torna en desesperanza cuando acaba este viernes secreto y comienza la semana y con ella la cuenta atrás de siete días en los que el teléfono, los mensajes y el ordenador se convierten en los vehículos perfectos para que este amor, al menos para mí, se nutra hasta la cita siguiente, que volverá a ser el viernes que viene aquí: otra vez en la 207.

Su olor. Ya ha llegado, lo sé aun sin darme la vuelta. Me besa en la mejilla, no vaya a ser que haya alguien que lo conozca. Ha pedido un café, me pregunta si quiero algo más. Se lo bebe deprisa y pide la cuenta. Debería haber comido algo, pienso, el día se hará largo y no pararemos para comer. Los amantes deben actuar así, pienso también, mientras le miro, le hablo y le sonrío.

Los dos nos levantamos, actuando como si fuéramos compañeros de trabajo. ¡Qué absurdo! ¿Quién nos va a reconocer en este sitio apartado del mundo? Pero las cosas son como son. Nos montamos en su coche. El mío se queda aparcado en una calle cerca de donde está este bar del que ahora nos acabamos de levantar. Me besa en el coche, apresuradamente. Recorremos las dos o tres curvas que nos separan del Alabardero. ¿Quién escogió este hotel? Supongo que yo, aunque ni siquiera lo recuerdo bien pese al poco tiempo que hace desde que eso sucediera la primera vez, la vez en que sin más preámbulos nos montamos en el coche, en el mismo sitio, para subir hasta un recodo de la sierra, donde hacer el amor por primera vez como dos adolescentes a plena luz del día. Y ahora que me acuerdo, fui yo la que al pasar por este camino le hablé del discreto hotel que tengo delante de mis narices en este preciso momento. Se llega a él por la carretera de San Pedro de Alcántara a Benahavís o Ronda. Está en un pequeño valle a la derecha de la vía.

Escondido en un recodo. La autopista hace que en menos de tres cuartos de hora te plantes desde Málaga, que es donde vive Gonzalo, en este lugar con inspiraciones árabes-nazaríes. Las habitaciones llevan los nombres de los pueblos de la serranía de Ronda y, según creo, se llama La Taberna del Alabardero en honor al viajero Washinton Irving, autor de *Los cuentos de la Alhambra*.

-María, ¿no te vas a bajar del coche? -me dice mientras me alarga su mano para ayudarme a bajar-. Tenía muchas ganas de verte. Estás impresionante con ese vestido.

Recorremos el trayecto que hay desde el *parking* hasta la recepción, desde donde se ve la piscina.

-Buenos días -dice ahora la recepcionista mientras yo ojeo unas revistas que hay sobre una mesa de cristal redonda que preside el centro de la estancia-. La 207, como siempre.
-Si no le importa, quiero abonar la cuenta. Si decidimos comer se lo haré saber para que nos reserve, aunque venimos cansados y lo más probable es que no bajemos a almorzar -le dice Gonzalo a la joven de pelo rubio y uniforme, mientras yo, una semana más, pienso en que es innecesario disimular que somos amantes que venimos a aprovechar el día, no a comer, ni a pasear, ni a bañarnos en la piscina.

La piscina que miro, mientras ellos se intercambian un par de frases de cortesía más, es preciosa. como el jardín, bañada por los primeros rayos de este verano que acaba de empezar. Quisiera poder pasar unos días, bañarme, tomar el sol, comer en el jardín. Quisiera que las cosas fueran de otro modo. Pero son como son. Subimos las escaleras. Son pocos los escalones que nos llevan a un pasillo que para mí ya es familiar, lleno de tapices árabes, de sillones *vintage* y de cuencos con naranjas y frutos secos. Un escaso recorrido que nos lleva a la puerta de la 207. Una puerta blanca que cuando se abre da paso a una estancia llena de luz que da a la piscina. No sé por qué nos importa ese detalle si, salvo cuando nos duchamos, no la vemos. Es curioso que en la pared de la ducha haya una ventana desde donde se ve. Es curioso porque, al igual que se ve el jardín, desde el jardín se ve el interior de esa ducha donde casi siempre también hacemos el amor. Un morbo quizás añadido. Un morbo que sería impensable para mí hace tan solo unas semanas. Un morbo que me está volviendo loca, que me hace parecer una extraña a mí misma.

Ya estoy desnuda. Boca abajo, boca arriba, contra la pared, de espaldas, apoyada en el escritorio, contra el lavabo… Estoy cansada, pero no digo nada. Quiero disfrutar, hacerle disfrutar. Cae rendido, yo más. Su móvil tiene un millón de llamadas perdidas, que contesta nada más recuperar el aliento. Se supone que está trabajando. Yo también tengo unas cuantas, pero no contesto ninguna. Solo le miro. Le digo que le quiero; él calla.

Será cuestión de tiempo, supongo. De hacerme indispensable, supongo también. Son las siete menos cuarto. Se ducha, se viste. Yo hago lo mismo, mientras trato de evitar pensar en el escozor que tengo entre las piernas. Salimos por la puerta. De nuevo, sin maletas. Decimos adiós al chico de recepción. Ha habido cambio de turno. Me divierte pensar que, a diferencia de la entrada, en este caso sí puede pensar que somos una pareja que está saliendo del hotel donde están de vacaciones para dar una vuelta. Lo que no me divierte tanto es pensar en que mañana tal vez, en el cambio de turno, los dos recepcionistas intercambien impresiones acerca de nosotros. Que la chica de la mañana le cuente que venimos sin maletas. Me debería dar igual lo que piensa la gente, pero no es así, aunque diga lo contrario por momentos. Me importa, será porque no estoy acostumbrada a este tipo de cosas, porque me he criado tal vez con una madre que siempre me dijo que los buenos paños se guardaban en los arcones. No sé, puede que sean esas las razones o tal vez que ni yo misma vea con buenos ojos lo que estoy haciendo. ¡Qué más da!, pienso ahora mientras me monto en mi coche justo al lado del bar de carretera donde le esperaba esta mañana y donde le esperaré seguramente el viernes que viene.

Gonzalo tiene prisa, nos han dado las ocho. Tiene premura porque no llegará a la hora de cenar; porque su mujer le pondrá mala cara en la mesa junto a los dos pequeños, imagino. Él ya no me besa en la boca. No estamos ya en territorio amigo. Me dice adiós con la mano por la ventanilla de su coche al tiempo que me señala que salga antes que él a la carretera. Una especie de ritual que, como todo en nosotros, se repite una y otra vez.

Arranco el motor, aún es de día. Saco el coche del aparcamiento, bajo la carretera hasta el acceso a la autopista. Tan solo hay unos metros de distancia. Unos pocos que aprovecho para mirarle por el retrovisor. Está hablando por teléfono, lo sé porque veo como está moviendo los labios. Seguramente será con ella. Ahora empiezo a martirizarme. Le sigo mirando sin dejar de atender a la carretera hasta que llegamos al peaje. Pagamos, me pita y lo veo como se desvía. Yo voy en dirección Algeciras, él justo en dirección contraria. Miro hacia adelante, acelero.

Empiezo a prestar atención a lo que suena en la radio. Es una canción de Efecto Mariposa. Un tema que me gusta, uno que canta con Javier Ojeda, el cantante de Danza Invisible. Me gusta, la tarareo. Bajo la ventanilla, hace calor. La canción termina justo cuando mi móvil empieza a sonar. El manos libres deja paso a la voz de Clara.

-Joder, llevo todo el día llamándote. Estaba preocupada.
-Perdona, Clarita, es que he estado muy liada. Quería llamarte, pasó no sé qué, se me olvidó y así todo el día.
-¿Qué tal te ha ido la entrevista? Me encontré con tu madre, iba con Manuel.
-Mal. Pero bueno, como era en Málaga he aprovechado para comer con unas amigas. Mi madre lo sabía, ¿no te ha dicho nada?

-Sí, me lo dijo, pero también se ha extrañado de que no llamaras para contar cómo te ha ido. -Su voz denota extrañeza o será que me siento culpable por mentir, por mentirle especialmente a ella, a quien jamás le he guardado un secreto -. Oye, ¿qué hacemos esta noche? ¿Te apetece que cenemos en casa o prefieres salir a picar algo? Hablé con Lulú. Dice que estará lista a eso de las once, pero que vayamos cenando.

-Lo que quieras, Clara. Ahora cuando llegue paso por tu casa, que quiero hablar con mi madre. Ya me has dejado intranquila.

Un OK al otro lado del teléfono que retumba en mi coche, que en realidad es el de mi padre, que es mejor que el mío. De nuevo, otra canción que suena después de colgar. Me gusta, aunque es la primera vez que la escucho. Espero a que termine para llamar a mi madre, que, lejos de reprenderme por no haberla llamado, me ha dicho que todo ha ido genial, que Manuel está dormido y que no hace falta que pase por casa. Que me divierta y que no llegue tarde. Mi madre es así, tan buena, tan generosa. Lo que me hace sentir peor que hace cinco minutos. No es para menos, teniendo en cuenta que ella lo que quiere es que me distraiga porque piensa que he tenido un día duro buscando trabajo, que me ha ido mal, que lo estoy intentando, cuando la realidad es otra: la de alguien que se ha pasado el día desnuda en una cama mientras un tío alto que apenas conoce ha estado embistiéndola una y otra vez sin descanso.

Justo cuando he pensado esto es cuando ya no he podido evitar llorar como una magdalena prometiéndome que no volverá a pasar, para a continuación creer que él será el hombre de mi vida, que es un tesoro, que en realidad está tan enamorado como yo, que las cosas son así de momento, que me quiere tal como soy y un eterno bla, bla, bla que me lleva hasta la puerta de la casa de Clarita, donde hay un aparcamiento para mi suerte.

Desde la calle, aún sin bajarme del Passat de mi padre -azul marino flagrante-, escucho a Raphael. Ahora ya no lloro, me río porque aun sin mirar sé que la música que suena viene de la casa de Clara, que desde que ha vuelto se ha convertido en nuestro cuartel general. En lugar de unas semanas ya parece que han pasado años. Debe ser que tenemos una capacidad de adaptación enorme o bien que tenemos demasiada prisa por bebernos la vida a sorbos. A fin de cuentas tenemos poco más de treinta años las tres. Un momento en el que si miras hacia atrás parece que hemos vivido mucho, cuando se tiene la sensación de que aún queda mucho por delante, sin olvidar que la vida se pasa en un suspiro…

"Ya te echo de menos".

Hora del mensaje las 20:03. Eso es lo que acabo de ver en la pantalla de mi móvil. Es de Gonzalo, enviado desde el peaje hace menos de media hora. Sonrío, ¿ves?... Acabo de dejar de sentirme mal. "¿Quién te ha mandado ese mensaje que te impide subir las escaleras?", oigo que dice Clara desde la ventana. Cuando miro, se está riendo. Lleva una toalla en el pelo, la he debido pillar en la ducha.

-¡Venga, sube! -oigo mientras empujo la puerta de abajo.

Acordes de una trompeta…No has hecho caso de mi amor,
tan sólo risa te causó…
Te ha divertido mi fracaso
y te has burlado de mi corazón…
Me he sentido como un pobre payaso,
que no sabe sin ti qué hacer…

Raphael canta, Clara baila con el palo de la escoba que por momentos usa de micro para hacer un *playback* improvisado. Yo me muero de la risa cuando la cosa se pone intensa. Me sigo riendo, mientras ella hace teatro, porque es una teatrera que, si en lugar de escribir se hubiera dedicado a ser actriz, ahora sus estanterías estarían llenas de premios. Canta fatal, pero eso le añade diversión al momento.

-…¡mientras que llora por ti!... *Et voulá* -dice Clarita cuando termina la canción mientras se acerca para darme un beso-. ¿Adivina lo que estoy haciendo para ti?

-Ummm. ¿Arroz con leche?

-¿Cómo lo has adivinado?

-¿Porque tu cocina es americana tal vez? ¿O será porque estoy viendo cómo se cuece el arroz en el *wok*? Que, por cierto, no se usa para hacer postres.

-¿Quién lo dice?

-Una experta cocinera. Pero, en fin, ¿qué vamos a hacer frente a una escritora venida a menos metida a cocinera cantante?

-Ya ves, ahora estoy planeando escribir un libro de recetas para gente como yo.

-¿Y cómo es la gente como tú?

-Pues gente, María, que solo tiene un *wok* en el armario donde debería haber juegos de baterías de cocina.

Me habla mientras se marcha al baño. Cierro los ojos porque ahora la que suena me vuelve loca.

Te estoy queriendo tanto que…
¿Qué pasará ese día que no sienta como siento hoy?
¿Qué pasará ese día que no te dé lo que hoy te
doy…?

Siento que volvemos a tener veinte, que no ha pasado nada en nuestras vidas, que aún pensamos que somos princesas. He recordado en ese mismo momento el cuento que oí aquella noche desde la puerta. El que Clara le contaba a mi propio hijo y que hablaba de ella, de mí, de Lourdes quizás, y de muchas niñas que un día descubrieron que la vida no es un castillo, un príncipe azul y un corcel blanco.

-¿Con quién te estás acostando? -¡Joder, me ha asustado! No la he oído acercarse.

-¿Cuándo me vas a contar qué ha pasado con Chema o simplemente qué es lo que te ha traído hasta aquí? -le respondo en forma de pregunta.

-No me cambies de tema, María. Te toca a ti primero.

-Con nadie. -Me siento una mentirosa. Lo soy.

-No me hagas reír... Podrás engañar a quien quieras pero a mí no.

-No sabía que entre todas las antiguallas de esta casa hubieras encontrado una bola de cristal.

-¿No te gustan los muebles? En mi opinión son perfectos. -Ahora está recostada a mi lado con sus pies apoyados en mi regazo. Está preciosa. Sonríe-. Y no se trata de una bola de cristal. Es que tienes un chupetón en el cuello.

¡No me lo puedo creer! Sin querer he pegado un respingo. Escucho sus carcajadas mientras recorro el pasillo hasta el cuarto de baño. Carcajadas a las que me uno cuando, después de mirarme, me doy cuenta de que he caído como una tonta. Sigo mirándome cuando ella ya está a mi lado, mirando mi cara a través del cristal. Las dos estamos ahora frente al espejo.

-No seas demasiado dura contigo misma. Has sido muy valiente dejando a Álvaro, pero no caigas en el mismo error. Él está casado y no va a dejar a su mujer.

-¿Cómo lo sabes? -digo inmediatamente, para acto seguido improvisar-. ¿Por qué crees que es Gonzalo? ¿Por qué siempre crees que lo sabes todo?

Estoy enfadada. Me duele lo que me está diciendo.

-Tú misma te has delatado. -Ya no sonríe, se pone sería y sigue-. Ellos nunca dejan a sus mujeres...

-Chema dejó a la teutona -le digo sin dejarla terminar la frase. Lo siento, pero lo pienso.

-Chema la dejó porque es demasiado cobarde o simplemente porque sabía que si no lo hacía no tendría nada que hacer conmigo. Fui su capricho. Te lo digo para que no pienses que yo era demasiado especial para nadie.

-No me puedo creer que pienses eso de alguien que te ha querido tanto.

-Tanto como para no querer tener un hijo conmigo.

-Ahora la que eres demasiado dura contigo misma y con la persona con la que has compartido tu vida eres tú.

Ella está callada…

-¿Acaso crees que Miguel te quería más? ¿Acaso crees que tu vida habría sido mejor con un niñato que no tuvo cojones de volver o de luchar o de qué sé yo? -Me arrepiento de haberlo dicho al instante-. Por Dios, Clara, no dejes que el pasado, una aventura pasajera, algo que no fue, estropee tu vida.

-No se trata de Miguel. Se trata de mí. Es solo que ahora me faltan razones para seguir allí.

Huele a arroz con leche quemado. Bendito olor que nos saca del cuarto de baño. Nos volvemos a reír. Parece que el *wok* de Clarita no es adecuado para hacer postres. Mientras ella quita esa enorme sartén del fuego me doy cuenta de que ha colgado fotos enmarcadas de distintas maneras y formas en la pared del pasillo. Hay un montón. Yo salgo en muchas de ellas, Chema en ninguna. Raphael sigue sonando…

-Pensé que no te gustaban las fotos.

-Las cosas cambian, ya sabes: la naturaleza está…

-… en constante movimiento. -Le termino la frase. Ella tiene muchas como esta.

-Parece que ya estás instalada del todo. Sin embargo, no veo ningún ordenador por ningún sitio. ¿Es que no piensas escribir?

-No, no tengo intención.

-Creo que eres la mejor contadora de historias del mundo. Podrías hacer un libro que recopilara los cuentos que te inventas, que has inventado en todos estos años. Yo me sé algunos de memoria.

-Podría hacer una recopilación de muchas cosas, porque tienes razón. Soy una buena contadora de historias. Una charlatana, es lo que soy.

-¿Y qué tienen de malo los charlatanes?

-Pues que se inventan historias porque sus propias vidas están vacías y no sé si sabes que cuanto más vacías, esas vidas más pesan. La mía me pesa mucho.

-Había escuchado antes esa frase que por cierto no es tuya... Pero ¿por qué piensas eso? Solo tienes treinta y tres años. Has sido feliz, has alcanzado el éxito. ¿Qué más podrías querer? Mírame a mí.

-Te diré algo, ahora que te incluyes en el grupo de charlatanes. El amor, ten claro María, siempre está acompañado de la traición del mismo modo que el éxito lo está del abismo.

-¿Sabes qué te digo?

-¿Qué?

-Que no me impresionan tus frases. Solo parecen que sentarán cátedra porque vienen de ti, pero seguro que son cosas que has escuchado antes y que ahora solo te sirven para hacerte la mártir.

-¿Crees que quiero hacerme la mártir?

-Sí, a veces sí.

-Pues te equivocas. No quiero hacerme la víctima de nada, porque no lo soy. He hecho cuanto he querido, he sido feliz en cierto modo y decidí vivir instalada en los sueños porque supongo que eso iba implícito en mi ADN.

-¿ADN?

-Sí, mi identidad. Ya que antes me lo preguntabas, ahora te lo contesto. ¿Sabes a qué he venido? He venido en busca de respuestas. Quiero saber quién soy, si en realidad soy lo que pienso. Necesito las respuestas a muchas cuestiones que ahora ya no me dejan vivir en paz.

-¿Qué tipo de preguntas? -Ahora sí ha logrado impresionarme-. Clara, tú misma lo dices, no siempre todo necesita una razón.

-Te lo acabo de decir, solo soy una charlatana a la que ese tipo de frases le han funcionado bien. Pero ahora no me sirven. Ahora quiero volver a ser yo, recordar mis sueños, los míos, los de nadie más, los que no se mezclan, los que responden únicamente a lo que yo siento y deseo.

-¿Crees que has renunciado a tus sueños? Yo creía que los habías cumplido todos.

-¿Eso creías? -Suelta una amarga risotada-. Te equivocas. El único sueño cumplido fue que mis historias, lo que en realidad yo quería que sucediera en la vida, llegaran hasta las manos de gente que yo ni siquiera conocía. Manos que pasaban las páginas de libros que yo había inventado para mí. Historias, personas, gentes que me acompañaban en mis sueños, en los sueños de alguien que siempre se ha sentido muy solo.

-Yo también me he sentido sola.

-Lo sé. Tú eres muchos de esos personajes femeninos que inventé en secreto para mí. Creé finales que soñaba para ti. Pero al final los sueños son solo sueños y aquí estamos tú y yo. Una a punto de vivir la traición que lleva aparejada su amor y yo el abismo que iba unido a mi éxito.

No sé qué decir, por eso no digo nada. Quiero que siga hablando con esa voz que es una especie de susurro. Con esa manera tan suya de hablar de las cosas que siempre me ha cautivado. Ahora, al mirarla sé que ya no iremos a ninguna parte, se ha puesto un camisón de algodón. Encima, una chaqueta de lana. Aunque el verano ya está aquí, por las noches aún refresca.

-Todo esto, la propia vida, es un teatro, María. Se sube el telón y ahí estamos, con los tacones puestos y el rímel en las pestañas. Perfectas, jóvenes, guapas. -Ríe y sigue- Aunque, eso sí, unas más que otras…

-¿Y qué pasa cuando se baja el telón?

-Pues no pasa nada. Nos bajamos de los tacones, nos lavamos la cara y nos contamos las miserias que nadie conoce. Eso es lo que hace que nuestra amistad sea única. Delante de los demás podremos desnudar nuestros cuerpos, pero jamás el alma. Entre nosotras la desnudez es total y absoluta.

"La traición que va aparejada a mi amor, el abismo que iba unido a su éxito". Las palabras de Clara se han repetido en mi cabeza toda la noche una y otra vez. Nos acostamos a las tantas y, aunque quería distraerme y no pensarlo más, su voz ha seguido resonando una y otra vez, como una especie de eco incómodo. He pensado en tomarme una pastilla para dormir, pero acurrucarme con Manuel ha sido el sustitutivo de la felicidad artificial.

XIII

El verano está pasando. Está siendo inolvidable por muchos motivos, especialmente porque estamos disfrutando como adolescentes de este tiempo que no sé si es un regalo, aunque lo parece. Yo no me he cogido vacaciones, pensando en que tal vez si arreglo las cosas con Nacho tengamos tiempo después para hacer un viaje los dos juntos. Una gilipollez enorme si tengo en cuenta que desde que me dejara no ha contestado a ninguno de mis mensajes y de esto ya han pasado casi tres meses. Yo, entretanto, no me he acostado con nadie. Es una especie de castigo, aunque en realidad es que ha dejado de apetecerme. Tal vez, María y Clara tienen simplemente razón y ya se me ha agotado el censo. Quizás ha llegado la hora de emigrar, no sé.

María ha encontrado trabajo. Bueno, en realidad la ha contratado su padre en la empresa familiar. Álvaro ha pedido la custodia de Manuel y su abogada le ha recomendado tener ingresos y una vivienda propia para ganar terreno de cara a un juicio. Un asunto que ha generado algún quebradero de cabeza al pobre Lorenzo, que tiene que lidiar con las excentricidades de su hija, que por narices quería tener los viernes libre. Una condición que ha provocado que María tenga a su vez que lidiar con los Lorenzos, padre e hijo, porque ninguna otra empresa estaba dispuesta a pasar por tan extraña exigencia, dado que el currículum de María es tan blanco como los papeles esos que ponen frente a las cámaras antes de grabar y que nunca he sabido muy bien para qué sirven.

Total, que Clarita -que ahora está aprendiendo a cocinar- se dedica a cuidar de Manuel los viernes, porque está claro que los viernes libres de María son libres de todo, incluso de la maternidad. Una libranza que a Clara le viene genial porque así juega a las casitas con Manuel que, además de quererla con locura, se come los platos que Clara aprende entre semana en un curso para viejas aburridas al que se ha apuntado.

Parece que las dos han perdido la cabeza o simplemente que le han dado un giro de tuerca intenso a sus propias vidas, algo que me extraña especialmente en el caso de Clara, que ha cambiado su espectacular vida por una de maruja sui géneris, ya que, a pesar de parecer que se dedica a ser ama de casa, tiene contratada a una chica que se encarga de poner orden en los desaguisados que entre ella y Manuel montan un día sí y otro también.

Así es que, mientras Clara juega a ser mamá, María juega a otras cosas, que, aunque no sé muy bien de qué se tratan, podrían estar muy próximas a lo que hacen las adolescentes. Solo le falta pintarse los rabillos de los ojos como si se le hubiera escapado la mano al tirar de *eyeliner*. Ella no se pinta los rabillos, pero es que es ya lo único que faltaba después de que se haya puesto a dieta, se haya cortado el pelo como la mujer de Beckan y haya decidido operarse la barriga para borrar la cicatriz que hasta ahora nunca le había importado. Ya puestos, dice que se operará las tetas. Que las quiere bien enormes y subidas, como si de amígdalas se tratara.

Y yo, que he sido siempre la más golfa de todas, aquí estoy siguiendo las pautas que Clara me ha aconsejado para que Nacho vuelva. Unas pautas que consisten en no llamarle, en no mandarle mensajes, en parecer que estoy estupenda si me lo encuentro o parecerlo delante de quien sé que luego le dirá que me ha visto y un largo etcétera que, ahora que lo pienso, pudiera parecer que están más enfocados a realmente nunca volver a saber nada de él. Diciendo esto me doy cuenta de que realmente no sé qué hago haciendo caso a sus consejos. Los mismos que ella sigue a rajatabla. Una situación que, al contrario del caso de María, me da mucha pena y hace que me sienta incluso un poco culpable.

Ella no dice nada de nada al respecto, salvo que se les gastó el amor de tanto usarlo, como la letra de una canción que ella a veces parodia. Yo, mientras tanto, me acuesto con el móvil, me levanto con él, me lo llevo al baño y a todas partes donde voy. Será por eso que Clara me ha regalado un Iphone que aún no he estrenado, pero que parece que hace las esperas más amenas, según dice ella que, por el contrario, asegura que no quiere uno porque le parecen una trampa y un atentado contra su propia libertad. Yo no he querido ahondar en sus pensamientos, siempre me han parecido demasiados retorcidos. Prefiero pensar que el móvil es muy chulo y que a mí me queda estupendamente bien.

María dice que soy una frívola; más de lo mismo. No sé bien lo que significa, aunque seguro que no es nada bueno viniendo de quien viene. Quien, por otra parte, no creo que tarde en querer uno como el mío padeciendo la misma dependencia que padezco yo con el móvil, aunque sus motivos deben ser bien distintos. Para empezar el suyo suena, de hecho no deja de sonar, mientras el mío parece que lleva meses estropeado.

Definitivamente algo pasa con María que no me han contado, aunque yo me lo imagino. De la misma forma que sé que el hombre que la ha vuelto loca no es de aquí porque nunca he visto a María desde que se separase con ningún hombre, así como que probablemente será casado, porque si no lo fuera vendría al menos los fines de semana. Algo que nunca sucede.

Jueves, karaoke en el irlandés del puerto; viernes, cena en algún sitio *cool* de esos en los que se come poco pero se vacila mucho. Algunas fiestas de blanco; horas felices a las ocho en el Reinaldo; compras los sábados y cañas hasta las tantas de la tarde en el Palm Beach, un chiringuito que está casi al final del paseo marítimo, regentado por dos holandeses.

Así hemos ido pasando el verano entre copas y sol, alargando las tardes en la playa hasta las ocho y las noches hasta los amaneceres. Los domingos, cita ineludible con los conciertos del Sonora. Otro de los chiringuitos de moda, ya a las afuera de Estepona. Música en directo de todos los estilos, bajo luces de colores y el sonido del mar. Acordes al son de mojitos para María y para mí, sonidos al son de fantásticos tequilas Sunrise para Clara. Un lugar mágico hasta donde también ha llegado el final del verano. Un final irremediable que se va notando en la temperatura y en el sol; hasta en el viento.

Hoy canta La Negra. Suena genial. Estamos en primera fila, no porque llegáramos antes que nadie, sino por todo lo contrario: porque hemos llegado las últimas y el grupo de chicos que había pegado a los músicos nos han ido dejando pasar hasta que al final nos hemos colocado a pie de escenario. Una sonrisita por aquí, un "hola, ¿nos conocemos?" por allá…

La voz de la cantante es ronca. Su delgadez, extrema. Canta una canción muy sensual, con un ritmo muy pausado, como si en cada palabra se estuviera parando al lado de la boca que besa. Hay mucha gente, pero solo se le oye a ella. Me doy cuenta de que ha pasado demasiado tiempo, de que el plan de Clara no ha funcionado y de que ya es más que probable que no vuelva a saber de él. Pero a estas alturas de pensamiento entre las cañas y los mojitos mi ánimo está arriba, sin pensar en que mañana estará abajo. Un chico me está mirando. Le devuelvo la mirada. Es guapo o, mejor dicho, es atractivo. De esos que gustan. Parece que está acompañado, pero no estoy segura. La mujer que está con él se da cuenta de que los miro tal vez demasiado. Desvío mi mirada. Al rato, no puedo evitarlo y lo vuelvo a mirar. Él me sigue mirando. Ella ahora está distraída. Su gesto es serio y aun así sonrío mientras le aparto la mirada. Cuando se la devuelvo, él está sonriendo mientras disimula y habla con ella, que tiene cara de pocos amigos. Probablemente está enfadada.

La gente aplaude porque la canción ha terminado. El cambio de ruido me devuelve hasta el lugar donde estoy. María y Clara están hablando con dos parejas que están al lado; parece que se conocen. Suena un ritmo distinto, empieza otra canción. Todo pasa en un minuto, el tiempo que tardo en recordar en lo que estaba pensando, cuando me doy cuenta de que no están. El tío alto se ha marchado con la mujer. Miro alrededor, primero cerca y luego más al fondo. Nada, se han ido.

Ahora son las tantas, ha pasado un repertorio y un número indefinido de mojitos porque hace ya mucho tiempo que perdí la cuenta. La música que suena ahora es grabada y ha bajado el tono, supongo que para no molestar a los vecinos. Nos hemos encontrado con viejos amigos, la mayoría con sus mujeres a las que también conocemos. Otros siguen solteros y unos cuantos separados. Todos hablamos con todos, a estas horas de chorradas. María y Clara, cada una por su lado, están entretenidas en distintas conversaciones llenas de risas por lo que veo.

La gente baila en este lugar que está en un recodo de una playa rodada de cañaverales. La luna llena de este mes de agosto lo está iluminando todo. Los farolillos de papel de todos los colores se encargan del interior. Hay tantas personas aún, casi todas bailando, que apenas se ve la decoración balinesa del lugar. Yo la conozco muy bien porque siempre llegamos por las mañanas cuando aún la tarde no ha traído muchas caras que nunca he visto antes. La luna también está iluminando el mar, que está como un plato. Vuelvo a ser consciente de que estoy descalza. Noto el suelo, de tablones de madera como todo el establecimiento. Miro la pasarela de entrada; está señalada con bolsas de papel con velas en su interior. No me había dado cuenta antes.

Noto que alguien me está mirando. Es una especie de intuición. Me giro.

XIV

Llueve. Es el cumpleaños de Clara y ya van treinta y cuatro. Esta noche haremos algo a pesar de que está diluviando y de que ella lleva unos días medio enferma porque la semana pasada se debió enfriar mientras hacía *footing*; una nueva afición que vino a sustituir los cursos de cocina. No se le daban demasiado bien. Ahora sale a correr cuando el sol despunta enfundada en unas mallas muy ajustadas y unas zapatillas de color fucsia. Ideal va. Ahora, que corra mucho o no, yo no lo sé.

Noviembre ha llegado. Pasó el verano, se cayeron las hojas del otoño y ahora esperamos el invierno. Es viernes, son las once. Los dos indicativos de que me encuentro sentada en un bar de carretera haciendo la previa para la entrada habitual en la 207. La única diferencia es que ya no me importa lo que piensen los recepcionistas, ni antes de entrar ni de salir. Por lo demás, es todo lo mismo: la misma habitación, el mismo hombre, las mismas conversaciones, las mismas promesas que no me hacen, el mismo bar de mala muerte, los mismos *mails* durante la semana y las mismas llamadas a escondidas de su mujer.

A estas alturas creo firmemente en que yo debo ser mi peor enemiga, de que los sentimientos posteriores al sexo deben ser tan adictivos como la cocaína y, lo más importante, que a pesar de todo no me arrepiento de haber tirado mi vida por la borda por una aventura con un hombre que conocí en la petición frustrada de mano de Clara. A fin de cuentas, eso no era vivir y no me pesa. A veces me doy hasta miedo cuando, tan solo unos meses después de que pegara el portazo dejándolo todo atrás, parece que no he vivido esa vida, que no he sido yo esa mujer que se me viene a la cabeza en camisón hasta más del mediodía sin saber qué hacer. Parece que esa vida no es la mía, simplemente.

-Perdone, señorita, ¿quiere otro café? -me dice la camarera.

-Sí, gracias -contesto mientras miro el reloj.

Gonzalo se retrasa media hora. Llueve cada vez con más intensidad y hace frío. Él no suele llegar tarde y lo más extraño es que no me ha llamado para decirme que se retrasará. Me empiezo a poner nerviosa; comienzo a sentirme ridícula sentada en este taburete de madera pintado en verde en una barra de la terraza que está ahora cerrada con unos toldos roídos de color granate. Me fijo, todo me parece más cutre que de costumbre. Todo parece viejo, incluso la camarera que parece sacada de un club de alterne después de una noche de duro trabajo. Me siento injusta mientras lo pienso, porque ella siempre es amable conmigo cuando vengo los viernes. Trato de hacer las cuentas, de cuántos han sido. Calculo las semanas que han pasado desde que marché de casa. Trato de visualizar cada uno de los encuentros con recuerdos puntuales de cada uno de ellos como la ropa que me puse, la que llevaba él, mi ropa interior, algo que me dijo…

-Parece que su marido hoy se retrasa -dice la camarera interrumpiendo mis pensamientos.

Las dos sabemos que no es mi marido. Vuelvo a mirar el reloj, ya son las doce. Cojo el teléfono, marco su número. Cuelgo antes de que ni siquiera haga llamada. Pienso en que ha podido pasarle algo, en que su mujer puede coger el teléfono si le llamo para averiguarlo, que debe haber una razón para este retraso... Pero las ansias me pueden; marco de nuevo, esta vez sí dejo que suene. No me lo coge. Llamo de nuevo. Y otra vez. Parezco una posesa. Llamo y llamo pero nadie me contesta al otro lado. Sé que debo dejar de marcar, pero no lo hago hasta que, de repente, la mujer rubia del lunar pintado encima del labio me quita el móvil de las manos. La miro sorprendida. Su cara ahora ya no parece la de antes, ahora parece la de una madre cuando te perdona una fechoría. Debe tener unos cincuenta, no más. Lo sé no porque los aparente, que parece que tuviera sesenta, sino por haber echado las cuentas por las edades que un día escuché que tenían su marido y sus hijos. En una mano tiene el teléfono y con la otra acaricia cariñosamente el dorso de mi mano, que la tengo sobre la barra mientras juego con la cucharilla de mi tercer café.

-No vendrá. No le llames. Márchate a casa y haz caso a esta vieja loca -dice sin que yo pueda dar crédito a lo que estoy escuchando.

Mis ojos se han llenado de lágrimas. Tal vez tenga razón y me siento avergonzada. Bajo la mirada. Ahora ella es más digna que yo. Dejo un billete para que se cobre los cafés mientras pienso que habrá una explicación, que no tengo por qué ponerme así porque, efectivamente, una mujer que no conozco de nada me haya dicho que no vendrá.

Salgo del bar más horroroso que he visto jamás y voy hacia mi coche, el de mi padre, sin abrir el paraguas. Me he puesto chorreando. Tengo que retroceder sobre mis pasos porque me doy cuenta de que me he dejado el móvil. ¡Por Dios, tendré que volver al bar y ver a la rubia!, pienso mientras me dispongo a recorrer los escasos tres metros que me separan de la vieja puerta de la entrada. No he abierto la puerta del coche cuando veo a la rubia a mi lado con mi móvil en la mano. ¡Dios, qué susto! Bajo la ventanilla y le doy las gracias. "Te ha llegado un mensaje", me dice.

Me quedo sentada, sin arrancar. De todas maneras será mejor que espere a que deje de llover un poco para volver. Sin ni siquiera mirar el teléfono sé que el mensaje es suyo, de la misma manera que sé que no dice nada que se parezca a un "espérame, que ya estoy llegando".

Parece que la lluvia amaina. Arranco. Me tiembla el pulso. Estoy helada. No me doy la vuelta. Enfilo la vieja carretera a Ronda y me desvío en el kilómetro 167. Paso el pequeño recodo y accedo al *parking* del hotel. Me pongo la gabardina color garbanzo aún dentro del coche. Mi pelo está mojado, por eso prescindo del paraguas. Me bajo. Piso el suelo. Miro los tacones altos de color verde hoja a juego con mi vestido. Cruzo la puerta.

-Buenos días. ¿Qué tal el viaje? Se ha mojado... -dice la recepcionista de siempre.
-Sí, está lloviendo mucho.
-Aquí tiene las llaves. La 207, como siempre -sigue diciendo un momento después de haber cogido el DNI que he dejado al llegar encima del mostrador y una tarjeta de crédito.
-Gracias.
-De nada. Feliz estancia.

Cojo las llaves y mi bolso, que he dejado minutos antes sobre la encimera de la recepción. Subo las escaleras despacio, fijándome en los detalles en los que no me había percatado hasta hoy: cuadros, tapices en las paredes y lámparas marroquíes de todos los colores y formas. Justo en la esquina del fondo de mi pasillo -en el que está el lugar a donde voy- hay un sillón de piel marrón oscuro de estilo inglés; a sus pies, una mesa de teca enorme llena de jarrones y de diferentes detalles de inspiración oriental, acompañados todos por dos sillones tapizados en una tela colonial que, desde donde yo estoy mirando, me dan la espalda. Una mezcla de estilos que parece casual aunque estoy segura de que no lo es en realidad. El ventanuco de madera tallada en la pared, sobre la que se apoya el sillón de cuero, pone el broche a uno de los tantos que te encuentras a tu paso hasta llegar a esta habitación que está en el ala izquierda. Llego hasta la puerta de esa 207, la abro.

El suelo está enmoquetado, no me había fijado antes. En el baño el suelo es de mármol como las paredes. Hoy me parece un baño frío y húmedo. Abro el grifo de la bañera aún sin haber descolgado el bolso de mi hombro. Abro un bote de gel y lo vacío cerca del chorro del agua, que está tan caliente que el vaho ya ha hecho acto de presencia. El espejo está empañado. Oigo cómo se llena la bañera; se está cubriendo de espuma. Me siento en el borde y soplo. Miro. No estoy pensando en nada. Mi mente está en blanco. Ya no sé siquiera si soy yo la que estoy aquí.

Me siento en la cama, en uno de sus bordes; el que está más cerca de la ventana que da a una terraza pequeña, de color terracota. Sigo inmóvil mientras escucho el agua de la bañera. Me quito los zapatos después de dejar el bolso sobre el escritorio de madera que hay frente a la cama. Me bajo las medias, deslizo el vestido, me quito la ropa interior. El agua sigue saliendo del grifo. Ya estoy en el baño. Lo cierro. Me meto dentro. Mi piel se enrojece de inmediato: el agua está muy caliente. Cojo aire, cierro los ojos, me sumerjo...

-¡Mamá! Vaya golpetazo te has dado...

-Eso me pasa por hacerte caso. -Manuel recorre los metros que nos separan con el monopatín en la mano. Una señora pasa y se ríe. La escena ha sido cómica. Los dos tirándonos cuesta abajo sobre el juguete de mi hijo a modo de trineo en un lugar donde solo hay cemento pintado de azul. Cuando ha cogido velocidad, Manuel lo ha zarandeado hasta conseguir que los dos nos caigamos al suelo.

-Yo sé lo que ha pasado, mami... -me dice mientras me coge la cara con sus dos manos y pone su nariz sobre la mía. Me encanta cuando hace eso...

-Sí, yo te lo diré -le contestó divertida-. Que me has tirado al suelo, gañán.

-No ha sido eso y lo sabes. ¿Tú en quién confías? Yo confío en ti y en mí. Tú no confías en ti y por eso te has caído.

Me río. Me hace gracia su razonamiento. Me río a carcajadas y lo cojo en brazos. Lo abrazo y lo beso. Le digo cuánto le quiero. Veo su cara. Mi mente vuelve de ese carril bici de hace días a la bañera donde estoy. No tengo aire. Me ahogo. Saco la cabeza del agua. Respiro...

Entonces soy todo instinto, un animal en estado puro. *Lo siento.*

dice el mensaje que leo. "La traición que lleva aparejada el amor" dice la voz de Clara en mi cabeza. La cara de Manuel, la de Gonzalo, la mía... Salgo de la bañera, no me seco. Me visto. Me pongo los zapatos a trompicones. Bajo las escaleras corriendo. Me importa una mierda ahora los sillones, los cuadros o cualquier cosa que tenga que ver con aquel maldito lugar. Ya estoy en recepción y pago, alargando la misma tarjeta que puse sobre el mostrador a mi entrada. No oigo a esa niña de pelo largo. Tampoco oigo la lluvia de la que solo me percato cuando cruzo la puerta de cristal para ir hasta donde está mi coche. Lo abro, me subo y arranco. No pienso. Mis pies se escurren en los pedales y mis manos vuelven a temblar. Parezco una loca y hoy, por primera vez, estoy segura de que lo soy.

El sonido de un claxon me saca de este estado que me asusta. Veo el morro de un coche color crema. Llueve tanto que no lo había visto hasta que casi le golpeo de frente cuando invadía el otro carril. Paro en seco, tanto que se me cala el coche. Una mujer golpea ahora la ventanilla. No distingo su cara porque está diluviando. Sigue golpeando. Abre la puerta y me asusto hasta que veo su cara y constato que la traidora ha sido ella.

XV

Hoy es mi cumpleaños. Llueve a cántaros, pero me gusta. El verano ha sido divertido, aunque demasiado largo en mi opinión. He disfrutado del sol, de la playa, de los atardeceres, de mis amigas, de sus risas y de su compañía al fin y al cabo.

He tratado de curar mis heridas. He pensado en mí, en él, en nosotros. He tratado de encontrar mis respuestas y el perdón. He disfrutado de mí misma, del hijo que no tendré, de los sueños que se quedarán en los cajones y de los sentimientos que me han hecho vivir hasta ahora. He repasado en mi mente cada recuerdo que he conservado como un tesoro e incluso de los que ya hasta me había olvidado. He paseado por esta casa con los fantasmas que se han ido quedando. He oído las risas antiguas y hasta mis propios llantos, que también los hubo. He llenado las paredes de los momentos, de esos que no quiero olvidar, esos que quiero que se queden aquí cuando yo ya no esté. He renovado mis miedos también.

He tratado..., he tratado y no he conseguido nada de lo pretendido, pero supongo que el intento es suficiente. Siento como si fuera a coger un vuelo que me llevara a un lugar lejano. Como cuando vas a unas vacaciones de ensueño; como cuando estas esperando algo estupendo que hace que lo demás deje de tener importancia en una percepción distinta del tiempo, con la diferencia de que en este momento no planeo ningunas vacaciones.

En el móvil, cientos de llamadas perdidas; la mayoría de personas que sé que me quieren y que seguramente han querido felicitarme. Entre ellas la de Pepe e incluso una de Chema, con quien hace meses que no hablo y que ha dejado un mensaje en el contestador que no voy a escuchar. Siento dolor; el mismo o parecido que sentirá María cuando se dé cuenta de que Gonzalo no irá a su cita de los viernes. Ni este ni el próximo...

La espero sentada frente al ventanal que hay justo delante de la mesa de escritorio antiguo que hay en una de las esquinas del salón. Ese escritorio en el que no hay ordenador o elemento alguno propio de una escritora. Solo la foto de mi madre y una lámpara que cuando está encendida parece una estrella. Miro la foto. Acaricio el marco y de nuevo me pregunto si realmente somos conscientes de las consecuencias de nuestros actos, de las pequeñas cosas que hacemos y que cambian el rumbo de las vidas de los demás. Hoy no soy muy diferente a Lourdes. No soy muy distinta a la peor versión de ese escorpión al que un día, hace ya mucho tiempo, Miguel le dio un billete de avión para mí, advirtiéndole de que no estaría en aquella plaza del Reloj a la hora acordada para despedirse porque el plan había cambiado. Le pidió que me dijera que me quería más que a su vida y que me esperaba en el aeropuerto. Lourdes, en lugar de hacer aquello, rompió el billete en mil pedazos, guardó silencio y permitió que yo saliera de esta misma casa, hace más de diez años, a sabiendas de que él no vendría aquella noche. No habría despedida. Calló y con su silencio también hizo añicos nuestras sonrisas. Una década después, cuando aún quedaban las sombras de aquellas bocas, Lourdes volvió a decidir por mí cuando, en la terraza de mi casa de Madrid, delante de María, confesó que había cambiado el curso de nuestras vidas como se varían los cauces de los ríos. Al día siguiente, yo rechacé a Chema delante de todos abriendo una larga lista de "y si..." que hoy ya tampoco tiene valor alguno. Es tarde para suposiciones y para echar la vista atrás. Me encuentro donde estoy por las decisiones que yo he tomado y lamentablemente por las que han tomado por mí, que no han sido pocas.

Ahora mismo quisiera ser generosa, pero no lo soy. Quisiera pensar que el amor de Gonzalo por su mujer, Ana, es de esos amores inmensos a salvo de instintos primarios. Quisiera ser un hombre para entender cómo alguien como él la quiere, la ama y morirá con ella, entendiendo que lo demás son solo piedras en el camino que a veces pesa o se hace largo. Quisiera poder ser benevolente con quien se cree honesto por el simple hecho de que María es conocedora de que hay otra persona, por ser la que acepta una situación, unas condiciones...

Gonzalo no irá a ese bar de carretera. No irá hoy, ni mañana, ni el viernes que viene. No irá porque es un cobarde. Romperá el corazón de María sin escrúpulo alguno, mientras acaricia la barriga de su esposa que espera su tercer hijo, gestado bajo promesas de amor a una mujer que no es ella. No irá porque tiene un motivo más que se escribe con mi propio nombre.

Ayer, mis tacones resonaban tanto en la tarima de su oficina que hasta me arrepentí de no haberme puesto unas zapatillas de deporte. Salí de casa por la mañana temprano. Lo pensé de repente, no estaba premeditado. Me subí en el coche, paré a echar gasolina, busqué en el móvil la dirección de su oficina para indagar a continuación cómo llegar hasta Antequera. En algo más de una hora estaba frente a las cristaleras bajo el rótulo de su próspera empresa de maquinaria agrícola. Lo vi llegar. Dejé diez minutos de cortesía, me bajé del coche y entré.

Sabía que en esas oficinas había alguien más: dos mujeres que había visto entrar minutos antes. Por la actitud, imaginé que serían sus empleadas. Crucé la puerta dando los buenos días y seguí recto hasta el final del ancho pasillo, dejando a esas dos mujeres a mi derecha mientras mientras una de ellas me decía algo que ni siquiera escuche. Giré el pomo y ahí estaba él, escondiendo una incómoda sonrisa tras una cara de agradable sorpresa.

-Clara... ¡Qué sorpresa! -dijo Gonzalo mientras se levantaba.
-Perdone, Sr. Gonzalo... -interrumpió el saludo una de las mujeres entrando inmediatamente después de mí.

-No pasa nada. Es mi amiga Clara -contestó Gonzalo a la que supuse su secretaria, acercándome una silla para acto seguido ir a cerrar la puerta tras ella.

-No me pases llamadas, Carmen -le dijo a una de esas dos mujeres por la centralita, mientras con una de sus manos me pidió que me sentara, con un gesto acompañado de una sonrisa típica de un gran comercial-. Cuéntame a qué debo el honor de tu visita...

-No creo que sea un honor, así es que si no te importa mejor nos dejamos de cortesías.

-Tú dirás -. Ya no había ni rastro de su sonrisa de minutos antes.

-A mí por norma no me gusta meterme en la vida de los demás. Tu libertad es tuya y de nadie más, pero en este caso esa libertad termina donde empieza la de María.

-Supongo que te has enterado de que voy a ser padre de nuevo...

-Exacto. Ayer tu mujer mandó un mensaje, supongo que general a toda su agenda. Una gran noticia, salvo por el pequeño detalle de que la mujer con quien te acuestas no lo sabe -seguí procurando que el enfado no se apoderara de mi tono-. Llegados a este punto, creo que solo hay dos opciones: que se lo cuentes y pueda decidir qué hacer o que sigas callado y dejes esta relación que va a terminar haciendo daño a muchas personas.

-Yo la quiero.

-Tú no la quieres. Si la quisieras no serían tan cabrón de haber dejado preñada a tu mujer otra vez-. El asunto de mi tono a estas alturas de conversación era misión imposible.

-¿Y qué sabes tú?

-¡Yo sé lo que sé! ¡Que cuando se quiere, se quiere! ¡Cuando se ama, se ama y se respeta!

-Por Dios, Clara, no levantes la voz, que te van a escuchar...

-Eres un cobarde.

-¿Ah, sí? ¿Y qué es tu amiga María? Contéstame a eso. -Su tono ahora se tornó desafiante-. Yo te lo diré: una señorita sin demasiados remilgos. Ella no tiene tantos escrúpulos como tienes tú.

Sin dejar que terminara esta frase ya me había levantado de la silla. Me dirigí hasta la puerta y antes de girar el pomo le dije: 'O se lo dices tú, se lo digo yo o dejas que esto muera'.

Anoche ya en casa, María se sentó a mi lado teléfono en mano. Me enseñó unos cuantos mensajes. Me los leyó. Eran las palabras de dos enamorados que se adoran, que cuentan las horas para verse. Estuve tentada de contarle lo que había pasado esa misma mañana, pero no lo hice. Me callé. Le acaricié la mano y le sonreí. Guardé los reproches en esos cajones de los que antes hablaba. Habrían sido injustos.

No entendía cómo, en lugar de preocuparse por el juicio en el que se jugaba la custodia de su hijo Manuel, pasaba horas colgada al teléfono con alguien que ella sabía que la llamaba a hurtadillas. No comprendía cómo podía acostarse con alguien a sabiendas de que al llegar a su casa haría lo mismo solo que con otra mujer. No entendía cómo se estaba dejando llevar por una situación que le terminaría haciendo daño. Pero ¿quién era él o para juzgar todo aquello?

Miro por la ventana. Desde donde estoy sentada se ve la calle Caravaca. Una cuesta habitada por casas blancas bajo un suelo adoquinado. Veo los tejados de algunas y los balcones de otras. La mía corona la esquina más alta de esta calle desde donde, en los veranos, el olor a geranios y a jazmines recién regados se cuela por las ventanales. En el salón -donde estoy yo ahora- hay otro mirador más desde el que se ve la torre de la iglesia, el balcón ibicenco de una pareja gay y casi la puerta de la casa donde nació mi madre. Me gusta escuchar las campanas de la iglesia, aunque a veces ni me percato, supongo que por costumbre.

Miro el reloj. Me levanto de la silla. Recorro el camino desde esta esquina del salón y mi dormitorio. Descalza. Me gusta sentir el frío del barro y oír el crujido débil mientras piso. La casa tiene una planta más arriba a la que se accede por la escalera exterior, la que da a la calle y a la puerta de entrada de la mía. La semana que viene el arquitecto vendrá para diseñar los planos que unirán esta casa y la planta de arriba. Me ha dicho que no es difícil, que sólo consistirá en agregar el tramo de escalera exterior desde el descansillo de la ahora puerta de entrada a mi vivienda y diseñar la parte alta, que es abuhardillada. Restaurar las vigas antiguas que aún persisten a pesar de la primera reforma que hizo el propietario anterior tampoco será difícil. En aquellas primeras obras lo dejaron todo listo para hacer las reparticiones en habitaciones, sólo que en esos planos parece que la idea era hacer arriba un apartamento independiente. He estado pensando que quizás esa tampoco sería mala idea, porque en un futuro incluso se podría alquilar para tener unos ingresos extras.

Me da un poco de pereza pensar en obras, pero en los últimos días se ha convertido en mi distracción principal. Hago planes en mi cabeza. Imagino cómo repartiré el espacio, cómo quiero la terraza, en el color de los toldos o en las lámparas que pondré. Amueblo las estancias una y otra vez. Trato en realidad de no pensar y a veces hasta lo consigo.

Espero la llamada que supongo me hará María cuando se percate de que Gonzalo no aparece. Miro el móvil, tengo una nueva llamada perdida. No es de María, es otra distinta. La que no quiero coger. El día que dije no imagino que mis amigas pensaron que la respuesta estaba motivada por lo sucedido la noche anterior. El día que dije no quizás algunos pensaron que no le quería lo suficiente. El día que dije no nadie supo más que él el motivo de esa respuesta.

De nuevo vuelvo atrás en el tiempo y no quiero. Quiero estar aquí y ahora. Quiero vivir hoy y mañana. No quiero tener que volver a cobijarme en el pasado para soportar el presente. A fin de cuentas los dos sabemos que fui capaz de hacer lo que pensé mil veces y nunca hice.

Pero antes de ese día, mucho antes -casi una década atrás-, hacía un par de semanas que la nueva directiva había tomado posesión de sus cargos tras la fusión. La incertidumbre ante los posibles despidos se había apoderado del ánimo de muchos, convirtiéndose en el tema de conversación de casi todas las mesas del comedor enorme para empleados que había en las instalaciones de la televisión y donde los trabajadores comíamos por 3,50 euros.

Hablar de quedarnos sin trabajo delante de un plato de cordero estofado, que olía a animal vivo en una granja de Burgos en el mejor de los casos, me ponía el estómago en pie. Debido a mi turno esta era una situación que tenía que soportar sólo dos días en semana. Yo trabajaba cuatro: los jueves, los viernes y el fin de semana. A diferencia de los laborables, los sábados y los domingos el ambiente era otro bien distinto, más distendido. Reunión de redacción a las diez de la mañana, trabajo relajado para la mayoría, café a media mañana y comida después de la emisión del informativo. Alguna bronca que otra por parte del jefe de departamento que, a pesar de estar en su casa, solía permanecer en espíritu y conectado desde donde quiera que viviera. El ir y venir de los redactores del programa de investigación de los domingos a las ocho era el trasiego más significativo en esos días, en los que la radio se convirtió en mi compañía gracias a un viejo transistor que tenía en la mesa de al lado el redactor de deportes.

Mi turno acaba cuando terminaba el informativo de las nueve. Muchos quedaban para tomar cañas en el centro de Madrid y otros, como yo, nos íbamos a casa la mayoría de los días. Aunque a veces me apuntaba a recorrido nocturno, principalmente por Huertas.

El trayecto desde la tele hasta mi casa, en la calle Pedro Texeira -una perpendicular de La Castellana- era relativamente corto a excepción de los viernes, cuando los atascos convertían la vuelta en un auténtico aburrimiento al volante, en el que las caras de los conductores vecinos se convertían en mi principal entretenimiento. Jugaba a imaginar quiénes eran, a qué se dedicaban o cómo serían sus vidas. A veces también jugaba a sumar los números de las matrículas.

Había hecho amigos, algunos de la época de facultad que aún conservaba y la mayoría del trabajo. María y especialmente Lourdes venían a visitarme con relativa frecuencia. Ese era el momento que yo aprovechaba para desmelenarme por las noches de Madrid. El portero de mi edificio, Juan, se convirtió en testigo de cómo en aquella época nos faltaba noche, nos faltaban bares y nos sobraban amigos.

El recuerdo de Miguel lo guardé en un cajón, que solía abrir algunas veces por las noches. Con el paso del tiempo me fui olvidando de ese cajón cada vez con más frecuencia. Estaba con el doctorado y comenzaba a escribir mi primera novela. Diseñaba los personajes, la trama y la estructura de lo que nunca pensé entonces que se llegaría a publicar. Tal vez ni siquiera pensé en eso. Ahora ya no me acuerdo.

El punto de partida de aquella historia, una villa en un lugar llamado "Arco de Piedra", una bonita casa, una mujer mayor de nacionalidad belga, una asistenta y una periodista. Unas obras ilegales en una vivienda vecina, la excusa; el olvido, el telón de fondo.

Pasaba horas entretenida con mi proyecto y procuraba ir una vez en semana a la facultad para al menos justificar ante mí misma que estaba con el doctorado, aunque en realidad hoy creo que nunca quise hacerlo. Y eso fue exactamente lo que sucedió. Un día lo aparqué, otro día alargué los tiempos y finalmente me olvidé.

Recuerdo que aquel día llovía en Madrid exactamente de la misma manera en que hoy lo hace en Estepona. También era viernes. Debía ser mitad de mañana porque en aquel momento mi estado de ocupación había subido de nivel con respecto a las primeras horas, cuando parecía que el informativo de las tres estaba lejano y que yo estaba sobrada para hacer mi pieza. No recuerdo exactamente cómo iba vestida, pero sí un detalle importante: mis labios estaban pintados de rojo.

Emilio, mi compañero de fatigas de redacción, me dijo que mi móvil había sonado. Que creía que había recibido un mensaje. No lo miré. En ese momento entraban por la puerta de nuevo los ejecutivos de empresa italiana que iba a pasar en breve a ser dueña de gran parte de la mercantil junto a la entonces cúpula de Antena 3 -hombres a los que todos llamábamos "los italianos", dando por supuesto que además lo eran-, paralizando cualquier actividad que no fuera la de fijar las miradas en las pantallas. El miedo a los famosos despidos estaba más latente que nunca. El móvil volvió a sonar y esta vez sí que lo había escuchado. Volví a hacer caso omiso al sonido del teléfono cuando escuche su voz por encima de mi cabeza.

-Hola, ¿qué tal? -No podía creer en mi mala suerte. Otra vez ese tipo alto con la mirada tan fría como el hielo. Emilio ya se estaba levantado mientras yo creo que mi cerebro no había recibido aún ese inesperado saludo.

-Emilio y Clara, ¿verdad? -Ese acento definitivamente no era español pero tampoco italiano, pensé, mientras ahora sí me levantaba yo también.

-Sí, somos los ayudantes de redacción de Nacional -dijo Emilio, tan educado y natural.

-¿Cómo se plantea hoy el día? Parece que la cosa está tranquila. -Ahora el que trataba de ser cortés era ese señor de pelo rubio-. ¿Qué llevas hoy, Clara?

-Un reportaje social: la desaparición de un niño. -Traté de parecer lo más tranquila posible, aunque recuerdo que me temblaban las piernas. Me había llamado por mi nombre-. Dicen que lo han visto en muchos sitios diferentes...

-¿Y?

-Pues nada, tratamos de valorar cómo afecta esta circunstancia a la familia y a la propia investigación -le contesté notando cómo los latidos de mi corazón se me habían subido a las sienes y procurando en vano que el rubor no hiciera acto de presencia en mi cara.

-Bien, parece interesante. Lo veré después -dijo con aire desinteresado para a continuación despedirse y ponerse a hablar con Jesús Fernández, mi jefe inmediatamente superior, que se había acercado a nuestro corrillo.

Emilio y yo nos sentamos sin dirigirnos la palabra hasta que la comitiva de nuevos jefes desapareció más allá del metacrilato del plató que presidía la sala de casi 900 metros cuadrados. Nos parodiamos el uno al otro, nos reímos y nos mandamos algunos mensajes de la misma índole con algunos de los compañeros que estaban de turno, a través del sistema de mensajería interna que solíamos usar en realidad para mandarnos los textos.

"Dejemos de hablar de política, hablemos de sexo: se acaban de fulminar a Clarita. ¡Ja, ja, ja!", decía uno de esos mensajes con doble sentido, precedido de una conversación política profesional al hilo del Consejo de Ministros y sus consecuencias que se estaba celebrando aquella mañana. A pesar de que aquellos rumores de recorte de plantilla asustaban más que el coco cuando eres pequeño, no es menos cierto que también solíamos bromear acerca de ellos.

Tuvo que sonar el móvil de nuevo para acordarme de los mensajes que no había leído. Cuando acabé de hablar con Roberto, un compañero de producción que llamaba para saber si Emilio y yo podíamos bajar a tomar café, vi en la pantalla: Tiene 2 mensajes nuevos. Uno era de María:

"Hola, Guapa. ¿Cómo va el día?
Creo que estoy embarazada. ¿Hablamos después?"

El otro, de un número que no tenía en agenda. Lo abrí. Sorpresa.

"Repásate los labios, que el rojo se ha borrado".

Inmediatamente levanté la vista. Recorrí la oficina buscando al culpable de aquel texto. Saqué mi barra de labios del bolso y el espejo. Me los pinté descaradamente. Pensé que sería una broma de algún compañero.

Un atentado a media mañana, de los últimos perpetrados por ETA, borraron de nuestras cabezas los mensajes, las visitas, las bromas y el ambiente relajado habitual de los viernes. El informativo se había alterado y todos ya estábamos pendientes de las primeras imágenes y de la última hora de un tipo de noticias que convulsiona cualquier redacción. Se decidió dar boletines al respecto a media tarde, lo que hizo que el ritmo de trabajo de aquel viernes fuera diferente a lo habitual.

Cuando acabó el informativo de las nueve y nos relevó el turno de noche, me puse el abrigo, cogí mi bolso, le di un beso a Emilio y me marché una de las primeras. Busqué el coche por el *parking* de los trabajadores, intentando recordar dónde lo había aparcado esa mañana. Me costó un rato a pesar de que a esas horas ya quedaban solo unos cuantos. Al llegar a la ventanilla, la luz de la farola que había justo al lado hizo que entre las gotas del cristal viera mi cara reflejada. No pude evitar reírme al descubrir que del rojo de mis labios ya no quedaba nada. Estaba hecha unos zorros.

De camino a casa, repasando lo sucedido en el día, recordé de repente esa frase: "Bien, parece interesante. Lo veré después". Con el asunto del atentado y la reestructuración de la escaleta, mi tema acerca del chico desaparecido se había caído. Seguro que ahora me pondrían la número uno en la lista esa del ERE, cuyas siglas en aquel entonces no eran tan populares como lo son ahora.

"Hace un día demasiado gris.
No dejo de pensar en los labios rojos que vi ayer".

Ese fue el segundo de los mensajes, que estuvo seguido de muchos más. Al principio uno diario, luego algunos más, que yo esperaba ansiosa como una niña pequeña. Aquel móvil se convirtió en mi compañero de cama, pues pasó de estar en cualquier parte de mi apartamento a ocupar el lado vacío del templo de mis sueños. Sonreía sola cuando pensaba en aquellos breves textos que tan importantes habían pasado a ser para mí. Era como tener un amigo imaginario, solo que en este caso era una cosa real; alguien al otro lado del teléfono existía y escribía cosas extremadamente bonitas y tiernas para mí. A pesar de que el número aparecía en cada mensaje, en ningún momento pensé en contestar. No quería saber quién era, aunque evidentemente era alguien de la oficina a tenor del primero. Fui descartando personas e incluso me llegué a sentir ridícula tan solo de pensar por un momento que fuera Emilio; era una posibilidad que no quería que fuera real en el fondo de mi corazón, pues él no me gustaba en absoluto. "¿Jesús Fernández? No, por Dios", pensaba. Demasiado mayor y muy apocado para este tipo de cosas.

Todas las mañanas me arreglaba a conciencia para ir lo más bonita posible. Sabía que quien quiera que fuera el autor de esos mensajes me iba a ver. Efectivamente así era, porque la mayoría de los días mandaba alguno en horas de trabajo en el que incluía alguna referencia a mi indumentaria con la clara intención de que supiera lo que sabía: quien quiera que fuera estaba cerca.

Así pasamos al menos dos meses, hasta que un día no recibí ninguno. Al despertar, como cada mañana, lo primero que hice fue buscar en la pantalla el mensaje habitual enviado mientras yo dormía y que a veces era solo un beso de buenas noches. No había nada como tampoco lo hubo a lo largo de aquel día y eso empezó a inquietarme. Pagué los platos rotos con Emilio, por aquel entonces ayudante de redacción, mientras yo ya había subido un escalón desde esa categoría laboral hasta la palabra "redactora". Un día de perros en definitiva que acabó con el desagradable tropiezo con el supuesto italiano que realmente no lo parecía en el torno de entrada, que en este caso -cuando ya eran las nueve y media de la noche- se había convertido en el torno de salida.

-¿A casa ya? -preguntó con una sonrisa enorme. Había que reconocer que era un tipo atractivo. Mucho.
-Sí, ya he terminado -le contesté con aire distraído.
-¿Qué tal el día?
-Largo.
-¿Siempre eres tan parca en palabras?
"Ay, Dios, ya la he cagado otra vez", pensé al oír esa pregunta.

-No..., es... Es sólo que estoy cansada. -Quería parecer amable y en realidad parecía todo lo contrario.
-Pues espero que descanses. -Ahora sonreía como si se estuviera divirtiendo mientras me cerraba el paso hacia el torno-. ¿Conoces la metáfora de *El principito*?

Mi cara debió ser de asombro, porque realmente lo era. Me dolían los pies, estaba cansada, tenía frío y algo de hambre. ¿Qué era eso de *El principito*? "Una trampa", pensé. Sabía que era un libro. Hurgué en mi memoria intentando encontrar rápido el contenido bajo ese título que debí leer cuando era pequeña. Nada, quizás no lo había leído.

-La del zorro -añadió ese hombre del que a esas alturas no recordaba el nombre. Solo el apellido.
-Perdone la indiscreción. ¿Es italiano?

Sus carcajadas me pillaron por sorpresa, tanto que me quedé quieta mirando fijamente cómo aquel hombre se reía mientras yo me preguntaba a mí misma dónde estaba la gracia. Se reía sonoramente, mientras me hacía gestos de disculpa. Creo recordar que hasta yo misma me sonreí por no parecer descortés y para evitar en realidad soltar un improperio que ahora dejaré en payaso, que es en realidad lo que pensé de él en ese momento.

-No. ¿Qué te ha hecho pensar que lo sea? -terminó por preguntar minutos después de aquella risa que estaba poniendo la guinda a un día torcido para mí.

-No lo sé. Supongo que el hecho de que la nueva directiva esté formada por italianos, ¿no? -contesté sin disimular que aquel encuentro me estaba incomodando.

-Pues no, no soy italiano. Y, por cierto, buena táctica para distraer la atención de la metáfora por la que te estaba preguntando-. Quiso quitar hierro al asunto después de percatarse de que me había incomodado.

Di un paso adelante. Ya nada me importaba que me despidiera o no. ¡Qué narices! ¿Por qué tenía yo que aguantar a ese tío que me caía tan mal hablándome de no sé qué metáfora? ¡Para principitos estaba yo! Pero aun así y a que era evidente que me quería marchar, no se apartó. Lejos de hacerlo, se acercó a mi oído y me dijo: "Léelo. Es interesante".

-¡Que descanses, Clara! -Fue su frase de despedida antes de dejarme pasar.

-Igual -le contesté dedicándole una sonrisa de cortesía pero dándole la espalda mientras pronunciaba la última de las sílabas. No me volví; se estaba riendo de nuevo.

Esa semana pasó y la siguiente. No recibí mensajes en todo ese tiempo mientras releía los antiguos que guardaba en una carpeta. Pensé en mandar yo uno a ese número de teléfono que guardé en la agenda con el nombre de "Mensajes". No lo hice.

Las lluvias de ese inicio de abril, que más pareció marzo, cedieron a una primavera calurosa y espléndida. Pasamos de los abrigos a las chaquetas en días. Empezaba a estar contenta de nuevo. Volví a cambiar el aire desaliñado de los últimos días por la coquetería de semanas antes. Las maneras airadas a Emilio por la amabilidad de siempre. Volver a la oficina se tornó de nuevo en algo agradable, como lo había sido hasta que ese más que probable ERE comenzara a planear en aquel cielo. Borré la carpeta del móvil y el número de la agenda. Pasaba mi tiempo libre buscando un lugar donde ir de vacaciones. Un sitio de playa y sol. Iría con Lourdes, que este año haría coincidir sus vacaciones con las mías. Ibiza empezaba a cobrar fuerza, mientras María al otro lado del teléfono parecía enfadada en cuanto le sacaba el tema. Le dijimos que podía apuntarse, que el hotel que estábamos sopesando era familiar y que lo pasaríamos genial todos juntos, incluido Álvaro, que para aquel entonces ya tenía la calificación de "desagradable sorpresa" cuando sólo habían pasado dos años de su boda. "A fin de cuentas es nuestra amiga", le decía a Lourdes en defensa de la probabilidad de que María y su marido vinieran con nosotras. Algo a lo que Lulú siempre despachaba con un "no pienso gastar dinero en unas vacaciones que nos fastidiará Álvaro. Me juego la mano y no la pierdo".

María había dado negativo en las pruebas de embarazo, circunstancia que pensé estaba detrás de ese enfado al hilo de las vacaciones. Tiempo después ella misma me reconoció que era la envidia que sentía porque nosotras podíamos seguir divirtiéndonos como adolescentes, mientras ella ya comenzaba a vivir con el miedo a la alta posibilidad de que Álvaro le amargara cada situación en el mejor de los casos. Siempre que hablamos de aquello es cuando María reconoce que fue entonces cuando se tenía que haber separado y no tantos años después, a pesar de que el nacimiento de Manuel siempre la termina obligando a decir esa frase que he escuchado tantas veces y que dice algo así como "en fin, no me puedo arrepentir cuando veo a mi hijo dormido".

Curiosamente yo envidiaba tener una familia, pensando en que no era para tanto eso de estar soltera. Las dos cosas me parecían que tenían su encanto, sus ventajas y sus desventajas, como todo en la vida. Ella me envidiaba a mí y yo la envidiaba a ella, que al menos podía descolgar el teléfono y llamar a su madre, mientras alguien por las noches dormía a su lado cuando yo, por aquel entonces, aún suponía que le decía "te quiero" antes de dormir.

Un "te quiero". Ser lo último que oyes antes de conciliar el sueño. Hacerte pequeña ante la persona con quien compartes la almohada. Alguien que te dice "no te preocupes, mañana lo solucionamos". Un abrazo cotidiano. Era eso lo que yo quería y que no buscaba haciendo de una frase manida una máxima sujeta a superstición: "El amor no se busca, llega cuando menos te lo esperas". Y exactamente eso es lo que pasó.

Tres sábados después de nuestro encuentro en el torno, llegué a las instalaciones en San Sebastián de Los Reyes a las siete y cuarto de la mañana. Ritual habitual: leer *mails*, leer periódicos digitales importantes, ponerme al día con los teletipos, café para llevar en mi mesa, llamar a María después de las ocho o bien mandarle mensaje, reunión de edición a las diez, asignación de temas, documentación y elaboración de pieza. Aquel día la cosa estaba más que tranquila, tanto que, cuando a las doce me disponía a levantarme de la mesa para ir a tomar un café de media mañana con algunos compañeros, recordé la pregunta acerca de aquella metáfora del libro que yo obviamente no había leído.

Google. "El principito+metáfora+zorro". Et Voilà, ahí estaba. La leí dos veces sin poder salir de mi asombro porque desde el primer momento supe que el texto no había sido elegido al azar, de la misma manera que instantáneamente caí en la cuenta de que aquello sucedió el mismo día en que dejaron de mandarme mensajes. "Sabrás el precio de la amistad". Esta frase me martilleó la cabeza una y otra vez. Pensé en todo. Rápido. A la velocidad más precipitada de la que soy capaz. Lo até todo al instante y fue entonces cuando descubrí que "Tipo apuesto que me cae muy mal y en cuyas manos ha estado mi futuro, ha estado tomándome el pelo o similar en un hecho que con toda probabilidad es denunciable. Acosador sexual. Capullo". La conclusión exacta que escribí en un mensaje de texto que envié a María sin pensarlo dos veces.

Ella, al leer ese mensaje, inmediatamente llamó con el fin de despachar el tema sin necesidad de los dos mil quinientos mensajes que habrían hecho falta para explicarle todo lo sucedido, porque hasta entonces el asunto de los mensajes anónimos lo había guardado en secreto para que fuera algo mío, cuando en realidad había sido el asqueroso preludio de lo que para ese momento pensé que era el escándalo sexual que, de saberse, tambalearía los cimientos de aquella empresa.

-Perdona que me ría, Clara. Eres un caso. Yo no veo el contenido sexual por ninguna parte. Eres una paranoica -me dijo María después de que yo le contara lo que decían los mensajes, que intenté reenviarle antes de recordar que los había borrado.

-No se puede ser más tonta. ¡Cómo he podido borrarlos! Ahora no tengo ninguna prueba. Es un acosador profesional -le decía mientras al otro lado de la línea oía que el sonido de las risas era aún más intenso-. ¿No te das cuenta de que el principito conoce el valor de la amistad cuando el zorro, que ha creado el hábito de ir todos los días a su encuentro a la misma hora, deja de hacerlo? ¿Es que no te das cuenta?

-¿De qué no me doy cuenta? -preguntó María divertida.

-Traslada esa misma metáfora a la rutina de los mensajes y a lo que sentí cuando dejé de recibirlos.

-Ya lo he hecho... Te sentiste como el principito cuando ya no fue más el zorro... Tal vez, ¿conociste el precio de la amistad? -El cinismo de María mezclado con la incredulidad hicieron que mi irritación fuera en aumento.

-No, no he conocido el precio de la amistad.

-¿No? Entonces, ¿dónde está el quid de la cuestión, Clara? ¿Es una metáfora extrapolable a los teléfonos o no lo es? ¿En qué quedamos?

¡Cómo la odiaba cuando se mofaba de mí!

-Digas lo que digas, María, es un cínico que se ha estado riendo a mi costa, que lo ha hecho a propósito, y lo peor es que no quiero pensar qué es lo que lo ha movido a hacerlo. Seguro que es un reprimido o algo así...

-Estás como una cabra. Deberías dejar eso de los sucesos. Di que te cambien a otra sección. ¿No has pensado que chico guapo ha podido sentirse atraído por chica especial?

-¿Qué estás diciendo, María? ¿Cómo chico guapo estupendo y *sexy* va a fijarse en alguien como yo, una simple redactora que ni siquiera llega al metro sesenta?

-Chico guapo es inteligente -contestó María, que se excusó con algo que no recuerdo para poner fin a la conversación. Un final que me vino genial y que me recordó que estaba en horas de trabajo.

Desde la noche del torno no habíamos vuelto a coincidir, pensé después mientras veía a nuestro presentador hablar de mercado de valores, de una mujer muerta a manos de su marido o de unos disturbios en el País Vasco con unos okupas que vivían en un edificio emblemático. "Seguro que estará ocupado acosando a otras pobres periodistas. ¿Será indecente?", me decía a mí misma, hasta que Jesús Fernández me sacó de mis pensamientos con un "¿Nos vamos a comer?" que me hizo saltar en mi propia silla.

-Hija, qué corazón más pequeño tienes que tener... -comentó acerca de mi sobresalto-. ¿Nos vamos? Te estamos esperando.

-Sí, claro. Perdona, es que estaba distraída.

-Pues déjate de distracciones, que mira que las cosas no están para que pienses en las musarañas.

-Jesús, hijo, a ver si nos echan ya a todos y podemos hablar de otra cosa. Este tema ya empieza a aburrirme - protesté mientras bajábamos las escaleras.

-¿Te aburre?

-Sí, porque sé que yo estaré en la lista, de la misma manera que sé que tú nombre no estará. ¿Quieres ahora que hablemos del tiempo que va a hacer en Semana Santa?

-Tus piernas son más bonitas que las mías. Razón suficiente para desmontar tu argumento.

-¡Pues qué asco! Yo quiero que valoren mi cerebro. Eres un machista.

-¿Quién es un machista? -dijo una voz de repente a nuestras espaldas. Ahora sí que pegué un respingo.

-¡Hola! -respondimos Jesús y yo al unísono dándonos la vuelta.

-No puedo creer que el Sr. Fernández sea machista - siguió diciendo tipo encantador con sonrisa maravillosa.

Jesús y yo nos quedamos callados con cara de idiotas mientras los dos, supongo que en ese momento nos estábamos preguntando cuánta conversación había escuchado ese señor, que para entonces ya ni me parecía un salido, ni un pederasta, ni mucho menos un acosador. En tan sólo unos segundos dejé de pensar lo anterior para pasar a creer que no había tenido nada que ver con los mensajes, ni con nada parecido. "¿Cómo puedo ser tan idiota? ¿Cómo iba este hombre a pensar en mis labios rojos o cosas parecidas? ¡Dios, qué camisa tan bien planchada!", recuerdo que pensé en una décima de segundo, siendo ese el tiempo en que, a la vez que pensaba, ponía en mi cara una sonrisa gemela a la que apareció en la cara de Jesús: una de circunstancias.

-¿Vais a comer? -preguntó.

-Sí, vamos al comedor de abajo -contestó Jesús, mientras cambaba la sonrisa de circunstancias por una de auténtica lela.

-¿Os importa que coma con vosotros? Tengo muchas cosas pendientes y se me ha hecho tarde.

-Por favor, estaremos encantados -le respondió inmediatamente Jesús, mientras a mí casi se me salen los ojos de las órbitas, si es que eso en realidad no llegó a suceder, o al menos llegué a pensar por un segundo cuando vi que tipo estupendo se agachaba a recoger algo del suelo.

-Clara, es un botón de tu camisa. Creo que se te ha caído -dijo acercando aquel redondel minúsculo en forma de perla.

La comida transcurrió demasiado deprisa o el tiempo aceleró ese día. Hablamos de todo un poco, aunque siempre de trabajo: noticias, informativos, operatividad, optimización de recursos, sistemas nuevos informáticos o de la competencia. De todo, salvo de cosas personales. Sólo cuando yo me levanté la primera de la mesa disculpándome con la excusa real, pero excusa a fin de cuentas, de que había prometido poner la voz a un reportaje de un compañero del programa de los domingos, tipo encantador, que había estado solo cortés como con todos los demás comensales, me dio las gracias por la grata compañía y añadió: "Espera un segundo... Os quería decir que el fin de semana que viene hemos preparado una especie de minicongreso en Buitrago de Lozoya para abordar algunas cuestiones profesionales y para tener la oportunidad de que los nuevos directivos conozcan al personal del departamento".

-Pero no quiero entretenerte. Márchate tranquila. Se lo cuento a Jesús y él te lo detalla después. De todas maneras, el lunes mandarán una circular que os haremos llegar al personal de fin de semana a través de Recursos Humanos vía *mail*. -Sonrisa, mirada al plato, reanudación de la comida interrumpida por mí minutos antes y fin de la historia.

En ese momento, unas pocas horas después de hablar con María para hacer todo tipo de acusaciones contra ese hombre, deseé con toda mi alma que ojalá hubiera sido él el autor de esos mensajes, de la misma manera que desde ese instante y hasta casi una semana después fantaseé y lo idealicé de una forma un tanto preocupante.

Viernes, nueve de la mañana. Interior de mi coche. Teléfono en mano. Intentaba poner una excusa. Algo así como una gastroenteritis aguda con el fin de no ir a esa convención en ese pueblo que a día de hoy aún no sé a qué provincia pertenece, pero que está realmente cerca de la zona noroeste de Madrid. Iban todos los compañeros, pero no sé bien por qué en lugar de estar contenta como todos los demás parecía que iba a ir al matadero. Supongo que inexperiencia, mezclada con inseguridades laborales, aderezadas de sentimiento de culpa por dormir imaginariamente con uno de mis jefes y miedo escénico, era el cuadro patológico agudo que hubiera debido alegar cuando un grito de Jesús, con la voz de Emilio de fondo, al otro lado del móvil, me sacó de los pensamientos.

-¡Mueve ese estupendo trasero que Dios te ha dado, que te estamos esperando!-Ya estaba saliendo. -¿Cómo se me había podido olvidar que quedé en recogerlos en Plaza de Castilla hacía diez minutos?

Metí la llave. Arranqué, respiré y me incorporé a La Castellana que a esas horas apenas tenía tráfico, algo inusual para ser viernes. En sólo siete minutos, Jesús y Emilio se estaban montando en el coche. Emilio en el sitio del conductor, mientras yo me pasaba detrás después de poner como excusa mi falta de pericia al volante más allá de San Sebastián de Los Reyes.

A las once de esa mañana ya estábamos todos hospedados, desayunados y reunidos para la primera parte del programa que se desarrollaría ese día y que estaría seguido de más reuniones, almuerzos de trabajo en ambiente relajado, de partidos de fútbol o pádel para los que así lo quisieran, de una cena y una fiesta amenizada por un grupo flamenco. La cuestión era vivir un fin de semana de convivencia como cuando vas a hacer la confirmación o algo así. Para que nos vamos a engañar, en realidad parecíamos una secta en el interior de un extraño complejo a modo de hotel de dos plantas, donde las habitaciones estaban en la parte de abajo que daba al jardín, lleno de antenas gigantes. Parabólicas enormes cuya función nunca llegué a saber en ese fin de semana que, si al principio pareció ser algo religioso, terminó al más puro estilo Sodoma y Gomorra según algunas malas lenguas, especialmente las de aquellos que se entonaron después de la cena -por ser amable en la manera de describir lo que me contaron que allí pasó y que habría sido comentado especialmente por los protagonistas masculinos, algunos de ellos de la alta cúpula, hasta meses después.

Yo, por mi parte, lo que sé de lo que sucedió aquella noche lo conozco por versiones, versionadas y reversionadas, por unos y por otros, y que probablemente no se ajusta en nada a lo que sucedió. De cualquier manera yo no fui testigo porque poco tiempo después de que acabara la cena me fui a dormir sin despedirme de nadie. Seguramente no me echarían de menos en un ambiente caldeado desde el principio.

Antes de bajar a mi habitación, acompañada de Montse, una administrativa de nuestro departamento que hacía de todo menos la labor que figuraba en su nómina, y que había cenado en mi mesa junto a Jaime Domínguez -jefe de uno de los departamentos-, de Luis Albert -Recursos Humanos- y de varios compañeros de la redacción, fuimos a la recepción donde habían dejado una hoja para que todos los que así lo quisieran apuntaran la hora a la que querían ser despertados por la amable señorita al mando de esas funciones y con la que, curiosamente me confundió tipo encantador en la única ocasión durante ese día en la que habíamos estado a menos de un metro.

Después de intercambiar opiniones con Montse acerca de la hora fijada para la primera reunión del día siguiente y cuatro tonterías más respecto del programa que saqué del bolsillo de mi chaqueta, decidimos que las nueve sería una hora estupenda para ser despertadas con el fin de que para las once nos hubiera dado tiempo de asearnos y de desayunar con tranquilidad. Mientras ella ponía precisamente la hora en la habitación de las dos, vi su nombre aparejado a un número de habitación en el que no me fijé y la hora elegida para su toque de diana. Es decir: Tipo encantador hacía rato que se había ido a dormir. Un descubrimiento que lo alejaba aún más del señor pervertido que pensé que era tan sólo unos días atrás.

Ya en pijama y tapada hasta los ojos, descubrí que coger el sueño sería imposible en aquel lugar, más después de haber visto el jardín a oscuras a través de las ventanas después de intentar sin éxito cerrar las cortinas del todo. El perfil de las enormes antenas hizo que el miedo se me metiera en cuerpo, tanto que llamé a la habitación de Montse, que era la contigua a la mía. Miré el teléfono y la etiqueta que había pegada y que ponía 209. Marqué 222#210. Sonido de llamada. Tres tonos. No era posible que se hubiera dormido tan pronto, pensé, cuando ya iba por el quinto. El sexto dejó paso al claro sonido que hacen los teléfonos cuando se descuelgan.

-¿Montse?

-Dime -oí que me decía al otro lado del teléfono una voz que me pareció la del lobo disfrazado de abuelita en el cuento de Caperucita Roja.

-Soy Clara. Es que no puedo dormir...

-¿No puedes dormir? -En ese momento empecé a creer que me había equivocado.

-¿Eres Montse?

-¿Por qué no puedes dormir, Clara? -La voz a estas alturas de conversación obviamente no era la de la administrativa de mediana edad, con pelo corto negro y gafas poco favorecedoras.

-¡Ay, perdón! Creo que me he equivocado. Quería llamar a Montse... -dije apurada. Lo estaba y mucho.

-No cuelgues. Dime qué te pasa. ¿Te has puesto enferma?

-De veras, perdóname quienquiera que seas. Lo siento, seguro que te he despertado.

-Soy Chema. No estaba durmiendo, no te preocupes.

¡Santo Dios! Ahora sí que hubiera preferido estar muerta. Si ya podía pensar que era tonta, después de esto pensaría que lo había hecho aposta y que encima era un putón verbenero en busca de guerra, como supuestamente pasó con algunas de las que se habían quedado en la planta de arriba y cuyas voces se escuchaban, aunque lejanas, desde esta planta de abajo.

-Lo siento. Es que estoy desvelada y quería llamar a Montse. Lo siento... Lo siento, de veras. –Colgué, creo que antes de terminar la frase.

Ahora estaba desvelada, sonrojada, me sentía de lo más estúpida y ahora sí que sabía a ciencia cierta que no dormiría en toda la noche. Eso fue lo que ocurrió, aunque a decir verdad sí que dormí unas cuantas horas. Probablemente concilié el sueño cuando eran más de las cuatro de la mañana y me desperté a las siete. Di varias vueltas en la cama, intenté dormirme de nuevo, me puse el televisor, y finalmente me levanté y me metí en la ducha no sin antes mirarme en el espejo. Ojeras y pelo enmarañado era el saldo del que se había tornado, en mi opinión, como un pésimo fin de semana de retiro obligado que no podía estar resultando peor.

Abrí el agua caliente, me dí una larga ducha que culminé con un chorro de agua fría que dicen que es bueno para no sé qué. Luego, después del sufrimiento, recordé que lo vi en un reportaje contra la celulitis. "Si yo no tenía...". Bueno, no pasaba nada, así prevenía me dije delante del espejo mientras desenredaba el pelo mojado, para tapar a continuación mis ojeras con un corrector que, aunque no lo logró, sí que lo disimuló.

Una hora antes de lo que tenía previsto la noche anterior estaba subiendo las escaleras. Pantalón verde botella de vestir, manoletinas negras de ante, cinturón a juego con hebilla pequeña dorada, camisa cuello caja de seda de estampado japonés maravilloso y delicado -traída del más allá por un amigo diseñador de interiores que me la regaló porque decía que algunos de los pájaros hacían juego con el color rojizo tostado de mi melena-. El blusón no dejaba ver el cinturón también estupendo porque llegaba a la cadera. Una chaqueta de lana de cachemir color entre mostaza y marrón, de esas que entran ganas de en lugar de ponértela echarte sobre ella a dormir, completaban mi indumentaria.

Para mi sorpresa, antes de llegar al comedor ya olía a café, lo que significaba que yo no era la primera en levantarme. Efectivamente, antes de llegar a la puerta vi a dos chicas uniformadas que iban y venían con bandejas preparando el desayuno. Dos respectivos buenos días, al menos doce mesas perfectamente vestidas en el centro del comedor, con centros de flores cada una de ellas, la luz a raudales entrando por los ventanales que daban a una enorme terraza que ya vi la noche anterior después de cenar, hilo musical y...

... su sonrisa.

-Buenos días. ¿Has dormido bien? -dijo antes de que pudiera darme la vuelta o de tratar alguna que otra maniobra para no ser vista, aunque eso probablemente me hubiera dejado en evidencia de nuevo.
-Buenos días. -Traté de parecer contenta.
-¿Te sientas conmigo a desayunar?
-¿Por qué no? -contesté. Ya estaba levantado retirando la silla en la que finalmente me senté después de recorrer la escasa distancia que había desde el umbral hasta la mesa que ocupaba.

Sin decir ni media palabra más volvió a posar su mirada en el periódico que tenía entre las manos. Menos mal que la camarera llegó al instante, evitando que ese momento tan incómodo se prolongara hasta el infinito. Estaba segura que tipo estupendo sabía que su presencia me perturbaba y lo disfrutaba.

-¿Qué te parece este lugar? -me preguntó levantando esa mira aparentemente distraída del periódico que fingía leer.

-No estoy segura -contesté inmediatamente.

-¿No estás segura?

-No. Creo que es estupendo pero a la vez un poco inquietante.

-¡Aja!..., o sea que anoche lo que tenías era miedo... -dijo riéndose, como siempre terminaba haciendo. Eso sí, siempre que estábamos solos.

-¿Te hace gracia todo?

-No, no es eso. Perdóname. Me hace gracia pensar que te daban más miedo las antenas que dormir con Montse. -Ahora sí que se reía abiertamente y sin disimulos.

-Ya ves. Para gustos los colores.

Su risa me contagió. Solo un poco, pero lo suficiente como para sonreír tímidamente. En el fondo tenía razón. Montse daba miedo a todos en la empresa. Su diligencia y exigencia a la hora de trabajar hacía que pocos conocieran el carácter, en realidad entrañable, de quien se encargaba de que todo funcionara más allá de las noticias, porque como ella decía: "Aquí los periodistas creéis que lo importante son solo las noticias, pero ¿qué sería de vosotros sin hojas, sobres, internet o teléfono? Porque aquí falta algo y nadie llama a nadie, solo a Montse". Con esta frase solía refunfuñar por los pasillos todo el día.

El comentario dio paso a que Chema cerrara el periódico, lo doblara y lo pusiera en una punta alejada de su taza para centrar la atención a nuestra conversación, que pasó de las típicas frases de cortesía a mis planes de cara a la Semana Santa. Cuando le dije que era de Estepona no vi que se sorprendiera, simplemente me contó que había estado allí en un par de ocasiones, para después contarme cuánto le gustaba ir al sur cuando el trabajo se lo permitía. A parte de eso, no me contó nada personal en la más de una hora que estuvimos allí los dos solos. Yo, sin embargo, le dije dónde vivía o cuánto tiempo hacía que estaba en Madrid... Le conté detalles hasta el momento en que me percaté de que sin darme cuenta la conversación había pasado de ser cordial a ser demasiado personal. Paré en seco.

-¿Me tienes miedo? -Creo que la pregunta se debió al repentino silencio.
-No.
-Pues lo parece.
-Lo siento, no es mi intención. -Bajé la mirada. Estaba avergonzada de que mi temor o inseguridad hubiera sido tan evidente.
-¿Qué edad tienes? Y perdona la indiscreción.
-26.
-Yo tengo 36. -Me miraba tan fijamente que me daba vergüenza devolverle la mirada. Creo que de haber mirado de frente hubiera parecido que quería coquetear o algo así- No debes mirarme así..., yo nunca te haría daño. ¿Quieres saber por qué?
-Sí.
-Pues porque pareces un diminuto animal asustado y no sé el motivo. Pareces una niña pequeña. Sé que eres buena persona. Son cosas que se perciben sin más. Sé que detrás de esa tímida sonrisa se esconde algo extraordinario. -Su voz a esas alturas me tenía hipnotizada mientras dos lágrimas corrían mejilla abajo.

Nunca nadie, y digo nadie, me había hablado de esa manera. Jamás. Sus palabras habían acariciado mi alma. Tras esas palabras -detrás de esa tímida sonrisa se esconde algo extraordinario- el cajón del olvido en el que guardaba a Miguel desapareció de mi mente y de mi corazón. Así, de un plumazo. Una frase había bastado. Olvidé hasta mucho tiempo después sus besos, su tarta de cumpleaños, el reloj pastor que le regalé o las palabras de aquella felicitación que acompañó al regado. Esa frase había borrado el recuerdo de los dos desnudos haciendo el amor una y otra vez mientras nos susurrábamos todo tipo de promesas. Borraron mis lágrimas, la ausencia de mi madre, la distancia que me separaba de todo cuanto amaba y lo único que tenía: mis amigas. Esas palabras habían sido distintas. Otras. No eran de amor. Era ternura. Algo del todo nuevo para mí en este mundo de adultos al que había incorporado no hacía demasiado tiempo.

-¿Quieres que te cuente una cosa que seguro que no sabes? -dijo rompiendo así un pequeño silencio y cambiando el tono a uno más amistoso y divertido, después de alargar uno de sus dedos hasta mi cara arrebatándome las dos lágrimas que no había podido reprimir.
-Claro -le contesté interesada.
-¿Sabías que el sentido del agua cuando se desagua es distinto en el hemisferio norte que en el sur?
-No, no lo sabía. No he estado nunca en el hemisferio sur -le dije ahora riendo-. ¿Sabías tú que para construir Keops los egipcios tuvieron que colocar una piedra de dos toneladas de media al minuto, durante las veinticuatro horas del día durante veinte años, según la explicación lógica y matemática de los expertos en un intento de dar sentido a lo que allí sucedió?
-No, no lo sabía. No he estado en Egipto -me contestó.

Ahora nos reímos los dos. Era obvio que estaba mintiendo, a tenor de la cara de bromista que puso al decir esa frase. Un "vaya, qué madrugadores" en mi cogote puso punto y final a esa conversación. Una persona importante, de la que no conocía el nombre, se sentó a nuestro lado. Después de saludarnos cortésmente comenzó a intercambiar opiniones con Chema acerca de asuntos que yo ni siquiera conocía. La llegada de Rocío Ramos, la jefa de Personal, fue un alivio porque me sirvió de excusa para seguir allí sentada y parecer que estaba entretenida.

Poco tiempo después se fueron incorporando al desayuno todos los que habíamos sido elegidos para pasar aquel fin de semana en Buitrago, incluso los más trasnochadores, de manera que a las once estábamos todos en aquella sala de reuniones, incluido Paco, el jefe de mi jefe, al que no había visto el día anterior. Tras dos horas de aburridas exposiciones, el menos en mi opinión, acabó aquello y nos fuimos a comer. La comida que ponía el punto y final y daba el pistoletazo de salida al permiso para volver a casa. Despedidas, saludos de cortesía entre quienes habían cruzado conversaciones por primera vez y las típicas frases de "qué bien ha estado todo" o "esto hay que repetirlo" pusieron la guinda a aquel fin de semana.

Sin embargo, tras la reunión previa al almuerzo aquel yo ya no vi más a Chema. Oí comentar a alguien de mi mesa que se había marchado antes porque esa misma tarde tenía que coger un avión para iniciar su andadura en Sudamérica, donde la compañía tenía intención de absorber alguna que otra empresa. Afirmación que para mí parece que tuvo una interpretación distinta a aquellos comensales, que sacaron de aquel viaje la conclusión de que el conocido ERE no se haría hasta después de su vuelta, ya que de lo contrario un director general no se habría podido marchar. Yo, en cambio, me sentí abandonada. Decepcionada. Se marchaba sin decirme ni siquiera adiós.

De esta manera comenzó ese tiempo en el que dejé de ver al Sr. Adax muy a mi pesar, dejando un pellizco en mi estómago que no solo provocó que pareciera enferma por la pérdida de peso, que en mi caso estaba de más, sino que como si de una magia se tratara las páginas de mi novela parecían escribirse solas, mientras se las mandaba a mi amigo Óscar Torres, ese decorador de interiores que me regaló la camisa de seda con estampado japonés, que las leía entre avión y avión para mandarme a continuación mensajes que me llegaban al alma y que me animaban aún más a seguir con ese proyecto en el que nadie creía, salvo él.

De: **Oscar Torres**, torres@hotmail.com
Enviado: jueves, 28 de abril de 2004 21:44:35
Para: claraceballos@hotmail.com
Asunto: Sinceridades

El viernes pasado tenía que tomar un vuelo a Barcelona a eso de las 4 de la tarde, y llevaba conmigo impresas la páginas del libro que me enviaste. Me senté al lado de la puerta de embarque algo cansado y comencé a leer.

No vas a creerlo, pero supe que tenía que marcharme cuando oí una voz pronunciar mi nombre por el altavoz del aeropuerto. Todo el mundo había pasado justo por delante de mi sin que me hubiese dado cuenta. Estaba completamente sumido en la historia de aquella mujer belga. (No imaginas la cara que puso la asistente de vuelo que había a mi lado cuando me levante a su lado y le dije: "Disculpe, al que buscan soy yo...").

Querría conocerte algo menos para que las palabras que te escribo pareciesen más sinceras, pero lamentablemente tendrás que confiar en mi objetividad.

Me ha encantado Clara, lo único que lamente fue tener que pensar en aquellas páginas durante mi vuelo mientras miraba por la ventanilla sin poder seguir leyendo... Óscar.

Como pasa en las películas el tiempo alteró el compás, al menos para mí, lo que no evitó que terminara abril, pasara mayo y llegara junio. Dos meses en los que pasé de pensar en su pelo claro, de un largo cuidado y estudiado -según María, de quien se sabe bello-, en sus ojos azules y grandes y en su nariz prominente, pero a la vez atractiva y masculina, a no recordarlo en absoluto. La boca que escondía una dentadura perfecta y un poco cuadrada en consonancia con su mandíbula un tanto ruda dejó de ocupar mis pensamientos después de ser testigo de un cuchicheo en la oficina.

-El tío es interesante, pero su mujer es preciosa. ¿Tú la conoces, Clara? -me preguntaron al ver que me acercaba.

-No sé de qué estáis hablando -dije mientras me incorporaba al corrillo formado en una de las mesas.

-¿Quién va a ser? ¿Quién es el tío más interesante de este edificio, de esta empresa, de Madrid y probablemente de las afueras? -Me estaban tomando el pelo, seguro.

-No lo sé. ¿Puede que Sergio Ríos? -. Fue lo primero que se me ocurrió. Ese era el nombre de un chico que trabajaba en un programa que se emitía en *prime time* y que tenía fama de seductor a la par que de guapo.

-No, hija. Eso era antes...

-¿Antes de qué?

-Pues antes de que llegara José María Adax -contestó una de ellas.

Mi sangre pasó de estado líquido a sólido en menos de un segundo. No porque lo consideraran lo mismo que yo, sino por eso que había escuchado: "...Su mujer es preciosa".

-Es realmente guapo -dije sin más-. No sabía que estuviera casado.

-Sí, salen en las revistas. El otro día parece que le hicieron unas fotos en Málaga en la boda de un amigo. Ella es espectacular.

-No miro las revistas del corazón -afirmé maldiciéndome por no hacerlo al menos en las dos ocasiones que al año solía por aquel entonces ir a las peluquerías.

-¿De qué estáis hablando? ¿De esto? -dijo una cuarta chica de la redacción que acaba de incorporarse al grupo, poniendo una de esas publicaciones sobre la mesa y dejando ante mis ojos a esa rubia impresionante del brazo de tipo estupendo en las inmediaciones de lo que parecía una catedral.

-Pensé que estaba en Argentina... -terminé diciendo mostrando todo el desinterés que pude en aquella conversación, dándola además por terminada.

Me sentía fatal por dos motivos: el primero por sentirme así sin derecho alguno y el segundo, por el mismo que el primero pero con más intensidad. Parecía lo que realmente era: una estúpida arrastrada por la corriente de una ilusión sin sentido alimentada por mi amiga María, a quien llamé de inmediato desde la mesa más alejada de la redacción.

-Que hayas fantaseado con tipo encantador después de tomar café con él y de que te clavara sus bellos ojos, lo puedo hasta entender... -decía María al otro lado del teléfono.

-Si es que soy tonta, te lo digo yo...

-Lo malo no es que seas tonta; lo malo es que dejes de serlo... Yo te quiero así, tal como eres.

-Yo a ti, más. Oye, María, te dejo, que ya he zanganeado bastante...

-¿Me llamas luego?

-Sí, esta noche. Un besito.

-Otro... Tengo ganas de verte.

Ya estaba; ya habíamos conseguido hacer lo que se nos daba tan bien: desdramatizar. Si un minuto antes marcaba el número de María con la certeza de tener el corazón roto, ahora todo había quedado en anécdota y mis ganas de un merecido descanso se habían intensificado hasta el punto de que, después de colgar, me fui a Recursos Humanos donde comprobé que tenía un montón de vacaciones pendientes por los días festivos trabajados; llamé a Jesús y luego a Paco con el fin de que me dieran permiso para coger un par de fines de semana que, contando con los cuatro días que trabajaba a la semana, se convertían en la posibilidad de pasar en Málaga con María casi quince días seguidos. El visto bueno de los dos me llevó a mi casa a hacer una maleta para acto seguido dirigirme a Atocha, donde me monté en el primer Talgo que salía en esa dirección.

Las vacaciones fueron estupendas. Hacía calor porque recuerdo que ya íbamos a la playa por las mañanas. Paseábamos y comíamos siempre fuera. A veces en el restaurante de Álvaro, otras en un lugar de El Palo, donde recuerdo que ponían recipientes donde las avellanas parecían que no tenían fin. Por las tardes paseábamos por la calle Marqués de Larios hasta donde llegábamos dando un largo paseo desde la Malagueta. Allí María y Álvaro tenían su casa. Recorrimos los museos, los cines y el teatro en un tiempo en el que aún quedaban vestigios del amor de María y Álvaro, apuntalado con el deseo de ser padres. Hoy, tanto tiempo después, creo que aquel anhelo les mantenía entretenidos y alejados del abismo en el que luego cayeron los dos. Por aquel entonces María, que aunque ya empezaba a tomar ansiolíticos a cuenta del embarazo que no llegaba, parecía aún más o menos la misma mujer que se había casado dos años antes. Eso sí, ella empezaba a descubrir el precio que habría de pagar por decir sí ante lo que ella llamó su proyecto familiar.

-¿Estás enamorada? -le pregunté mientras tomábamos el sol en la playa.

-Yo creo que sí, lo que pasa es que paso sola demasiado tiempo.

-Pues tal vez, María, deberías buscar intereses individuales. No depender tanto de él. Creo que deberías supeditar menos tu vida a la de Álvaro. Te estás olvidando de ti.

-Eso es el matrimonio -me contestó-. Casarse significa en lo bueno y en lo malo, ¿recuerdas? Significa "apechugar" con lo que has elegido, formar una familia...

-No lo creo.

-Será por eso que estás casada... -dijo con cinismo.

-No lo estoy porque no he encontrado con quién, pero desde luego sí que, escuchándote, me doy cuenta del dinero tan bien invertido en el colegio de monjas por parte de tus padres.

-En ese caso, mejor que nos devuelvan el que invirtió la tuya, porque no tienes ni la menor idea de lo que es la generosidad para con el otro, querer y aguantar, aceptar los defectos...

-Te arrepentirás de pensar así. ¿Aguantar?-. No podía creer lo que me estaba diciendo-. Precisamente se trata de esa generosidad de la que hablas, pero ser generoso no es sacrificar, supeditar o someterse en el peor sentido de esas tres palabras.

-¿Quieres restregarme que has estudiado y yo no?... Porque si no es esa tu intención, deja de hablarme como si estuvieras en un congreso.

Callé. Cuando las conversaciones toman esos derroteros y se comienza con la ofensiva para argumentar, es mejor parar. Eso es lo que hice. Al menos por un rato en el que el silencio se instaló en medio de nuestras tumbonas, junto a los bolsos, bronceadores y sombreros.

-Te quiero -me dijo después de un rato.

-Yo también a ti.

-¿Seguimos siendo novias, entonces? -esa era la pregunta que utilizábamos desde pequeñas para hacer las paces.

-Claro, como no… -le contesté riendo.

Ahora suena una canción de María Mena; una antigua que debo tener en el pen que está metido en el equipo de música. Se llama 'Sorry'. Su voz es como una caricia. ¿Cuántas veces debí pedir perdón y no hice? Me pregunto mientras la escucho. ¿Cuántas? Muchas es la respuesta; no soy perfecta solo una persona. He tratado de ser la mejor interpretación de mi misma, sin saber a estas alturas si lo he conseguido o no, mientras me consta cómo a veces he logrado con bastante éxito, por cierto, ser la peor.

Miró el móvil, que sigue acumulando llamadas perdidas. Hay llamadas de Pepe, de Lourdes y, de nuevo, de Chema también. Desde que nos separamos no hemos vuelto a hablar ni una sola vez. Después de la primera semana en la que ni uno ni otro marcó el número del contrario, insistió en un par de ocasiones sin éxito. Duele. Duele mucho estar sin él, pero comprobar que respiro al día siguiente me calma.

Constatar que sigo viviendo me alienta. Comprobar que ya no está me mata, pero vuelvo a respirar...

Respiro y respiro. Sigo esperando a María, que no llega mientras sigue lloviendo. Paseo por esta casa, la mía. Lo único que en realidad es solo mío. Me siento, esta vez en una butaca antigua que seguro sería de alguna madre que por las noches amamantaba a uno de sus hijos. La mezo. Me pregunto si mi madre me sostendría entre sus brazos, si me cogía las manitas mientras amamantaba sus pechos, como hacía María con Manuel cuando nació. Me pregunto muchas cosas mientras de nuevo quiero vivir lo vivido. Quiero volver a Málaga hace ocho años. Quiero volver a estar en el punto de partida de lo que fue; porque fue, sucedió...

De: **José María Adax** (jm.adax@antena3.com)
Enviado: miércoles, 02 de junio de 2003 12:01:39
Para: claraceballos@hotmail.com
Asunto: Buenos días, cuánto tiempo! ;))

Supongo que no esperabas este mail *y te preguntarás cuál es su motivo. La realidad es que me han sorprendido tus vacaciones, no las esperaba a mi vuelta. Espero que estés descansando mucho sabedor de que te las mereces, pero necesitaba tu opinión acerca de un proyecto que queremos poner en marcha y me preguntaba si es posible que me comentes tu fecha de vuelta para tenerlo preparado. Ya sabes que tu turno de fin de semana no nos hace coincidir demasiado y quería que lo vieras lo antes posible.*

"Este lo que quiere es lo que quiere, nena", me dijo María cuando la llamé a gritos para que viera lo que estaba leyendo en la pantalla del portátil y que realmente sí, me había sorprendido. Por aquel entonces las principales vías de comunicación eran el correo, los mensajes de texto o las llamadas telefónicas. Hoy me hace gracia pensar en la cantidad de medios de los que habría dispuesto hoy Chema para comunicarse conmigo. Casi una década es mucho tiempo o ninguno, depende de cómo lo mires.

-¿Para qué quiere mi opinión acerca de un proyecto? Soy sólo una redactora que ni siquiera cobra un trienio en nómina -le dije a María haciendo oídos sordos a su primera apreciación y leyendo una y otra vez el escueto correo.

-Lo que yo te diga, Clara. Este quiere follón -decía María mientras hacía lo mismo que yo-. Ya lo tengo, nena. Lo que quiere es saber cuándo vuelves porque cuando ha llegado de Argentina se le han caído los palos del sombrajo al ver que tú no estabas, imagínate...

-¿Los palos del sombrajo? ¿Qué es eso?

-¡Qué más da!... Que nada, que este quiere un revolcón. Será cochino... Bueno cochino no, que tú eres muy mona y el pues... pues tiene hormonas, Clarita. Quizás es que se ha cansado de la rubia, que ya sabes que dicen que son tontas...

-Tú eres rubia.

-¡Sí, pero yo soy de bote!

-Yo creo que ella también -le contesté mientras me reía. Con ella era difícil no hacerlo.

-Sí, pero a ella seguro que se lo echa un peluquero llamado Frederik de una marca que no sé ni pronunciar y a mí me lo echa María Luisa de una marca más o menos como la del Mercadona-. Me encantaba cuando se ponía sería para bromear-. Y eso cuenta nena, que mira que el tal Frederik da mucha tontería, eh...

-¿Qué le contesto?

-Pues... ¿qué le vas a contestar?

-¿Qué?

-Pues yo que sé... Tú eres la que has estudiado y conoces mundo -dijo mientras de un modo pensativa-. ¡Ya sé...! Ya lo tengo: dile que se lo enseñe a su puta madre.

-María, qué burra eres...

Nuestras risotadas hicieron que Álvaro subiera en dirección a la buhardilla donde me habían instalado. Se asomó por la escalera y dijo algo así como "Qué bien os lo estáis pasando, ¿no?", para a continuación aconsejarnos que bajáramos el tono que tenía que dormir.

-¿Quieres tener algo con él?... La verdad, Clara... La verdad.

-¿Y eso qué tiene que ver con qué contesto?

-Pues mucho, pero... Tanto si quieres tener una aventura con tipo estupendo sonrisa perfecta pero casado como si no es así, vas a tener que contestar.

-¿Por qué?

-Pues ¿por qué va a ser? Porque es tu jefe. Ahora, eso sí, no tienes por qué contestar de inmediato. Parecerás una desesperada y a fin de cuentas no sabrá cuándo has leído su *mail*. Estás de vacaciones... Quizás no miras el correo... Por cierto, ¿te has fijado que no se despide?

Seguí el consejo de María y eso fue exactamente lo que hice -retrasar la contestación-, hecho que no afectó al curso de nuestras vidas, porque, como pensé muchas veces después e incluso se lo llegué a decir a Chema en muchas otras, una cosa estaba clara: siempre estuvimos condenados a estar juntos. Expresión, supongo que a lo de condena se refiere, le hacía mucha gracia siempre que se lo decía.

Tanta razón tengo en este asunto de que lo nuestro estaba escrito que, como maniobra de distracción para mí misma se me ocurrió antes de montarme en el Talgo que me llevaba de vuelta a Madrid, mandar un mensaje a mi admirador secreto cuyo teléfono, pese a haberlo borrado de la agenda, me sabía de memoria de las tantas y tantas veces como había leído aquellos escuetos textos que luego borré. Una decisión estúpida con el fin de huir de las entonces presuntas garras de tipo estupendo pero casado. Podría habérselo mandado a cualquier nombre de varón interesante de mi agenda incluidos por diversos motivos, ya fueran laborales o festivos, pero creí que sería más seguro tener una cita a ciegas con Emilio, con Jesús Fernández o con quien quiera que fuera el autor de los anónimos, que si de una cosa estaba segura era de que trabajaba en el mismo sitio que yo.

"Sé que aunque no me has dicho quién eres, eres compañero de trabajo. Hace mucho que dejaste de pensar en mis labios rojos, cosa que agradezco, porque ahora necesito

un amigo. Trato de huir de amor imposible. ¿Quieres un café?"

Antes de que bajara la tapa del móvil, ya tenía un mensaje de vuelta:

"Mejor cena, ¿te parece?"

Cenar... Cenar, lo que se dice cenar no era mi plan. Tomar un café con Jesús o con quien fuera me parecía, pero una cena quizás sería demasiado. De repente, la idea de mandar ese mensaje me pareció fatal. La peor cosa que había hecho en toda mi vida: que si pensará que en realidad soy una fresca..., que quedo con desconocidos..., que si pensará que soy una tía fácil y querrá hacer manitas debajo de la mesa, que si esto, que si qué asco imaginar a Jesús haciendo eso... Pero, a lo hecho, pecho; ya era tarde para arrepentimientos.

"¿Cena? OK, llego a Madrid a las ocho, para las diez puedo estar lista. Coordenadas por favor".

"La Quinta de Los Cedros. Arturo Soria. Diez y diez para que te dé tiempo.
Ven en taxi, yo luego te llevo a casa".

Esa fue la contestación, por la que Jesús Fernández quedaba descartado a menos que tuviera una doble personalidad.

¿Estaba loca? Sí. Definitivamente debía estarlo. Pero ¿cuándo había perdido la cordura? Traté de buscar en mi cabeza cualquier momento que hubiera afectado a mi estado de ánimo y de repente sonó su nombre: Miguel. ¡Qué narices! Apagué el cerebro. No estaba dispuesta a que alguien que me había abandonado, o eso creía yo, me amargara un momento que podría ser interesante. *Tienes un e-mail, Cuando Harry encontró a Sally* o *Galilea* (la canción de Sergio Dalma) fueron las únicas excusas que se me ocurrieron para justificar lo que finalmente hice: ponerme un vestido color crema que tenía en el armario, y que no era ni atrevido ni lo contrario, recogerme el pelo con el fin de no parecer una leona, maquillarme ligeramente para que nadie creyera que estaba pidiendo guerra y subirme a unos tacones, porque a eso sí que no iba a renunciar. Como tampoco renuncié a un bonito conjunto de lencería, a una crema hidratante que olía a gloria bendita y a mi perfume.

Me monté en un taxi, pronuncié las palabras que había en el mensaje respecto de la dirección y llegué en menos de 20 minutos. Eran exactamente las 22:14 cuando a punto estuve de morir de paro cardíaco primero al descubrir que no solo era un restaurante: era el restaurante de un hotel; segundo, mientras intentaba cruzar el *lobby* segura de que el hombre de recepción sabía que era una cita a ciegas; y tercero, cuando vi a Chema sentado en una mesa en un comedor que estaba lleno de gente.

"¿Qué le digo? ¿Digo que he quedado con un compañero de trabajo para cenar como amigos? ¿Por qué tengo yo que decir nada? Mejor, ¿me hago la loca? No, creo que lo más inteligente será saludar y decir que he quedado con un amigo". A esas alturas de conversación conmigo misma, el *maître* ya me había llevado hasta su mesa sin que yo me diera cuenta, después de preguntarme si era la señora Ceballos. Así es que de repente me vi diciendo delante de ese hombre uniformado y a quien Chema le había dicho media hora antes que me estaba esperando precisamente a mí: "Hola, Chema. ¡Qué sorpresa! He quedado con un amigo para cenar. ¡Qué casualidad!"

La cara del camarero era un poema, la mía no me lo quiero ni imaginar y a Chema le faltó dar una carcajada delante de todos; opción que cambió por cara de extrema diversión y leve sonrisa.

-Sí, ¡qué alegría!... Está bromeando, ella es así -dijo dirigiéndose al camarero, mientras me acercaba a su cara cogiéndome delicadamente por los hombros para darme dos besos en las mejillas.

Tardé un minuto en darme cuenta de lo que estaba pasando: Chema efectivamente era el autor de los mensajes y yo había creído que estaba allí por mera coincidencia. Sesenta segundos que dieron paso a una primera parte de la conversación que se basó en recordar una y otra vez el momento de mi llegada hasta que consiguió hacerme reír. La segunda versó acerca de los motivos que me habían llevado a escribir un mensaje alegando 'huida de amor imposible'. Parte que yo sorteé como pude a base de evasivas poco convincentes. Y una tercera que ya consistió en ganar mi confianza con historias. Siempre ha sido un narrador extraordinario, supongo que por ese atractivo acento, por el masculino tono de su voz y por la calidez de su expresión. Lo que en aquel momento no podía imaginar es que esa voz me leería muchos libros antes de dormir a lo largo de los años siguientes. Lo que en aquel entonces no pude imaginar es que mi decisión de dejarme llevar y hacer probablemente una estupidez, si así sucedía, no se quedaría en saber lo que es el precio de la amistad porque a esa noche le siguieron muchas otras, y a esas otras muchas tantas.

Lo que allí comenzó para mí como una aventura en una cama de ese mismo hotel, sin que al día siguiente pudiera explicar con exactitud cómo lo hizo para que ni siquiera me cuestionara lo que estaba haciendo, se prolongó todas las noches hasta dos semanas después. Me abandoné en sus besos que me mecían; me acurruqué en sus tibias palabras sin cuestionarme. Me dejé llevar, simplemente sin pensar en el después.

En aquellos catorce días no coincidimos ni una sola vez en el trabajo. Me mandaba mensajes a lo largo del día varias veces. Palabras que me erizaban la piel. A las nueve y media de la noche me venía a buscar a casa para cenar casi siempre en La Quinta de Los Cedros. Luego llegábamos a Pedro Texeira, aparcaba su coche y me acompañaba hasta mi puerta que, una vez abierta, siempre daba paso a susurros que se convertían en el preludio de lo que venía después. Todo, absolutamente todo, era nuevo para mí. Especialmente las despedidas de los viernes que abrían un escaso paréntesis de cuarenta y ocho horas propias, suponía y supongo ahora -ocho años después- de quienes tienen una relación en la que la habitual cifra de dos suma en realidad tres.

-Lourdes, necesito tu consejo -le dije a mi amiga por teléfono.
-¿Mi consejo? ¿Qué te pasa?
-Estoy liada con un hombre casado.
-¡...Mientras no sea tu jefe!
-Lulú, estoy metida en un lío... -. No tuve que decir más.
-Disfruta y no hagas preguntas. Vive y deja vivir. Espero que no tengas expectativas porque ellos, los jefes infieles son los peores: se acuestan con las de tu clase pero se casan con las de la suya. En este caso, está incluso ya casado-. Calló un momento y al ver que no contestaba siguió -. Este es mi consejo, siento que no sea parecido a esos cuentos que te contaban en el colegio, pero la vida, querida, es como es...

Esta conversación puso el punto y final a mi relación con José María Adax, quien el lunes siguiente al volver a la oficina se encontró dos cosas: una, que tonta de mí me había despedido para sorpresa de algunos ante quienes alegué un trabajo mejor -no pudo ser más inverosímil la mentira- y dos, que sus mensajes eran devueltos con otro que decía: '*Este usuario no existe*'. Cambie de número de teléfono.

Quise volverme invisible o mejor, inexistente. La realidad, sin embargo es que cada día me parecía más a Britget Jones en pijama hasta altas horas de la mañana. Buscaba trabajo por Internet, para a media tarde dejar algún currículum que otro en alguna tienda o gran almacén, donde me despachaban curiosamente asegurando que tenía exceso de formación académica. Entre salida y salida, le pedía al portero que en el caso de que el hombre maravilloso con quien salía se acercara por allí, le dijera por favor que me había mudado para pasar las horas posteriores preguntándome si eso había ocurrido.

Fui al banco para saber cuál era el saldo de mi cuenta alimentada, hasta el día de mi baja voluntaria, con mi nómina y con los ingresos regulares que mi madre seguía haciéndome desde algún lugar que no conocía. Tenía dinero suficiente para vivir un tiempo. Ingresos más que de sobra para seguir pareciendo mujer británica medio alcoholizada protagonista de una película, que por cierto me encanta, unos cuantos meses más.

Sin embargo, mis planes se truncaron cuando el entretenimiento dio paso a la soledad, al sentimiento de pérdida -ya estaba irremediablemente enamorada-. Los brazos de Chema los sustituí por los de Miguel que aún permanecía en alguna parte de mi cabeza. En un escondite del que lo saqué de golpe. Fue entonces cuando me convertí cn cl mcjor de los especímenes femeninos de los que tanto me he avergonzado después; de esos que dicen no cuando en realidad quieren decir que sí, del mismo modo en que creo que el despido y la baja en el número de teléfono lo hice con el firme propósito de provocar que viniera a buscarme como prueba de interés. Una absurda prueba de amor que quizás debió haber sido sustituida simplemente por un intercambio de pensamientos o de planes respecto de nuestra relación, aunque tampoco creo que hubieran dado sus frutos en ese momento. Un tiempo demasiado incipiente en el que, y está demostrado, los objetivos de hombre y mujer son diametralmente diferentes por un tema simplemente físico y fisiológico, según Eduardo Punset.

Si en realidad quería estar con él, tenía que haber seguido, de la misma manera que si la honorabilidad de nuestra relación me parecía dudosa tenía que haberla acabado, sin necesidad de poner fin a mi carrera periodística o a mi línea telefónica, con la pérdida de agenda que por aquel entonces ese asunto conllevaba.

Pero, como no hay mal que por bien no venga -que diría Teresa, la madre de María- el pellizco en el alma y un poco de sentido común, me devolvió al teclado de mi portátil para escribir durante horas. Aproveché el dolor. Lo transformé. Anoté apuntes, ideas, sentimientos que fueron dando forma a personajes que se parecían terriblemente a mí, a Miguel y a Chema. Personajes que me acompañaban, me hacían vivir, me hacían reír y ¿por qué no?, también llorar... Me despertaban en mitad de la noche, obligándome a abandonar el sueño para escribir lo que decían dentro de mí. Escribí ese libro que me hubiera gustado leer. Dejé de vivir mi vida para vivir las suyas hasta que un día, cuando aún estaba por corregir el manuscrito, vi un anuncio acerca de unos premios literarios. Lo que no pude imaginar en ese momento, es que ese sobre de color arena en el que metí la copia de mi novela me llevaría tan sólo unos meses después hasta Barcelona a una entrega de premios.

Cuando pensé que el destino se había olvidado de nosotros, descubrí que nos tenía presentes y mucho. Si a la entrada del hotel, acompañada por mi amiga María sentí que el nudo del estómago me comenzaba a abrochar la garganta a pocos minutos de conocer mi destino, la presencia de José María Adax allí me dejó helada y sin habla; tanto que los comensales de esa enorme mesa redonda, de los que no puedo ni recordar los nombres, debieron pensar que era una auténtica panoli que habría pagado el cubierto con tal de codearme con lo mejor de la sociedad intelectual catalana en particular y española en general. Las caras de asombro de todos es el único recuerdo que guardo del momento en el que pronunciaron mi nombre. Un nombre, el mío, que desató los nudos de mi cuerpo, que me dotaron de un paso firme y elegante y que me hicieron pronunciar un total de treinta y seis palabras que no llevaba preparadas: 'Gracias. Gracias María; gracias desamor por haberme hecho escribir lo que hoy, personas que admiro mucho han definido tan generosamente como la novela más tierna de esta década, cuando esa quizás no fue mi verdadera intención'.

Treinta y seis palabras, que aunque no fueron las once que el rey Don Juan Carlos pronunció años después, salieron en los informativos. Los mismos en los que Chema seguía teniendo un alto cargo mientras dormía por las noches con esa mujer alemana que yo nunca llegué a conocer, a pesar de permanecer presente desde entonces en mi vida con una elegante distancia. La misma mujer que Chema dejó aquella noche. La misma que volvió sola a Madrid en un avión de Iberia pocas horas después, entre ofrecimientos amables de café o té por parte de señoritas vestidas de azul marino y elegantes movimientos.

-¿Estás enamorado? -le preguntó Johana, sentada en la cama de la habitación del lujoso hotel donde se hospedaban.
-No puedo dejar de pensar en ella -dijo Chema con asombrosa sinceridad.
-No me extraña... Podría haberle pasado a cualquiera.
-Johana yo te he querido con toda mi alma...
-No sigas por ahí. Sabes que entre nosotros esas cosas están de más. Yo sé lo inmenso de tu amor.
-Eres la mujer más excepcional que he conocido.
-Mis intentos no son en vano, pues. Me quedo más tranquila -añadió Johana mientras cruzaba elegantemente sus largas piernas, dibujando una fría sonrisa en su cara.
-¿Qué crees que debo hacer? -preguntó Chema a su mujer.
-Pues lo que estás haciendo. Hace algún tiempo comencé a tener la certeza de que habías conocido a alguien. Tu actitud distraída te estaba delatando. Sé que es la chica que ha ganado el premio. Lo he sabido cuando la he visto enfilar el pasillo. He visto como la mirabas y me he sentido incluso orgullosa por tu elección -. Aunque los dos hablaban perfectamente alemán u holandés, preferían hablarse en perfecto castellano- Yo siempre fui demasiado mundana para

ti. Hemos recorrido mucho camino juntos y hemos crecido todos estos años. Todo tiene su final.

Aunque puede resultar sorprendente esta reacción alejada del despecho, Chema sabía que su mujer no reaccionaría de manera diferente. Eran dos maquinarias perfectamente engastadas que habían encajado desde el principio. La sinceridad de ambos y unos objetivos bien definidos, hicieron el resto. Chema se arrodilló frente a ella aunque permaneció callado.

-Si la quieres y es obvio que así es, ve a buscarla sin perder un segundo -siguió diciendo Johana con su particular y bello acento-. El amor es una extraña corriente. Quizás ha llegado el momento de que te dejes llevar y arriesgues. Eso sí, mi querido Chema, cuídala mucho porque esa niña es frágil como el cristal de esas copas en las que tanto me gusta beber. Podría romperse y tu resultar herido.

Se levantó, poniendo en pie ese escultural cuerpo hecho a base de raza, de buena genética y sustentando por la inteligencia en estado puro. Alargó una de sus finas y largas manos hasta coger la de su marido a quien ayudó a levantar del suelo.

-Si tú eres feliz, yo soy feliz. Te he querido con toda el alma yo también, siempre consciente de que no estabas enamorado de mí. Esa mujer es un regalo para ambos. Tu suerte es mi suerte. Tu vida está ligada a la mía.
-Siento hacerte esto... -dijo Chema a modo de disculpa. ¿Qué menos dada la actitud de Johana?
-No lo sientas. -Y en lugar de decir "quédate conmigo", justamente lo que habría querido decir, sentenció-. "Yo nunca me opondré al devenir de las cosas. No te preocupes por nada. El fracaso es algo que no está en mis planes".

Un intenso beso en la mejilla de la fría Johana puso fin a un matrimonio, cuyo divorcio se pactó durante una mañana sin más. Dos abogados elegantemente vestidos pusieron precio a esa relación que nunca se acabó y que permaneció en el tiempo. Ambos siguieron compartiendo llamadas, comidas en las que se ponían al tanto de las novedades, transformando las cosas en algo que se llamó respeto escrito con mayúsculas.

XVI

La línea de flotación de mi vida es el placer. Me gusta disfrutar de las cosas y cuanto más exquisitas, mejor. Me confieso frívola, materialista, interesada y egoísta. Soy una depredadora emocional y me bebo la vida a grandes sorbos. Sí, soy todo eso, ¿y qué? Trato de dejar de ser lo que en la vida se entiende como poco recomendable, pero tal vez Clara tenga razón en que esta sea mi condición y no pueda evitarlo.

También soy independiente. Una mujer que cae mal porque supongo que vivir alejada de los clichés femeninos al uso no está bien visto. Pero una cosa tengo clara: siendo así me ahorro sufrimiento y muchas horas de estrategias sin sentido que, además, me resultan aburridas en extremo. Cuando María me llamó con la intención clara de buscar aliados el día que la impensable distancia encontró el hueco por el que colarse en la, hasta entonces, infranqueable unión entre ella y Clara, pensé que era patética. Llegué a la conclusión de que la única razón de este acercamiento fingido era la necesidad de aprobación de una conducta de quien ni siquiera sabe decidir qué zapatos ponerse cuando se levanta.

Tardó seis meses en contarme lo de su aventura, seis meses en hablarme de la habitación 207, de Gonzalo. Tardó todo ese tiempo en hacerme partícipe de una situación de la que Clara fue consciente desde el minuto uno, estoy segura. Lo hizo el mismo día en el que perdió los nervios en el *parking* de un hotel del que no recuerdo el nombre. El mismo día en el que Clara cumplió años, aunque se cancelara la celebración. Tardó el tiempo que transcurre desde que se sentó en su coche segura de lo que había dicho hasta que las dudas se apoderaron de ella. Clara, por el contrario, prefirió olvidar aquella tarde; algo que tampoco me sorprendió.

No había dejado de llover en todo el día. Habíamos quedado por la noche para salir a celebrar el treinta y cuatro cumpleaños de Clara. No habíamos especificado hora o lugar, porque esos aspectos siempre se decidían en el último momento. Yo estuve trabajando todo el día; a las ocho, cuando miré el teléfono, vi que tenía un mensaje de Clara en el que me avisaba de que habían cancelado los planes, alegando como excusa la lluvia. La maldita lluvia que parece haberse instalado también de manera permanente.

Para ser sincera, yo lo agradecí. Estaba cansada. Había estado meses saliendo de mi guarida por la mañana después de exprimir a mi última conquista -un Daniel, para variar-, para hacer el recorrido contrario al acabar el día. La relación que había comenzado en un chiringuito en la playa, donde no le hicieron falta demasiadas frases para iniciar la conquista, no daba ya para más después de que este vendedor sin escrúpulos, interesado, engreído y narcisista se cansara de alguien cuyo reflejo se le antojaba demasiado parecido. Una mañana salió corriendo, cuando mi cama estaba aún caliente, en busca de aquella chica que le acompañaba esa noche de verano con el fin de iniciar la reconquista, para la que, en este caso, sí que le iban a hacer falta argumentos, promesas y perdones, sin tener siquiera así la garantía de conseguirlo. De nuevo, el partido librado entre el sentimiento y el sexo terminaba con un marcador claramente favorable al primero de los contrincantes. Una derrota que sumar a otras tantas que a mí me daba lo mismo. No es que ya tuviera dudas acerca de si alguna vez había estado enamorada, como pensé cuando Nacho me dejó, es que ya sabía de manera certera que ese sentimiento no estaba hecho para mí.

Así es que cuando las luces de la tienda se apagaron y salí a la calle para buscar mi coche. Me regodeé en la idea de acostarme temprano, sola para variar. Mis ansias estaban sobradamente colmadas, al menos de momento. La llamada de María llorando me apartó de un manotazo de esa cena en el sillón viendo una película.

Gonzalo la había dejado por culpa de Clara, eso es lo que dijo. Se había entrometido entre ellos que estaban enamorados, añadió; pero la verdad fue otra bien distinta, que comenzó cuando el sonido de un claxon sacó a María del estado en el que conducía, después de recibir un segundo mensaje de Gonzalo que respondía a un "¿por qué?" tras su disculpa. Un mensaje que decía:

"Pregúntaselo a tu amiga Clara".

Al leer ese mensaje, María salió como las locas de aquel lugar que se escondía como lo hacían ellos. La lluvia y el estado de agitación hizo que casi se golpeara con el coche de Clara, que había ido a buscarla. La había estado esperando toda la mañana calculando el tiempo que tardaría en llegar, después de darse cuenta de que ese viernes no sería como todos los demás. Era ya la hora de comer y María no cogía el teléfono. Decidió ir en su búsqueda a sabiendas de dónde estaría. Lo supuso. Lo imaginó. La conocía muy bien y acertó.

María iba por el carril contrario. Frenó a tiempo. Se quedó dentro del coche inmóvil. Clara se bajó del suyo y recorrió la distancia que había entre los dos, bordeando el morro del Passat de Lorenzo. El cielo tronaba y no había mucha más luz que la de los faros de los coches de ambas.

-¿Qué has hecho, Clara? Pero... ¿qué es lo que has hecho? -dijo María repitiendo la misma pregunta una y otra vez hasta que casi no se podía escuchar lo que decía.

-Tenía que protegerte. Lo siento, María -respondió Clara.

-Protegerme, ¿dices? -gritó al tiempo que se bajaba del coche- ¿Quién ha traicionado a quién, Clara? Responde... ¡Responde que te estoy hablando y haz el favor de mirarme a la cara! ¿Esta era la traición aparejada al amor? Al tuyo imagino que te estabas refiriendo aquel día.

María gritaba, mientras la lluvia no paró ni siquiera para escucharlas. Estaban las dos chorreando -una porque ya venía mojada y la otra porque era inevitable-. Pese a los gritos, Clara la abrazó tan fuerte como pudo, aguantando unos segundos que se hicieron eternos hasta que María se zafó de su abrazo. Estaba enloquecida levantando la voz en medio de un carril en el que una pequeña loma estaba siendo el único testigo de aquello.

-¿Por qué no me protegiste cuando más te necesitaba? -siguió inquiriendo María- ¿Por qué mirabais todos entonces a otro lado mientras a bofetones me quitaban la poca dignidad que aún tenía?

-Lo intenté, pero no me dejaste. Yo no miré a ningún lado-. Ahora la ofendida era Clara y quien levantaba la voz, también-. Tú no te dejaste. No seas injusta, María.

-¡Mentira! Yo no era capaz de nada. ¿Por qué no viniste a por mí como estás haciendo ahora? Que por cierto, no lo necesito. Y dime... Dime por qué Gonzalo no está aquí. Dime de una vez qué es lo que has hecho. Por primera vez estoy siendo feliz...

-Deja de gritar. Cálmate, por favor -le pidió bajando el tono-. ¿No te das cuenta de que esta historia no te lleva a ninguna parte? ¿No te das cuenta de que este amor puede causar mucho dolor a una mujer? A una mujer como tú o como yo...

-Me importa un comino... ¿Te enteras? No me importa nada esa mujer. Cuando tú te acostabas con Chema también estaba casado. ¡Qué frágil y selectiva es tu memoria, Clara!

-Puede que tengas razón... -dijo en su defensa-. Ha sido un error inmiscuirme en tu vida. Perdóname.

Esta bandera blanca a modo de disculpa pudo poner el punto final a una discusión cruel, pero María por primera vez decidió no rendirse y siguió por un sendero por el que volver se torna difícil.

-Soy mayor, ¿lo entiendes? Soy la dueña de mi vida. Yo y nadie más que yo. Yo tengo voluntad. Yo decido. Deja de pensar por mí. Dedícate mejor a jugar a ser la madre de un hijo que no es tuyo.

La crueldad cruzó así la frontera de la unión.

-Qué ingrata me estás resultando en este momento, María. Quizás la que debería dedicarse a ser un poco madre eres tú, en lugar de parecer un animal en celo-. Ahora las dos habían pasado esa frontera-. No creo siquiera que a estas horas sepas dónde está Manuel.

-Se suponía que tú tenías que ir a recogerlo.

-Ha ido tu madre... Tu madre, tu padre o yo... ¿Qué más da? La cuestión es que de nuevo no has ido tú, robando su tiempo. El tiempo de un niño. ¿Es que acaso no te estás dando cuenta? Llevas seis meses esperando a que deje a su mujer pero eso no va a suceder. ¿Sabes por qué?

-Dímelo tú que siempre pareces saberlo todo y, por cierto, mira cómo te va la vida...

-¿Cómo me va la vida, María? Dilo en voz alta y así escuchamos las dos de una vez lo que en verdad piensas y pareces haber callado tanto tiempo.Los gritos hacía rato se habían disfrazado de ira en forma de frases pronunciadas en un tono alto y certero.

-¡Estás sola!

-¿Estoy sola? ¿Eso es lo que crees?

-Sí, lo estás.

-Dilo, María... Dilo de una vez... -Clara volvió a gritar.

-Ni siquiera tu madre te ha querido -contestó María poniendo fin a la escena entre ambas, dando cuerpo y vida al rencor.

Clara se subió el cuello, la miró, le devolvió las llaves de su coche tranquilamente abriendo la mano de María con las suyas, dejándolas en el interior de su palma, cerrando el puño mientras lo sujetaba con sus dos manos y apretando le dijo: "Haré que no he escuchado lo que acabas de decir. Gonzalo va a tener otro hijo. Te podrías haber ahorrado todo esto". Se montó en su coche y se marchó.

María se quedó allí, junto a su coche cuyos faros ya se habían apagado hacía rato. Miró cómo se alejaba el Fiat de Clara tragando la bola que se le había formado en la garganta. Gonzalo iba a tener otro hijo..., otro. ¿Y qué? ¿Cambiaba eso las cosas? La respuesta a esa pregunta en ese preciso momento fue "no". Pero la respuesta fue debilitándose con el paso de los días en los que ella no le volvió a llamar. Sustituyo los abrazos masculinos y sexuales por los tiernos de Manuel, dándole la razón a Clara, a quien apenas ha visto en este mes, calmando el desamor a base de caldos de su madre y de pastillas otra vez; un mes que ha volado en forma de hoja de calendario en el que los grandes números impresos con tinta azul me han dicho hoy que ya es diciembre.

Suena mi móvil. Deben ser más de las diez de la noche. Lo busco. Salgo de la cocina porque creo que está en la mesa del salón de mi apartamento. No, debe estar en el dormitorio. Cuando llego ya han colgado. No me da tiempo a comprobar de quién es la llamada perdida cuando vuelve a sonar de nuevo. Es María. Ni siquiera me deja saludarla con un escueto "hola" que se queda ahogado en alguna parte de mi garganta.

-Pon la tele, Lourdes. Vas a alucinar. Canal Sur, venga... -.Ya ha colgado.

Vuelvo al salón, cambio el canal. Está hablando Jesús Quintero. Suena una música bonita de fondo. Está hablando de verdad, de la vida, del sentido de las cosas, de hacer cosas por los demás... Se abre el plano, ahí está ella: Clara. El fondo es azul con luces que parecen luceros. Se acerca la cámara. Él ya no está. Solo aparece ella, su cara... Y mientras el *zoom* se acerca él le pregunta:

-¿Qué le hiere?

Ella sonríe. Está bella, más que nunca. Sus ojos del color de la miel se ven tan enormes... Su boca, se la han maquillado de un color rosado que resalta suavemente con su piel, con sus pecas, con sus ojos, levemente maquillados también. Su pelo tiene un brillo que hipnotiza. Ella se toma su tiempo para contestar mientras sigue sonriendo.

-La traición -contesta Clara llena de paz, de serenidad.
-¿Le han traicionado mucho?
-Más de lo que yo quisiera.
-¿A qué sabe la traición?
-A amargura, por supuesto -contesta ella que ya no sonríe.

La cámara parece que no puede dejar de enfocarla; será por eso que de repente soy consciente de la tristeza de sus ojos a pesar del brillo. Mientras él pregunta y ella contesta, yo estoy tentada de llamarla. Doy por hecho que el programa es grabado. No sé por qué no me ha contado que ha concedido una entrevista, cuando si por algo se ha caracterizado en todos estos años es por no haber concedido ninguna.

Hablan de muchas cosas, bromean, se nota que se admiran, que están cómodos. Suena esa música celestial de antes, mientras parece que están solos, que hay mucha intimidad, que no los está viendo nadie. Hablan del éxito, de sus libros, de sus personajes, de los olores o de los colores. Pienso en cuánto ella lo admira, me lo ha dicho cientos de veces. A mí también me ha gustado siempre y lo he considerado uno de los mejores en el género de la entrevista, tal vez porque se lo he oído decir a ella en más de una ocasión.

Se conocen desde hace años, desde que ella empezó a tener éxito con sus libros. Creo que Chema es amigo personal de Jesús, pero no estoy segura de si es así. Estoy un poco confundida intentando averiguar qué vestido lleva puesto. Es de color verde, como si fuera seda o eso parece. El cuello del vestido es redondo y las mangas son a la sisa. Sus brazos son delgados, como ella. También tiene pecas y un lunar en el hombro, parecido al que tiene encima del labio. Un lunar que ha sido objeto de deseo de muchos, me consta. Al igual que sus labios, que son carnosos y bonitos. Ella tiene una boca perfecta. Al sonreír me recuerda a su madre. Ahora que lo pienso creo que cada día se parecen más.

Parece que el lunar y esa boca no pasan tampoco desapercibidos para Quintero, que hace alusión a sus labios, una pregunta que me trae de vuelta a la habitación donde estoy. Me acomodo y sigo escuchando esta especie de coqueteo televisivo entre dos grandes, entre dos titanes que están llenando miles de hogares de sensibilidad, de lo sublime, de un perfume que desconozco pero que casi puedo oler: una mezcla entre el de él, que debe ser dulce y masculino, y el de ella, que huele a elegancia, a mujer, a piel y a la vez a algo tan sumamente delicado que da hasta miedo intuirlo...

-¿Cree que debo sentirme halagado porque me haya elegido para una entrevista tan codiciada?
-Eso tendrás que contestarlo tú. -Él se sigue dirigiendo a ella de usted, mientras Clara le tutea.

Loco suelta una carcajada. Se calla, se echa un poco sobre la mesa. Chaqueta azul de terciopelo, camisa azul un tono más claro y pañuelo al cuello. La mira fijamente y sigue...
-Clara, ¿verdad o belleza?
-Verdad.
-¿Cuál ha sido tu mayor éxito en la vida?
-Estar viva.
-¿Tiene alguna pasión?
-Un olor.
-¿Cuál?
-El olor de cada amanecer. El de los amaneceres junto al mar en Estepona. -Ahora es ella la que calla un segundo y sigue-. Ese olor a mar, a vida, a mi lugar en el mundo.

Sus ojos se han iluminado…

No lleva ningún abalorio, ni tan siquiera pendientes, solo un anillo que ella llama "dodo" y que fue el primer regalo que le hizo Chema cuando se conocieron y empezaron a salir. Es una especie de alianza gorda de oro blanco con un pato de oro incrustado en el centro. Ella le llama así porque ese pato es un "dodo", me contó una vez. Una especie que se extinguió hace muchos miles de años y que era tonto; un pato que da nombre a una marca. "Me encantan los tontos", siempre dice cuando termina de contar esa historia entre risas, aunque yo nunca he sabido si es cierto eso de los dodos o si se lo ha inventado para darle más importancia al anillo de la que ya tiene. Junto al "dodo" lleva también un arete de brillantes. Siempre lleva esos dos anillos juntos, aunque hasta la llegada del "dodo" solo llevó el arete que era de su madre.

-¿Ha sido el amor generoso con usted? -pregunta Quintero con una sonrisa pícara en los labios y levantando una de sus cejas.
-Yo he sido más generosa con él.

Él no dice nada, quiere que siga…

-…El amor no siempre es verdadero. A veces se deja llevar por sentimientos mezquinos. Yo no soy como el amor. -La voz de Clara es un susurro, como la caricia de una madre. Su modo de hablar siempre ha sido pausado. Será por eso que cuando cuenta cualquier cosa todos callan para escucharla.

-¿Tiene algún miedo Clara Ceballos?
-Por supuesto…
-¿Cuál?
-La muerte.
-¿Qué es la muerte para usted?
-Un rumor que nos persigue.

-Hay que desoír los rumores, ya lo sabe. Si uno viene para morir la cosa no tiene sentido. Si se viene para otra, la cosa cambia. ¿A qué ha venido usted?

-A estar contigo y a que me contestes a una pregunta o me des una razón -contesta Clara con una mirada expectante.

-¿Una razón para qué?

-Para morir...

-Para morir solo hay que estar vivo, mi querida Clara -dice Quintero un tanto sorprendido-. ¿Por qué me lo pregunta?

-Porque me muero y estoy buscando esa respuesta.

Ahora los sorprendidos somos todos. Quintero ha cambiado el gesto. Ella está tranquila o eso es lo que parece. Yo me he quedado petrificada en el sillón. Suena el móvil. Sigo mirando la pantalla. Cierro los ojos por un instante. Sigue esa música de fondo. Sé que están hablando, diciéndose cosas mientras él ahora le coge la mano. La entrevista ha seguido. Ella no deja de sonreír. Es una sonrisa cómplice. "Mi dulce Clara..." me lleva de vuelta a lo que se están diciendo.

-Le deseo suerte en su viaje.

-Yo, sin embargo, te doy las gracias por este tiempo. -Le regala una espléndida sonrisa.

Jesús Quintero le besa la mano con los ojos llenos de lágrimas. Ella sonríe mientras el plano se aleja y la música sigue sonando. Ahora, silencio. Silencio. Vacío.

XVII

Creo que eran las diez de la noche cuando miré el reloj. No encendí el televisor, no tuve siquiera la tentación. Me desvestí, me puse un pijama limpio, me cepillé el pelo, lo recogí en una coleta, me miré en el espejo un instante, me puse la bata y fui hasta la cocina. En algún lugar había guardado un par de cajas de esas cosas que llaman "cuelgafáciles" y que sirven para lo que su nombre indica. Aquella mañana me habían llamado de la tienda de marcos a la que había llevado semanas antes un montón de fotos. Estaban enmarcadas en diferentes cañas que escogí a conciencia. Las había en color madera, más anchas, más estrechas, de colores claros y oscuros. Un montón de marcos que ahora abrazaban instantes que no quería olvidar; que no quería que se perdieran en el tiempo. Nunca me habían gustado las fotos, pero ahora necesitaba llenar mi casa de sonrisas, de miradas, de abrazos, de instantes en definitiva de cosas que amaba o que había amado antes. Instantes que sumados daban como resultado una parte de mí misma cuando quizás ya no sabía quién era.

Los colgué todos en el pasillo que distribuye las habitaciones de mi casa, el baño principal y el de cortesía. Martilleé sin pensar en lo que estaba sucediendo. No tuve tiempo para sopesar las consecuencias de ese programa que se estaba emitiendo. Cuando lo decidí semanas antes ya las valoré y me dispuse a asumirlas. Pero en ese momento no...

Quizás tardé una hora o tal vez más, no lo sé. Solo sé que cuando acabé me senté en el suelo para mirar desde esa perspectiva cómo había quedado el pasillo. Estaba sencillamente genial. Luego me tumbé un rato. Nunca he sabido por qué me ha gustado echarme en el suelo y mirar el mundo desde de ese punto de vista. La razón la desconozco, pero hay tantas cosas que no sé, que una más qué más da...

Al levantarme vi que la pantalla del móvil, que estaba sobre la encimera de la cocina, estaba iluminada. Me estaría llamando todo el mundo supuse, pero no fui a comprobarlo. Me acosté en mi cama, me tomé las pastillas para el dolor e intenté dormir. Desde que supe a ciencia cierta que me estoy muriendo experimento el egoísmo, un sentimiento desconocido para mí, del que había oído hablar mucho pero que no conocía. Ahora lo soy y lo soy a propósito. No me extraña que ese ruin sentimiento tenga tantos adeptos porque es de fácil experimentación y enormemente gratificante; una especie de droga que hace que te encuentres por encima del bien y del mal. No quiero marcharme de este mundo sin comprobar cómo se han sentido otros, esos que salen en muchas de mis fotos, esos que antepusieron su felicidad a la mía. Entre esas caras está la de Elvira.

El viento me la traería dos días después de la entrevista; dos días en los que pasaron muchas cosas, unas inesperadas y otras no. El silencio de Chema, María y Lourdes pertenecieron al primero de los grupos; las llamadas dc amigos, conocidos, editores, programas de televisión, periodistas y, por supuesto, de Pepe pertenecieron al segundo. Y cómo no -me lo debía- fue Pepe quien se encargó de responder a todos. Por mi parte, silencio absoluto.

-No te lo he dicho, porque no se lo he dicho a nadie - dije a Pepe en una llamada telefónica que comenzó sin frases de cortesía.

-¿Cómo puedes ser tan irresponsable y egoísta? ¿No pensaste en el daño que ibas a causar a todos los que te quieren? Imagínate la cara que se le debió quedar a tu marido cuando se enteró.

-Lo primero, Pepe, Chema no es mi marido. A ese respecto, solo tengo que decir que se le ha debido quedar la misma cara que se me ha quedado a mí un millón de veces.

-¿Te estás vengando así? Es una manera muy baja, en mi opinión.

-No, en absoluto.

-Me dejas más tranquilo porque, sinceramente, no espero eso de ti- -Pepe no dejaba de hablar. Estaba preocupado... Pero ¡qué narices! ¡Yo me estoy muriendo! Tengo derecho al menos a elegir cómo y con quién.

-Pepe, necesito que atiendas las llamadas. Como comprenderás no tengo ganas de responder a nadie. Solo quiero estar tranquila. Y en realidad, no es que quiera, es que debo.

-¿Por qué has hecho eso entonces?

-¿Qué?

-Ir a un programa de televisión a decir que estás enferma. Eres una persona pública, sabías que liarías un revuelo tremendo.

-No estoy enferma, me estoy muriendo... Lo he hecho porque no se me ha ocurrido una manera mejor de hacerla venir.

-¿A quién?

-A mi madre, Pepe. Quiero que venga, quiero estar con ella. Quiero decirle que la quiero. Quiero marcharme en paz.

-¡Joder, Clara...!

-Joder, ¿qué?

-Estoy desbordado, entiéndeme. -Lloraba como un niño a estas alturas de conversación, algo que hizo que me entraran ganas de colgar. No soporto causar dolor a los demás-. No digas que te estás muriendo. Iremos donde tengamos que ir. Te llevaré al fin del mundo si hace falta. Dime quién es el médico que te está tratando.

-Mi médico es el Dr. Robles. Me lo recomendó Lola, ya sabes. Llámalo si quieres; te dirá que el tumor no se puede operar porque está muy ramificado y te detallará que la metástasis que tengo está muy extendida. La quimioterapia o la radio solo me quitarán calidad de vida y alargará lo que parece inevitable.

-¿Desde cuándo lo sabes?

-Desde unos días antes de que Chema me pidiera matrimonio.

-¿Por qué no se lo dijiste?

-No pude. No quise. Estuve perdida dando vueltas por Madrid. Llegué a casa, estaba enfadado y preocupado. Me había estado llamando y yo no había respondido a sus llamadas... Se lo iba a decir, se lo quería decir... Estábamos en su despacho..., pero me eché sobre sus piernas, me acarició el pelo y entonces no tuve el valor suficiente. Lo dejé para después... Y el después se alargó... Llegaron mis amigas, luego discutimos, nos fuimos a Roma y cuando volvimos ya no encontré el momento...

-No llores, por favor.

Silencio al otro lado.

-Pepe, quiero elegir cómo. ¿Tengo derecho a elegir algo en mi vida? -seguí diciendo.

-Sí... Claro que sí, ¿cómo no? -dijo con la misma rotundidad con la que añadió: "Ella vendrá, no te preocupes". Un beso de despedida puso fin a esta conversación. Por primera vez en meses sentí el rugido del miedo, hasta que dos días después el fuerte viento de Levante la trajo hasta mi puerta.

El crujido de las tejas contra el suelo me sacaron de la cama. Me di una ducha rápida, me vestí y miré el reloj. Eran poco más de las nueve de la mañana. Cerré bien las ventanas por las que se estaba colando ese aire desolador mientras me hacía el firme propósito de llamar a María y a Lourdes para tratar de normalizar nuestras vidas, tambaleadas sin piedad por esa entrevista de la que no me arrepentía en absoluto a pesar de no haberla visto. El ruido del timbre de la puerta de abajo me sorprendió. Era demasiado temprano para todos excepto para María, a quien esperaba encontrar cuando me asomé por la ventana como hacía siempre. Quizás la absurda distancia se había acortado; tal vez era el momento de un abrazo que pusiera fin y borrara aquellas palabras que sabía que no sentía. Pero no hallé rastros de su melena rubia a la altura de los hombros. En su lugar, una bella mujer, con el pelo castaño elegantemente recogido en la nuca, que miró hacia arriba al oír el ruido de la ventana que se abría. Mis ojos se toparon con los suyos. Traté de buscar su último recuerdo en mi cabeza pero no lo encontré. Los nervios me estaban jugando una mala pasada. Baje corriendo las escaleras. Abrí el portón y me encontré con su sonrisa. No supe qué decir a pesar de que había soñado ese momento de mil maneras distintas.

-Siento haber venido sin avisar -dijo Elvira sin más.

-Me alegro de que lo hayas hecho -le respondí yo, acercándome para abrazarla creyendo que era lo que tocaba. La alegría que imaginé mil veces que sentiría no estaba. La busqué pero no hallé ni el menor rastro de ella-. Pasa, por favor...

-Gracias. Estás preciosa -añadió devolviendo el abrazo de manera breve.

Subimos algo incómodas las escaleras. No era capaz de recordar cuántos años habían pasado. Cuando llegamos al umbral de la puerta ella se quedó mirando las fotografías que había en la pared de enfrente. Me preguntó por algunas de ellas. Yo la miraba desde atrás.

-Estás impresionante. Te recordaba, no sé... Distinta, quizás... -le dije después de observarla frente a aquella pared.

-¿Más joven? -me preguntó.

-Bastante más.

-Han pasado muchos años -dijo ahora dándose la vuelta para mirarme de frente-. ¿Qué puedo yo decir ahora en mi defensa?

-No lo sé.

-Creo que Dios me está castigando.

-Yo no creo en castigos divinos.

-Si pudiera desearía ser yo la que estuviera ahora en tu situación, créeme Clara...

-Ya, pero no es así. -Sus ojos se habían llenado de lágrimas. Quise conmoverme, pero no pude. Es curioso cómo imaginas que serán las cosas y cómo resultan ser al final.

-¿Qué puedo hacer por ti? Sabías que vendría, ¿verdad?

-No estaba tan segura... Y ya que lo preguntas creo que me debes algo -respondí.

-Te debo muchas cosas, supongo.

-Yo creo que no tantas. Solo una. Quiero que me devuelvas la parte de mi vida que te llevaste contigo. Quiero que me devuelvas lo que creo que es mío: la parte de mi historia que no conozco.

Elvira recorrió la distancia que había entre la puerta y el salón. "¿Me puedo sentar?", preguntó mientras lo hacía. Era elegante. Debía tener casi sesenta años. Su postura, erguida. Con un gesto amable me pidió que me sentara a su lado. Cuando lo hice, me agarró las manos y las acarició un largo rato. Mi último recuerdo llegó como llegan las tormentas de verano; la estación elegida por el destino hacía casi quince años para su última visita. Recordé que entonces hizo lo mismo, solo que en aquella ocasión yo, tal vez ella también, no sabía que tendría que pasar casi la mitad de mi vida para volver a verla. Me miró la cara con curiosidad. Me acarició el pelo. Volvió a coger mis manos con toda la dulzura que fue capaz.

-¿Has sido feliz, hija?

-Es una pregunta que ahora mismo me cuesta contestar, pero creo que sí.

-¿Ha sido bueno tu marido contigo?

-Nunca llegué a casarme, pero... Sí. Ha sido muy bueno. Lo ha sido, sí... -Me sorprendí al decir estas palabras en voz alta, porque creo que las repetí para mí. Realmente era tan cierto como que las dos estábamos allí sentadas. La cara de Chema vino a mi mente y entonces tuve la certeza de que había estado equivocada.

-Me siento orgullosa de ti. Mucho. -Su barbilla temblaba-. No son horas para arrepentimientos, ¿verdad?

-No. Es tarde para eso y para otras cosas también -le contesté con una sonrisa pintada de dolor-. Tampoco son horas de reproches. Yo solo quiero que me cuentes por qué me dejaste allí. Es la hora de saldar cuentas con la propia vida, no conmigo.

-Prometo que volveré a contarte la parte de la historia que te falta. Lo prometo. Pero hoy no. Estoy cansada y siento que no puedo.

-Te has pasado la vida prometiendo. Dijiste que yo era la mejor decisión de tu vida..., lo dijiste. -Esto sonó a reproche; uno de esos de los que minutos antes había dicho que no habría-. Lo escribiste en una nota que guardo dentro del marco de esa foto.

Volvió su cara a la foto que yo le señalé. La observó y se sonrió.

-Te quiero más que a mi vida y quiero que sepas que eres lo mejor que he hecho desde que empecé a respirar. -Se levantó y cogió mi cara entre sus manos.

Elvira se levantó, me besó, fue hasta la puerta y desde allí prometió volver tan pronto como le fuera posible. Yo no tuve que ir a quitar la tapa del marco de nuestra foto para comprobar que esas últimas palabras eran literalmente la despedida de aquella carta, hoy amarillenta por el paso de los años, que me dejó en lo alto de la encimera del piso que alquilaron para mí cuando fui a la universidad. Conocía de memoria su contenido.

El sonido de la puerta al cerrarse me sobresaltó, pero tuve la certeza de que esta vez sí cumpliría con su promesa. Era lo suficientemente mayor ahora, a diferencia de la última vez, como para reconocer la mentira en los ojos de cualquiera.

Enero ya ha hecho acto de presencia y no logro detener el tiempo; tal vez no lo pretenda. Huele a café recién hecho y, si me apuras, a tostadas con mantequilla y mermelada. Cierro los ojos y saboreo el olor. El internado también solía oler a café de puchero en las mañanas heladas de Ronda. Desde mi habitación, también en enero, se veía el agua helada de la fuente de piedra que coronaba el patio interior de este viejo convento del siglo XVI. Piedras que combatían el paso del tiempo y no yo, que lejos de ser piedra, solo soy piel. Una piel frágil maquillada de otras muchas cosas.

Vuelvo a ese patio en el que curiosamente casi nunca reinaba el silencio, sino las risas de niñas que hoy son mujeres. El ruido de los zapatos en el empedrado del suelo. El ruido de los tacones de esas merceditas de color azul mientras jugábamos al piso o al elástico. Faldas de cuadros en tonos oscuros y calcetines hasta las rodillas. Cuchicheos en los pasillos o en los baños. Camisones blancos almidonados que solo olían a limpio, como las sábanas frías que se convertían en las sustitutas del abrazo cálido de las madres que debió ser y no fue. Aves Marías en lugar de cuentos de princesas que se despertaban de sus letargos tras un tibio beso de amor. No era un lugar de princesas dormidas.

Me quedo un rato en aquel patio y desde allí recorro mentalmente las estancias de aquel convento. Recorro el trayecto desde mi habitación, en el ala este de la segunda planta, hasta la iglesia de una sola nave, cubierta de viejas bóvedas que ocultaban antiguos secretos y que daban paso al presbiterio, también coronado con una cúpula de media naranja. Allí, solo allí, y después de haber correteado por el camino mientras alguna monja me manda callar, me tumbo en el frío suelo de mármol para mirar esa cúpula donde le pido en secreto a los Ángeles de la Guarda que sigan siendo mi dulce compañía en las noches y en los días. Tengo unos diez años, mis piernas son delgadas, como mi cuerpo. Mi pelo, recogido en una coleta larga atada con un lazo del mismo color que mis calcetines o mis zapatos, que huelen a Kanfort. Ahora me río. Hacía tanto tiempo que no usaba esa palabra...

Vuelvo a mi cama, abro los ojos. Vuelvo a oler a café y oigo unos pasos, los de la chica que he contratado para que me ayude en casa. Noto que voy perdiendo las fuerzas. Miro mis manos, siguen siendo pequeñas y delgadas como las de aquella niña. El color de mi piel ha palidecido con el paso de los días. Está siendo un invierno muy frío y húmedo y supongo que eso ayuda.

Intento volver a Ronda. Trato de jugar con el reloj en el que se ha convertido mi corazón. Intento retroceder sus manillas de nuevo. Quiero volver a tener diez años y mirar el atardecer a través de aquella ventana atrapada entre unos barrotes de viejo hierro. Me gustaría volver a bañarme en esa luz, en ese baile de azules, naranjas y toques amarillos que dan sus pasos de vals con los magenta. Quiero, pero las manillas se detienen en Madrid, en mi piso de la calle Ibiza. En el gran salón vestido de diferentes verdes. Vuelvo al sillón de terciopelo marrón frente a una chimenea encendida. Vuelvo a la frialdad de sus ojos que destemplan mi cuerpo.

Me distraigo mirando las telas que visten las paredes y que no elegí yo, sino el decorador que contratamos para convertir esos dos viejos áticos unidos en un hogar. ¡Qué tonta! De haber sabido que un hogar no se hace a base de telas caras, de cortinas de preciosas cretonas, de mesas de comedor de diseño que combinan con lo viejo o de tabiques nuevos, no habría perdido tanto el tiempo soñando en que un día aquel salón en forma de ele sería un moderno presbiterio laico para mis hijos. Los hijos que no tendré, que no se tenderán en el suelo de madera noble maciza. El suelo donde Chema y yo hacíamos el amor después de mudarnos sin haber terminado la obra que, aunque no logró el hogar que yo soñé, sí que consiguió que la rehabilitación de los pisos concretara el proyecto que hizo un arquitecto, del que no recuerdo el nombre, y que yo sí que supervisé, aunque no entendía ni la mitad de lo que me decía.

Pasé de aquellos muros de piedra, el estilo mudéjar y la simpleza de las líneas de Ronda a una propuesta de redistribución interior, potenciando la espacialidad del conjunto a base de transiciones entre los espacios más habitables del inmueble como la cocina, el salón, el comedor y la sala de juegos que, según el arquitecto, "otorgarían una nueva dimensión funcional y dimensional" a la zona afectada, mientras las zonas más privadas quedarían resueltas gracias a un largo pasillo que dotarían a este espacio de la intimidad, confort e independencia. Requisitos que Chema había exigido y que a mí me sonaban a extrañas palabras pronunciadas por un extravagante profesional de la arquitectura.

Yo solo sé que terminé teniendo una casa de quinientos metros cuadrados, con un pasillo en tonos azules lleno de cuadros desde la parte más alta hasta el suelo. Acabé teniendo un salón enorme en tonos verdes lleno de arte moderno y clásico, de la misma manera que terminé teniendo una cocina tan minimalista en la que al principio no sabía distinguir la nevera del armario de los platos. Yo solo sé que tuve que escribir dos novelas para pagar parte de esa reforma, en la que además quedó de manifiesto que tampoco habría hecho falta el pasillo para dotar al inmueble de esa intimidad de la que no paraba de hablar ese arquitecto como un papagayo durante siete meses, puesto que es difícil no tenerla cuando solo hemos sido dos, y Fide, que se me olvidaba. A veces pienso que ha sido invisible.

Como me da miedo olvidar las cosas, ahora -mientras sigo metida en la cama- recorro ese piso, desde la entrada. Abro los pomos de todas las puertas e incluso miro por las ventanas. Mientras lo hago, suena alguna pieza de clarinete. Paseo descalza por ese suelo siempre cálido y miro las paredes tratando de recordar exactamente qué es lo que había en ellas. Toco con mi frágil mano la vieja cómoda restaurada que estaba en la entrada y sobre la que se apoyaba un bonito espejo en el que solía mirarme antes de salir. Me fijo en ese espejo y veo a Chema dándome un beso de despedida. Su cara es masculina y bella. Sus ojos son enormes y su nariz, aunque prominente, da ese toque de perfección a las facciones angulares de quien nunca me cansé de admirar. Su pelo no es corto ni largo. Es claro y canoso. Parece suave y lo es. Ahora lo que suena ya no es un clarinete sino el delicado sonido de una flauta dando vida a unas notas de Mozart.

Como si de un cuento se tratara sigo el sonido de la flauta mientras agoto los pasos por ese pequeño pasillo de la entrada y cierro la puerta. Ante mis ojos, un gran salón. Lo miro bien desde las dos puertas señoriales que lo abren o lo cierran, pero que en este caso siempre estuvieron a medio abrir. Desde este lugar veo las dos estanterías de madera noble envejecida con un decapé claro que daba luz al verde oscuro de las paredes que elegimos para esta parte de la estancia. Sigo el rastro de los cuadros que hay en la pared entre las dos estanterías y llego hasta las molduras para fijarme en los altos techos. Dos sillones enormes de terciopelo marrón viven de cara a la chimenea que separa la sala del comedor. Así, cuando está encendida, da fuego a ambos lados.

De repente estoy sentada en uno de los sillones. Ya casi es verano, pero el fuego está llameando. Madrid es una ciudad imprevisible. Chema, por lo visto, también. Me he convertido en un fantasma después de comprobar que nuestro amor era tan frágil como lo son las cosas que merecen la pena, como el aire que respiro o como la tenue luz de los amaneceres. Nuestro amor era tan frágil como ahora es mi propia vida. Tan frágil que un día mientras sonaba una pieza de piano en su despacho el sonido de una tecla de marfil se rompió. Desde ese día la música no volvió a nuestra casa, mientras se mudaba la dura indiferencia.

Hacía unos días que yo había vuelto de Roma hasta que oí sus llaves en la puerta. Días en los que no dormía, no comía y no vivía. Dejé de pensar en nada para pensar en él. Repasé mentalmente todo lo bueno y lo malo. Puse la balanza de la vida y luego me lie a patadas con ella. No podía pensar, no podía vivir a sabiendas de que no se trataba de eso, sino de que más bien no quería. Pude hacer que no me había dado cuenta de que hacía días que no venía a casa o que no me llamaba por teléfono, pero decidí quedarme de pie junto a esa cómoda para mirarle a los ojos cuando oí que la puerta se abría.

El azul de sus ojos me dijo que se alegraban mucho de verme. Me dijeron también que siempre estaría a mi lado pero que sería mejor que recogiera mis cosas y me marchara. Me dijeron que no preguntara el porqué, porque no lo había. No había motivos o razones más allá de la propia vida. Pero yo, en lugar de hacer lo que me pidieron sus ojos, decidí que la rendición no se había escrito para alguien como yo. Ahora me arrepiento de no haberlo hecho.

-Tendrás la casa de una reina -me dijo hace ya muchos años mientras cenábamos sobre una vieja mesa que había en uno de los pisos cuando los compramos y yo le creí.
-¿Cómo son las casas de las reinas? -le pregunté.
-Pues son lugares desde donde las vistas están muy por encima de las cosas mundanas.
-¿Qué son las cosas mundanas?
-Son las cosas de las que tú no te tendrás que preocupar. Verás desde tu terraza el lado más bonito de Madrid. Yo solo quiero que veas el lado bello de las cosas.

Ahora me pregunto si ese lado bonito de las cosas son aquellas "amigas" que venían a nuestras fiestas, con las que permitía que me sentara a la mesa y que desplegara toda la amabilidad del mundo, sabedores todos -menos yo- de que estaba asistiendo a ese lado más mundano de las cosas. Yo nunca quise ser reina, pero tampoco tuve el valor de abdicar. Lejos de eso, me dediqué a hacerme pequeña a su lado y a hacer pasar este encierro por una bella historia de amor basada en el respeto y en la tranquilidad que dan los años cuando las relaciones evolucionan más allá de la pasión. Nunca fui a un psicoanalista, no hizo falta. Sabía perfectamente que me había sometido en nombre de un amor idealizado, de algo que en realidad más que amor se trató de poder. Y en esa guerra, yo resulté perdedora.

Mis pataletas, motivadas por celos, se instalaron en nuestras vidas de la misma manera que sus amenazas de abandono, a medida que su ego se fue alimentando del mío. Pero un día, sin darme cuenta, en lugar de hacer las maletas como haría años después, me convertí en la mujer de sus sueños. La que espera, la que aguanta, la que no hace esas preguntas cuyas contestaciones duelen, la que se conforma con sus abrazos o con los besos de buenas noches. Me convertí en la que se nutre de ese "te quiero" antes de dormir y en la que se conforma con ser la titular de una vida en la que hay más gente. Una de esas que aprende a distraer los pensamientos porque tiene miedo de ese ego con el que duerme cada noche, convertido en un gordo seboso metido en un cuerpo esbelto de más de metro noventa. Un asqueroso ego que ya no puede vivir sin mí porque soy su alimento.

-¿Qué nos ha pasado, Clara? -Su voz, en ese momento ronca, me devuelve al sillón del último día que pasé en esa casa. Estaba sentada en el salón, aún en camisón.

-No lo sé. Dímelo tú que eres el que no duerme en nuestra cama.

-No te reconozco, eso es todo. Creo que me debes una disculpa.

-¿Por qué?

-Porque, cuando alguien hace algo malo a quien más se supone que quiere, es lo que hay que hacer.

-Es que no sé qué es lo que he hecho tan malo.

-Me humillaste delante de todos. Has rescindido el contrato con la editorial sin consultarlo conmigo, por no hablar de esa propiedad que compraste pensando que yo no me enteraría... ¿Quieres que siga?

Me estaba mirando fijamente mientras se apoyaba en la cornisa de la enorme chimenea. Yo, quieta en el sillón poseída por el miedo. Le tenía miedo y no era la primera vez.

-Yo dejé a mi mujer por ti, ahora creo que no debí hacerlo. Ella siempre ha sabido estar a la altura de las circunstancias.

-Yo nunca te lo pedí. Tal vez ahora te esté pasando lo mismo.

-¿A qué te refieres?

-Pues a que tal vez sólo estés buscando una excusa para dejarme como hiciste con ella. Tal vez alguna princesa se ha convertido en mejor opción -contesté sorprendida de mí misma.

-No seas vulgar... En mi vida no hay nadie más que tú, te pongas como te pongas y digas lo que digas. A veces, Clara, pienso que has sido adicta a la infelicidad. Tu imaginación te ha jugado muy malas pasadas. Necesitas el abandono como el aire que respiras.

-Pues, ya que lo mencionas, si quieres dejarme, hazlo. No hay que tener razones o fundamentos. No tienes por qué dañarme. No seré yo quien se agarre a tus piernas para impedir que te vayas.

-¿Ah, no? ¿Ves cómo ha cambiado el cuento? A esto me estoy refiriendo. ¿De dónde sacas ese carácter? Cuando te conocí no eras más que una salvaje con crucifijos colgados del cuello. No eres más que la hija de una prostituta que ha llegado muy lejos.

Luché con todas mis fuerzas por reprimir el llanto. Creo que ni siquiera me moví. Ahora, el que era una persona nueva para mí era él; su crueldad, no. Solo que esta vez había ido más lejos. Pero, a diferencia de siempre, ahora sabía que la que lo abandonaría tarde o temprano habría de ser yo. Paradojas de la vida. En mi guerra ahora tenía un aliado nuevo: el valor. El valor que da saber que la guillotina de la vida está sobre mi cabeza. Una guillotina que se cierne sobre todos nosotros, pero que solemos ignorar, porque si no la propia vida sería insoportable.

-Una pena que hayas elegido como arma arrojadiza una afirmación tan manida y cansina. Siempre que alguien ha querido hacerme daño ha dicho algo parecido. Te creía con más imaginación y recursos. Si yo soy solo lo que acabas de decir, ¿qué eres tú?

-Yo soy el hombre que te ha querido, que te ha enseñado el mundo. El que te ha convertido en lo que eres. -Ahora gritaba. Era también la primera vez.

-La hija de una prostituta que ha llegado muy lejos, si no recuerdo mal... -Le terminé la frase haciendo mías sus palabras mientras me decantaba por la dignidad.

-Perdóname, Clara. En definitiva cada uno es lo que es. Uno no debe olvidar de dónde viene, es su identidad. -Ahora su tono era más relajado; estaba arrepentido. Demasiado tarde, como suele suceder.

-Yo no lo olvido porque para eso estás tú..., para recordarlo. -Quería acabar la conversación y, así mientras me levantaba, le di las gracias por todo eso que decía que había hecho por mí.

-¿Dónde crees que vas? -dijo agarrándome con fuerza una de mis muñecas.

-Voy a hacer las maletas.

-No vas a hacer ninguna maleta. Tú no me vas a dejar y esta conversación no ha terminado.

-¿Sabes de qué me acabo de dar cuenta? -le dije tirando de mi muñeca para zafarme de su mano-. Siempre haces lo mismo. Te enfadas, me haces creer que tengo la culpa, que me he portado mal y yo te pido perdón. Te alimentas humillándome una y otra vez. La única diferencia es que hoy has llegado más lejos. La conversación, efectivamente, se ha terminado porque yo no quiero seguir escuchándote.

-Te he dicho que no serás tú la que decida cuándo terminan las cosas. No eres nada, ni siquiera sabes cuidar de ti misma. ¿Dónde irás? ¿Con tus monjas?

El desprecio había vuelto para acompañar a la crueldad, dejando atrás ese atisbo de arrepentimiento de segundos antes.

-Quizás no sepa dónde ir o tal vez sea verdad que no sé cuidar de mí misma, pero lo que sí tengo claro es que no quiero volver a verte nunca más en mi vida. Ahora, suéltame.

¡Te maldigo y maldigo la hora en la que tu destino se ató al mío!

Esas palabras, las últimas, me traen de nuevo a mi dormitorio, al de ahora, desde el que se huele a café recién hecho. Mi corazón late con la fuerza de un volcán. Respiro. Sigo respirando. Vuelvo atrás. La pena tira de mí retrocediendo las manillas del reloj. Vuelvo a Madrid, a ese día, a ese terrible momento. Escucho su llanto al otro lado de la puerta, que he cerrado por dentro. Estoy sentada en nuestra cama. Se cansa. Oigo sus pasos que se alejan después de un "perdóname" que se me clava en el alma. "Soy sólo la hija de un puta", me repito una y otra vez. Me levanto y voy al lavabo. Me miro en el enorme espejo. Miro la encimera de mármol rosa. Me seco la cara con la toalla de color marrón que lleva su inicial bordada en hilo dorado. Lleno la bañera antigua y abro la moderna grifería. El agua humea pero no se ve. Solo hay espuma. Me desnudo y me meto dentro. Cierro los ojos; los abro. Me he llenado de espuma la cara. La limpio. Miro la pared empapelada de rayas oscuras que abrazan la bañera. A mi espalda, una ducha. Viejas caracolas, por todas partes. También las hay en el resto de la casa. Siempre me han gustado. Cojo la que está en la estantería y que alcanzo con solo estirar uno de mis brazos. Es mi favorita. La acaricio. Me la pongo en el oído. Dicen que así escuchas el mar, pero yo no puedo. Estoy nerviosa, solo es eso.

Salgo del baño. Me pongo unos vaqueros y una camiseta. Voy al vestidor y saco una maleta del altillo. La misma que hace unos días cogía de la cinta del aeropuerto de Barajas. La abro. Meto dentro unas cuantas prendas del armario y un par de zapatos. Algún que otro pañuelo para mi cuello. Solo es ropa de verano. Pronto llegará el calor y no necesitaré ropa de abrigo. Tal vez no llegue el invierno para mí, pienso. Dejo de hacerme daño intentando cantar una canción. Busco en mi cabeza alguna melodía con la que distraerme, pero me cuesta. La consigo. La tarareo una y otra vez. No quiero pensar en él; no quiero que nada me detenga.

La maleta está hecha. Voy a mi escritorio. Pasaporte, documentación del coche, algo de dinero y la foto de mi madre. No llevaré demasiado equipaje. Me vuelvo a sentar. Quiero llevarme el recuerdo de este olor. Cierro los ojos de nuevo. Huele a flores frescas, a las mañanas en Madrid en primavera, a los arriates recién regados.

Me levanto. Abro de par en par el ventanal que da a la terraza y que rodea toda la casa. Salgo. Respiro. Vuelvo a oler y abro los ojos para que el sol me ciegue. Está en todo lo alto. Me asomo. Miro las vistas. Las de una reina, las que permiten una visión por encima de las cosas mundanas. Es entonces cuando me doy cuenta de que tal vez se esté mejor abajo.

Cojo una chaqueta. Una cualquiera. Me la pongo. Voy al baño, cojo las cosas de aseo. Mi perfume. Me cepillo el pelo, me lo recojo. Vuelvo a salir y bajo la maleta de la cama. Tiro de ella, abro la puerta y recorro ese pasillo en el que nunca estuvieron mis huellas. 'No soy nada' dice mi cabeza mientras intento seguir callándola. Llego a la entrada, dejo las llaves encima de la cómoda y me miro en el espejo. Ya no está Chema dándome un beso. Sólo estoy yo. Miro por encima de mi hombro y me fijo en el cuadro que está a mi espalda. Es una acuarela pequeña. Me la hizo una mujer que vive en Valencia y que yo no conozco. Una mujer que leía mis libros, que va a una escuela de pintura que hay en el centro de una ciudad que está muy lejos de aquí. Una mujer que tiene un nombre que yo no sé, que pinta, que es feliz y que un día me dio un beso. Fue en una firma de libros en un centro comercial. Esperó la larga cola y cuando llegó hasta mí, me dedicó una enorme sonrisa. Me dijo que le había encantado mi libro, uno de ellos. Uno en el que la protagonista, como ella, pinta cuadros. Me preguntó si yo pintaba, le dije que no y entonces se sorprendió por la descripción de aquel viejo taller que daba vida a mi libro. Un taller en el que un grupo de mujeres daban clases de pintura. Ella se sentía una de esas mujeres, dijo también mientras apretaba una de mis manos. Me regaló esa acuarela diciéndome que la había hecho para mí. Yo la enmarqué y la puse ahí para verla todos los días. Quería recordar entonces que había alguien que pensaba que yo sabía pintar. Que había alguien que pensó que era más de lo que en realidad soy. Que hubo alguien que dedicó su tiempo para mí sin conocerme. Que, en definitiva, me regaló un pedazo de su propia existencia.

Me doy la vuelta. Descuelgo la acuarela. Me la llevo. Me llevo mi maleta, mi foto, mi cuadro y, para bien o para mal, me llevo mi corazón. Me llevo cuanto poseo. Dejo la caracola encimaa de la cómoda. Ya no necesitaré escuchar el mar a través de un resto de algo que no tiene vida. Tiro de la puerta. Bajo al garaje, me monto en mi coche -un Fiat 500 que hace poco me regaló Chema-, arranco y tiro el móvil por la ventanilla mientras llego hasta el portón. Se abre. Conduzco. Me siento libre y valiente.

-Señorita Clara... -. La chica que he contratado y que se llama Marieta está golpeando la puerta de mi habitación -. ¿Está despierta?

-Sí, ya iba a levantarme -contesto mientras me incorporo para ponerme las zapatillas y la bata.

-Le he hecho el desayuno. Tiene usted visita...

¡Qué extraño! No había oído la puerta. Trato de ubicarme. Ahora mismo no sé ni qué día es, ni qué hora. Me levanto apresuradamente y salgo de mi habitación. Desde la puerta veo a Elvira. Observo su nuca mientras me acerco. Ella no se da la vuelta. Vuelve a llevar el pelo recogido como hace casi un mes. Viene a cumplir su promesa, lo sé.

-Te he preparado una sorpresa, aunque no sé si va a ser de tu agrado... -. Oigo que dice cuando aún no he llegado a la altura del sillón donde está sentada. Ha sentido mis pasos.

-¿Una sorpresa?

-Sí, pero no te diré una palabra más para no estropearla-. Termina la frase mientras me besa sin levantarse. Soy yo la que me inclino a saludarla.

Elvira, a pesar de los años, sigue siendo una mujer muy bella. Es muy alta. Más que yo. Lleva un moño bajo y la raya en medio. Sus ojos son enormes y se ha pintado los labios de oscuro. Una especie de color cereza que le sienta muy bien. La observo mientras ahora me sirve una taza de café. Sus manos son delicadas y tiene los dedos muy largos. Son las manos de alguien que no ha tenido una mala vida, pienso. Lleva las uñas pintadas de color porcelana. Unas uñas perfectas de alguien que se hace la manicura. A los pocos sorbos de este café ya sé que está casada con un señor que se llama también Miguel. Que se dedica a algo relacionado con el mar. Sé que Miguel no sabe que existo porque una mentira llevo a otra y así a un cúmulo de secretos que trataron de poner a salvo lo que fue, supongo, la única manera de cambiar de vida.

-A veces uno elige la vida, pero otras la vida te elige a ti -ha dicho entre la tostada y el segundo café. El desayuno se ha alargado.
-¿A qué grupo perteneces tú, Elvira? -he querido saber.
-¿Te puedes creer que a mi edad aún no he conseguido saberlo? -contesta mientras ríe.

Además de las pocas cosas que he podido averiguar en el escaso tiempo que he estado con ella, es risueña y parece divertida. Es una mujer muy culta. Le gusta el arte y me cuenta historias. Historias de gente que ha conocido, de gente que nunca vio y de personas que están por llegar. Ha leído muchos libros y a estas alturas de conversación creo que es capaz incluso de leerme el pensamiento.

-Clara, uno puede buscar las respuestas sin cesar. Uno puede buscar la luz. Pero ni la luz ni las respuestas se encuentran cuando uno quiere -sentencia de repente mientras apuramos ese café.

Estamos sentadas en la mesa del comedor. El salón de Estepona es una estancia única a la que se accede nada más abrir la puerta de la entrada. Hay dos sillones de loneta blancos en uno de los ángulos, el de la derecha, dejando paso a la mesa que se encuentra en el centro de la estancia. Es una mesa grande, para ocho comensales. La cocina, que es americana, está a la espalda de la mesa. Puse taburetes en la barra de madera pensando que serían ideales para comer, pero lo cierto es que están de adorno porque sólo los he utilizado para hablar con Marieta, mientras cocina o para sentar a Manuel cuando hacemos los deberes. Las cortinas de los dos miradores también son blancas y el suelo es de barro cocido en toda la casa. En las paredes que hay a ambos lados del mirador de la izquierda hay una vitrina para la vajilla y un secreter, que hace las veces de escritorio.

-Deja de buscar. Un día, cuando menos lo esperes, llegarán como llega el invierno. Piensas demasiado-. Su voz es dulce a la vez que un poco grave. Ella es delicada. Sus gestos y sus movimientos lo son. No tiene prisa. Su vestido es de flores, suave y tierno como ella. El escote en forma de u deja entrever su bonito y abultado pecho. Yo apenas digo nada. En realidad no tengo nada qué decir. Quiero preguntarle por qué me abandonó pero no lo hago. Está aquí, frente a mí y eso es lo que me importa.

-Hoy te voy a llevar a un sitio que no conoces.
-Pues es que hay muchos, supongo -le contesto.
-Habrá otros miles que no conocerás -espeta de manera severa -. Ponte guapa.

XVIII

Mi terapia sigue siendo los jueves, solo que en esta ocasión no está en plena calle Larios ni hay un sillón de cuero donde tenderme. Es una policlínica donde lo mismo hacen terapia que el psicotécnico para el carné de conducir. Las escaleras de acceso son tan empinadas que he dejado de ponerme tacones para ir. Mi psicóloga ahora se llama Isa, que no Amanda. Un nombre, este segundo, que siempre he pensado que cuando se inscribe en el Registro uno ya sabe que tendrá una hija actriz o meretriz. No sé por qué pienso eso, porque a las únicas que conozco con ese nombre son a mi antigua terapeuta -requetedecente- y a la hija repipi de Dolores, que está casada con mi dentista y es de esas que parece que come mierda y defeca pollo.

Pido perdón por esto último, pero es la expresión que mejor describe lo que pasa con Dolores. Un mal endémico que se ha propagado en los últimos años en el colegio privado al que llevaba a Manuel en una zona exclusiva de Málaga, donde vivía "la gente de bien" hasta que se puso de moda otra zona, tras un cambio de tendencia -la de los nuevos ricos, entre los que me incluyo-, que ha dado más de un dolor de cabeza que otro, enormes ingresos a las inmobiliarias o notarios y savia con la que alimentar a la vulgaridad.

Ahora Manuel va al Simón Fernández, que es un colegio público en Estepona. Un centro escolar antiguo que lleva el nombre de alguien que fue alcalde de aquí hace muchos años. Está junto a la Torre del Reloj que, a su vez, es un bien de interés cultural. Yo lo miro cada día y me pregunto qué tiene de interés. Pero si lo tiene, será que lo merece. Aquí no han cambiado mucho las cosas, salvo porque hay más macetas, porque ahora la calle Villa es peatonal y porque han dejado unos restos romanos al descubierto. He leído que son los muros de unos antiguos baños y el resto de una muralla que la civilización fue tapando con capas de asfalto. Ahora de ese asfalto, al menos sobre estos restos, no queda nada después de que pusieran una placa de metacrilato que permite observarlos bajo tus pies.

He leído y oído muchas cosas de esta zona donde también están los restos del castillo de San Luis, que se reducen a la torre que luego usaron para reconvertir la zona romana en una fortaleza en tiempos de Isabel la Católica. Hay mucha leyenda y mucha historia acerca de este lugar, donde también está la casa de Clara. Son muchos los que, incluso, aseguran que existen viejos túneles en algunas viviendas que unen sus entrañas y la misma playa. Yo, que soy muy ilusa, me lo creo de la misma manera que también me creo que la casa que compró un escritor de modernos poemas y que se llama Alejandro Simón perteneció un día al conde de Mondéjar. Un noble del que nada sé pero del que he oído hablar a mi madre, que suele parlotear todo el día sin que tenga la certeza de que lo que cuente se ajuste a la verdad. Chismorreos que ahora se centran en Elvira. Su llegada una mañana a la casa de Clara tuvo un testigo de excepción: un viejo policía local que se encarga de poner multas en la zona del centro, que aún no dispone de dispensador automático para el estacionamiento limitado de color azul. La entrevista de Clara y el avistamiento de esa mujer unos días después convulsionó la rutina del mercado de abastos -también ubicado en el casco antiguo, a unos metros del colegio y de la casa de mi amiga- hasta el punto que hoy, un mes después de aquello, se sigue hablando de los presuntos motivos por los que ella puso sus pies, tantos años después, en una calle también cercana al lugar donde dejó a su hija al cuidado de una prima.

Ahora que pienso en Elvira, mi mente vuelve a la policlínica de la esquina de la calle El Mar, que también está cerca y en la que hoy, por primera vez desde hace semanas, no he hablado de Gonzalo o de Clara, sino de ella: de Elvira.

Estoy confusa. No he tenido tiempo de acortar distancias con Clara o de mitigar el dolor que me ha supuesto alejarme de ella. Por el contrario, culpo a su madre de que nada de estas dos cosas hayan sucedido cuando probablemente habré sido yo la que no he sabido como reincorporarme a una situación del todo nueva.

La primera en llamar después del desagradable incidente en el *parking* fue Clara, por supuesto. Descolgó el teléfono, marcó mi número y, sin más, comenzó a hablarme de cosas sin importancia como si nada hubiera sucedido. Me preguntó cómo me encontraba y otras cuestiones de cortesía. Después de aquello siguió llevándose a Manuel algunos días. En aquel momento pensé que ya habría tiempo de arreglar las cosas entre nosotras; decidí quedarme llorando mi desamor, retozando en mi dolor y dándome generosas dosis de autocompasión. Bajé casi todos los escalones de la desesperación hasta que vi la entrevista de Clara. Ese día dejé de llorar por Gonzalo para llorar por ella. Ese día me dispuse a morir con Clara sin saber muy bien cómo se hace.

En eso me encontraba cuando supe, primero por mi madre y luego por la propia Clara, que Elvira había vuelto. A diferencia del resto yo no especulo, conozco el motivo: entre las dos hay una vida pendiente. Entre Clara y yo, sin embargo, no hacía falta una conversación al respecto, solo un abrazo que ya nos hemos dado y un poco de tiempo, del que ya no estoy segura que dispongamos. El tumor está creciendo y Clara tiene miedo de ir perdiendo la memoria. Yo también tengo miedo, pero eso a nadie le importa. Tengo miedo de perder la custodia de mi hijo; tengo miedo de no ser capaz de asumir mis responsabilidades; tengo miedo de mí misma, pero sobre todo tengo miedo del final. No sé por qué no se pone un tratamiento o por qué no la operan. No sé todas esas cosas pero ahora sé otras muchas que desconocía, lo mismo que ella cuando se montó en ese Jaguar de color verde que se fabricaron para señoras como Elvira, cuando ya estoy convencida de que en realidad nunca fue puta y que eso es otra leyenda como la del Conde de Mondéjar, con la diferencia de que aquí no hay libros que lo desmientan y nadie puede dar marcha atrás para evitar el dolor que la crueldad de unas niñas causaron a otra: a Clara. Aunque tal vez ella a estas alturas prefiera esa versión. ¿Quién sabe?

-¿Dónde vamos? -preguntó Clara a su madre después de cerrar la puerta del coche.
-Ya te he dicho que es una sorpresa -contestó Elvira sonriendo.

Hacía frío como hoy, aunque lucía el sol. El olor a cuero era fuerte, el coche debía ser nuevo. Elvira puso música y la calefacción. Se quitó el abrigo de lana marrón a juego con sus zapatos de tacón y, después de ponerlo en el asiento de atrás, se colocó el cinturón de seguridad. Estuvieron calladas mientras el flamante coche se dirigía a la A7. Iban a Málaga por la vieja carretera de la costa. Clara aún no lo sabía.

-Hubo un tiempo en el que por las noches conducía hasta Ronda -dijo Elvira rompiendo el silencio-. Aparcaba el coche frente al convento, esperaba a que las luces de los dormitorios se fueran apagando y te daba las buenas noches en silencio cuando el turno llegaba a tu ventana.

En ese momento Clara quiso preguntarle muchas cosas pero no lo hizo. Era el tiempo de esas respuestas. Recordó aquellas palabras de su propia madre que decían que, llegado el momento, estas harían acto de presencia como el frío invierno que no avisa.

-Tu padre era escritor. No sé si alguna vez te preguntaste por él. Era un ser maravilloso, como tú. El día que naciste supe que te parecerías más a él que a mí y di gracias a Dios. Nunca supo de tu existencia. Decidí tenerte sin lugar a dudas. No me planteé lo contrario, consciente de que nunca tendríamos una familia al uso -siguió diciendo mientras miraba la carretera.
-¿Por qué? -preguntó Clara en voz alta.

-Porque él era un hombre casado. Porque él pertenecía a otro mundo. Porque en ese momento yo no sabía que nada está reservado para unos pocos -le contestó.

-¿Reservado para unos pocos?

-No hay nada reservado para nadie, de la misma manera que no hay nada escrito salvo libros como los tuyos. ¿Te había dicho que los leí todos?

-No.

Clara bajó un poco su ventanilla y volvió el silencio. Cerró los ojos para sentir el aire. Los volvió a abrir. Le gustaba la costa y ver cómo el mar golpea las orillas en los días como ese, en el que el viento fuerte de Levante tiñe el mar de la más amplia gama de azules y verdes. Por el retrovisor vio cómo el Peñón se alejaba mientras se preguntaba si en realidad existen monos en esa extraña piedra en la que nunca había estado.

-Una vez cuando era pequeña sor María me preguntó si quería oír un bonito cuento. Por aquel entonces yo no había oído ninguno. Le pedí que en lugar de eso me hablara de ti. -Ahora era Clara la que comenzaba a hablar-. Ella me dijo que eras tan bella que la gente se apartaba de las aceras para dejarte pasar. Me contó también que hubo un hombre apuesto enamorado de ti como nunca antes había existido otro igual.

-¿Qué más te contó?

-Me contó que te llamabas Elvira Ceballos y que eras la mujer más bella de toda la provincia y que cuando yo fuera mayor y me lo comiera todo, me parecería a ti.

-Yo creo que exageraba.

-Yo no.

Pocas confidencias más, unos cuantos kilómetros y llegaron a Málaga. No sabía exactamente en qué parte, pero le pareció el centro. Leyó el nombre de unas cuantas calles viejas hasta llegar a un *parking* en Carreterías, donde Elvira aparcó su coche no sin antes saludar cariñosamente al guarda que estaba en la garita de la entrada. Clara siguió a su madre sin más; se dejó llevar.

-¿Habías estado antes aquí?

-¿En Málaga? -le preguntó Clara mientras Elvira asentía-. Sí, estuve en unas firmas de libros y en casa de María. Vivía aquí con su marido. He venido algunas veces. Vivían en una zona que creo que se llama La Malagueta.

-Sí, ya lo sabía -sentenció Elvira-. Quiero enseñarte algo. Ponte el abrigo y la bufanda, hoy hace frío.

Recorrieron el camino desde el *parking* hasta el centro, hasta la calle Marqués de Larios. Tomaron café en una churrería que hay en la Plaza de la Constitución que estaba atestada de gente pese a las bajas temperaturas. El cielo amenazaba con agua. La gente paseaba ajena a esa historia, a la que ellas estaban escribiendo mientras sus pasos avanzaban. Elvira le fue explicando cómo algunos viejos negocios habían dado paso a otros nuevos. Cómo había cambiado su ciudad. Le volvió a contar viejas historias y le habló de personas que también estuvieron allí, bajo sus huellas. Le enseñó sus calles y, sin darse cuenta, le fue abriendo de par en par las puertas de la que había sido su vida. Clara descubrió que ella siempre había estado allí. Había vivido en Málaga todos esos años; tan cerca, que incluso pudieron haberse cruzado. Tal vez lo hicieron, pero eso ya nunca se sabrá.

"Mi madre es tan guapa que la gente se aparta a su paso", recordó Clara mientras miraba a su madre caminar a su lado, pensó mientras observaba la elegancia de sus manos, cubiertas en ese momento por unos delicados guantes largos de cuero *beige*. Era la frase que ella le decía a las niñas del internado cuando estas solían hablar de sus madres. "Tu madre es puta", se mofaban de ella. "Mi madre no es puta. Me ha dicho Sor Josefina que es la más bella de la provincia". El recuerdo de las risas crueles le encogió el alma.

-Cariño, mira esto. Ya hemos llegado -dijo Elvira sacándola de sus pensamientos.

-¿Dónde estamos? -Clara no vio que el lugar tuviera nada de especial.

-Estamos en la Plaza de los Monos -exclamó Elvira riéndose como si hubiera leído sus pensamientos-. ¿Es que acaso no te parece un lugar especial?

-No mucho, la verdad. ¿Lo es?

-Es un trozo de tu vida. Es el lugar donde vivieron tus abuelos y donde nací yo. Mira allí -dijo señalando un edificio nuevo-. Justo allí estaba nuestra casa. Cuando mi madre murió, instalé un negocio que hoy ya no existe porque hace unos años vendimos la finca.

-¿Tú naciste aquí? ¿No naciste en Estepona? -preguntó Clara intrigada.

-¡No! ¿De dónde te has sacado eso? -Elvira parecía divertida, ajena a que Clara había pensado durante años que desde su ventana veía el lugar donde había nacido su madre-. En Estepona naciste tú, en la casa de una prima... Por cierto, la próxima vez que vaya a verte recuérdame que te enseñe el lugar... ¡Qué curioso! No había caído en la cuenta de que ese sitio está a unos pasos de la casa donde vives ahora.

-¿Por qué se llama la Plaza de Los Monos? -preguntó Clara cambiando de tema.

-¿La plaza? ¡Ah, la plaza!... Sí, perdona... En realidad se llama la Plaza de la Victoria... En su día en ese parque había monos.

-¡Como en Gibraltar! -exclamó Clara sonriendo. Había estado pensando en ellos curiosamente horas antes.

-Sí, como en Gibraltar. ¡Mira! ¿Ves eso? -dijo señalando un viejo solar abandonado en una de las esquinas -. Era una marisquería que se llamaba Noelia. Yo solía venir. Aún hay un trozo de suelo y alicatados de las viejas paredes. ¡Esto ha cambiado tanto en tan poco tiempo! -exclamó con apreciable pena agarrando el brazo de Clara. Ella también hacía tiempo que no pasaba por allí.

Recorrieron la calle Victoria entretenidas charlando, hasta llegar a la Plaza de la Merced. Sus terrazas estaban llenas de gente, principalmente eran turistas. Artistas callejeros que sumaban atractivo al sol que, aunque no lograba calentar pese a estar pujando con el aire del norte, lucía en todo lo alto. A esas horas la lluvia había quedado descartada.

Siguieron bajando hasta la calle Beatas para pasar por la Plaza Unzibay hasta Marqués de Larios de nuevo. Desde allí y callejeando llegaron al mercado central de Málaga, que se conoce como el de las Atarazanas. Un edificio construido a finales del XIX sobre lo que fuera un taller naval de origen nazarí que aún conserva una puerta de mármol.

El edificio metálico, cerrado con piedra y mampostería, estaba lleno de gente comprando en los limpios puestos regentados por hombres y mujeres de los que con toda probabilidad tampoco nunca sabremos nada. Muchos de ellos saludaron a Elvira a su paso por las calles que separan la carne del pescado y la fruta de las especies en este recinto en forma de trapecio.

Yo había estado muchas veces cuando aún vivía con Álvaro. ¿Quién no? Sin embargo, Clara lo describió como un sitio único con una luz indescriptible proveniente de los paños de vidriera que representan distintos monumentos de la ciudad. Dijo que la luz acunaba el olor a azafrán y a otras especies fuertes como la canela, el pimentón o la cúrcuma. Yo nunca me percaté de eso, será porque he vivido la vida con muchas prisas o simplemente porque ella mira las cosas con unos ojos diferentes.

Vidrieras o juegos de luces y aromas, lo cierto es que madre e hija siguieron su camino de vuelta al coche después de hacer unas compras. Clara estaba cansada pero no dijo nada. Se montó en el coche de nuevo y cuando pensaba que iban a volver a Estepona se percató de que el Jaguar enfiló el sentido contrario. Salieron al Paseo de Reding para acceder a la carretera del Paseo Marítimo que, en este caso, creo que lleva el nombre de Pablo Ruiz Picasso.

-¿A dónde vamos?

-Ahora lo verás... -dijo Elvira-. ¿Estás cansada?

-No, estoy bien. Gracias por este día.

-¡Qué menos! Estoy en deuda contigo; tú lo dijiste. Hoy quiero saldar mi débito -añadió pausadamente sin dejar de mirar la carretera.

Debían ser ya algo más de las dos y media de la tarde. Este último trayecto en coche resultó ser muy corto. Tardaron solo unos minutos en llegar a la verja de un palacete restaurado. Una villa imponente que destacaba por su fachada blanca y por sus amplios balcones frente al mar. Un edificio burgués que abrió su cancela de hierro forjado, con un escudo en el centro, al paso del Jaguar.

-Aquí vivo yo. Es un palacete del siglo XIX. Es de la familia de Miguel, mi marido.

-Es un sitio espectacular. Nunca imaginé que vivirías en un lugar así-. Clara estaba evidentemente sorprendida.

-¿Demasiado para una costurera, tal vez?

-¿Eres costurera? -preguntó Clara sorprendiéndose al vocalizar una palabra que no había pronunciado nunca.

-He sido costurera de gabardinas, ¿qué te parece? -contestó sin darle la menor importancia; indiferente al verdadero alcance que esta frase tenía en la vida de su hija-. Baja del coche. Miguel nos está esperando para comer.

Clara estaba desconcertada. La puerta del coche se abrió. Saludó amablemente al señor que le había abierto la puerta y que parecía un mayordomo por su uniforme. Le tendió la mano sorprendiendo al pobre hombre que ya peinaba canas y llevaba la palabra cansancio escrita en su cara. Elvira, por el contrario, se limitó a saludar con la cabeza en lo que a Clara se le antojó como un gesto frío o tal vez no. ¿Qué sabía ella de Elvira a fin de cuentas? La observó mientras caminaban hacia la entrada del caserón. Había aparecido en su vida un mes antes. Era la mujer madura que ahora sustituía a aquella otra, la que había habitado en sus sueños; aquella que no paraba de reír cuando no había ni una sola arruga en su rostro. Para Clara había dos vidas: la que estaba llena de jóvenes fantasmas estáticos en el tiempo, como viejas fotografías, y la de ahora. La que está llena de reveladores secretos protagonizados por esas mismas personas que ahora lucen otro aspecto. El que les ha dado el paso del tiempo.

Si la fachada de la casona era impresionante, qué decir del interior. La modernidad inesperada de un *hall* abierto con una moderna escalera en el centro, cubierta de un azulejo azul, distribuía el espacio de una manera lineal y limpia. Varias puertas cerradas a ambos lados de la escalera eran el preludio del acceso a la cocina, situada a la derecha. El salón, un tanto pequeño en proporción al resto de la casa, quedaba a la espalda de la escalera. El crema de las paredes junto al metal de la barandilla o el color oscuro de las puertas resultaba sorprendente teniendo en cuenta lo colonial de la fachada.

-¿Me da su abrigo, señora? -preguntó el señor vestido de uniforme.

-Sí, claro. Perdóneme, estaba distraída -contestó Clara dándose cuenta de que ni se había percatado de que tenía a ese hombre a su espalda tratando de coger su abrigo, ni mucho menos que Elvira estaba en la puerta del salón junto a quien supuso era Miguel.

-Ven, Clara. Estoy loca porque conozcas a mi marido.

Las piernas le temblaban. Los tres segundos de recorrido que le separaba de él bastaron para percatarse de su aspecto bonachón y el impecable pantalón de pinzas gris oscuro. Una camisa en tonos celestes y una corbata verde completaban la vestimenta de un señor de unos setenta años, de pelo abundante y blanco, unos ojos castaños grandes y redondos tras unas gafas de moderna montura y una sonrisa sincera. Cuando lo tuvo cerca también se dio cuenta de que habría sido un hombre apuesto, pues conservaba cierta belleza en sus facciones mediterráneas. Era alto y esbelto a pesar de su edad.

-¡Por fin te conozco, Clara! -dijo con una voz cálida como el terciopelo.

-Encantada de conocerle -contestó Clara respondiendo a su cariñoso saludo con dos besos.

-Cuando mi mujer me dijo que eras hija de una pariente, te juro que pensé que estaba bromeando.

La hija de una pariente... La hija de una pariente... Eso es lo que dijo y no otra cosa.

XIX

El levante había apretado con fuerza. Clara salió de aquella casa con un dolor en el pecho indescriptible. Cruzó la calle sin mirar. Recorrió a paso ligero unos cuantos metros por el paseo marítimo y, cuando casi perdió de vista la imponente fachada, se sentó en el pequeño muro de aquel paseo dándole la espalda al mar. Fue entonces cuando prefirió otro tiempo; un tiempo en el que todo parecía ser mejor. ¿Lo era?

Yo creo que tal vez la realidad a veces es mucho peor que cualquier mísero sueño. Ella entonces soñaba con aquella madre de la foto en blanco y negro. Esa madre de la que apenas conocía el nombre y que le mandaba dinero desde muy lejos. La realidad es que se lo había estado mandando a través de una cuenta en el extranjero con el único fin de que no pudiera localizarla. Elvira había elegido su sueño y no estaba dispuesta a que una hija a destiempo se lo estropeara. "Hija a destiempo" es como ella misma se definió la noche en que nos contó a María y a mí lo sucedido aquel día en aquella casa de color blanco y balcones frente al mar algún tiempo después.

-La decoración de la casa se la debemos a Noelia, que es nuestra única hija -dijo el marido de Elvira mientras comían, clavando como un puñal sus palabras en el vientre de Clara.

-¿Tenéis una hija? -preguntó Clara de manera inmediata.

-Si... -contesto él extrañado de que no lo supiera y mirando ahora a su mujer.

-Tengo ganas de conocerla... -contestó Clara evitando aquella extrañeza intuida y haciendo un enorme ejercicio de generosidad para quien estaba claro no lo merecía: su propia madre.

-Es decoradora de interiores. Estamos muy orgullosos. Fue una hija muy deseada... No ha defraudado...

-No lo dudo -dijo Clara sin poder mirar a Elvira, que jugueteaba callada y nerviosa con su servilleta de hilo bordada en tonos rosados a juego con la vajilla de La Cartuja, mientras Miguel seguía hablando-. ¿Vendrá?

-No -irrumpió Elvira de manera rotunda. Tal vez no lo pudo evitar porque inmediatamente suavizó el tono para seguir-. No vendrá porque está de viaje.

-Sí..., es que viaja mucho... -siguió Miguel.

Noelia no llegó en el transcurso de aquella tarde. No fue, de la misma manera en que Clara no quiso que el coche de la familia la llevara de vuelta a casa. El fuerte viento de Levante había llevado a Elvira hasta Estepona unas semanas antes, bajo la excusa de que iba a visitar a unos parientes. Ahora ese mismo viento, con una fuerza similar, se la arrebataba no sin antes una cálida despedida con Miguel, a quien Clara prometió volver a visitar. Se habían caído bien, eso era obvio. Habían charlado de literatura, de política, de la vida y de todos cuantos temas sacados por quien no solo parecía bonachón sino que lo era, además de buen conversador.

-Adiós, hija. Prometo ir a verte la próxima semana -dijo Elvira a Clara en el recibidor donde ya solo estaban las dos-. ¿De veras no quieres que te lleve el chófer? Irás más cómoda que en un taxi y para mí no es ninguna molestia.

-De ninguna manera, Elvira. Ha sido un día estupendo y no quiero molestarte más -dijo a modo de despedida sin ni siquiera hacer amago de darle un beso. Su corazón volvía a hablar.

-No es ninguna molestia...

Ahora ambas estaban frente a frente. Una, en la puerta de la entrada; la otra, parada junto a una mesa a pie de escaleras inmóvil.

-Creo, Elvira, que no quiero que nos sigamos viendo. Tienes tu vida, una vida fabulosa, y yo no formo parte de ella.

-Tienes que entender que...

-Déjalo, Elvira. No pasa nada. Es bonito tener a gente a quien querer. Ni siquiera sabía que tenía una hermana. ¿Qué le dirás, que soy hija de una pariente?

-Necesito tiempo, solo eso...

-Eso es justo lo que yo ya no tengo -dijo Clara abrochándose la chaqueta y pasándose la bufanda por el cuello, hasta ahora en su mano-. Adiós, Elvira.

-Hija... -Esta fue la única palabra ahogada que pronunció su madre mientras ella se daba la vuelta y salía por el portón de entrada, ahora de salida.

Aquel día supuso para Clara un antes y un después en su vida. Atrás quedaba esa madre a la que una supuesta y cuestionada profesión la había obligado a renunciar a una maternidad plena. Atrás quedaban unas cuentas pendientes que a partir de esa tarde quedaban saldadas en un balance negativo que dejaba a una madre costurera de gabardinas embarazada de un hombre casado. Un embarazo vergonzante por motivos que ahora quedaban al descubierto como la herida de una grave quemadura que escuece y duele.

Doña Elvira, como la llamaban todos, había nacido en Málaga en 1953 en el seno de una familia modesta, capitaneada por una modista viuda y estricta que no pudo curiosamente "meter en cintura" a la segunda de sus cinco hijos, después de que la sociedad "progre" de los últimos años de la Dictadura la convirtieran en la reina de las fiestas y reuniones sociales de la época en Málaga, gracias a su belleza y pese a su escasa formación, acontecida entre las telas y las bobinas de hilo del modesto taller de costura de su madre. Un taller con olor a moho ubicado en una vieja casa en aquella Plaza de Los Monos donde aquel día había llevado a su hija. Un taller que ella misma tardó años en visitar, después de ser repudiada por su familia y desterrada a Estepona a casa de una prima, donde finalmente daría a luz a Clara en 1978. Era un lunes de noviembre cuando los dolores de parto la sorprendieron en un mercado de abastos muy cercano, a tan solo unas calles. Como pudo llegó hasta esa casa que hacía esquina en la calle Pequeña con Botica. Un lugar que efectivamente se ve desde la casa donde hoy vive Clara y que ha sido transformada en dos apartamentos por la nueva propietaria que se hizo con el inmueble después de la muerte de Nina, la prima de Elvira.

Ese día hacía frío y el cielo estaba despejado. La comadrona llegó en pocos minutos para asistir a Elvira en un parto que se antojó rápido y sin problemas. Clara llegó al mundo sin hacer ruido y sin llorar, un extremo este último que llamó la atención de todos así como sus ojos abiertos. Dice la madre de María que en aquellos años los niños nacían todos con los ojos cerrados como los cachorros de perro que tardan días en abrirlos. Yo no sé si esto que dice Teresa será verdad, pero lo cierto es que Clara, como si de una premonición se tratara, llegó al mundo en silencio y con los ojos llenos de esa curiosidad que tanto la caracteriza.

Un año y medio después y tras muchos sonrojos por ser madre soltera, la familia de Elvira le mandó una carta en la que le anunciaban la grave enfermedad de su madre. Era el momento de volver a Málaga, al taller de costura, bajo la condición de que la "criatura, por llamarle algo" -según constaba de manera literal en la misiva- no fuera con ella. Fue entonces cuando Nina, su prima, sugirió la posibilidad de quedarse con la pequeña o bien de enviarla a un convento en Ronda, donde conocía a una monja que con toda probabilidad se haría cargo de la pequeña que entonces daba sus primeros pasos.

En mayo de 1979, Elvira, provista de nuevo de unos altos tacones y vestida con un bonito traje ajustado de piqué rojo que le había mandado su hermana -también costurera-, puso tierra de por medio alejándose de aquella calle empedrada sin ni siquiera mirar a su pequeña, que se quedó sentada en una vieja trona mirando cómo su madre salía por la pequeña puerta de aquella minúscula casa en la que se compartían habitaciones por la limitación del espacio. Los hijos de Nina estaban sentados en la mesa junto a la niña tratando de enseñarle a hacer "los cinco lobitos" con aquella minúscula y blanca manita, ajenos a ese abandono sin pudor por parte de aquella mujer que no era la primera vez que se veía incapaz a decir "no" a la vida.

Pese a que ella no se dio la vuelta para besar a su pequeña, no pudo evitar oír las voces de esos niños cantando esa vieja canción. Voces que a lo largo de su vida le impidieron conciliar el sueño durante muchas y eternas noches. Noches, algunas de ellas, en las que acunaba a su hija Noelia, que nacería tres años después. Clara fue llevada al convento en junio de ese mismo año, tan solo unos meses después. Para entonces Elvira ya había conocido a Miguel mientras compraba unas telas de lana en un almacén malagueño.

Justo cuando Elvira salía por aquella puerta sin mirar atrás con extraña sensación de alivio, Miguel llegaba a Málaga procedente de Bilbao. La ampliación de la empresa familiar, un astillero, le había obligado a establecerse en la capital malagueña por orden de su padre, un bilbaino de carácter nacido entre barcos como su hijo. La empresa estaba consolidada no solo en España sino en el extranjero, gracias a las alianzas de su padre con el franquismo. Alianzas que se transformaron en ventajosos acuerdos con la llegada de la democracia, gracias al carisma de su progenitor, que se movía en el mundo de los negocios como pez en el agua. Una de esas personas que siempre están, como lo está el ajo en todas las salsas.

Miguel, a los ojos de Elvira, lo tenía todo. Era soltero, tenía dinero y era extraordinariamente hermoso. Aunque en un principio su plan fue ir a recoger a Clara en cuanto su situación económica se lo permitiera, las convicciones sociales de Miguel hicieron que Elvira cambiara de opinión como a lo largo del año cambian las estaciones. Sustituyó esos planes por los de una familia nueva, por los de una nueva oportunidad en la que no existía el pasado ni los borrones. Era la hora de las cuentas nuevas en las que solo tenían cabida los grandes sueños. Atrás dejó su vida, la de antes de Clara, la de la chica fácil y casquivana. Atrás quedó su hija. Atrás dejaba todo, dando un "sí, quiero" el cinco de agosto de 1980 en la iglesia de San Agustín en Málaga. Por aquel entonces la famosa tetería que hoy se sienta delante de la verja del patio trasero no existía. El mismo lugar en el que muchas veces se sentó Clara durante sus visitas a Málaga en las tardes de invierno, delante de un té con piñones sin saber que su madre treinta años antes salía por ese patio con un vestido blanco, símbolo de la pureza que no tenía.

Treinta años antes, la muerte de su madre no le impidió vestir un vestido hecho por ella misma, ayudada por las muchachas del taller de su progenitora. Eligió una rica seda traída del norte en color *champagne* para ese día, combinado con encaje de algodón y flores de raso. Elvira consiguió una aparente sencillez, que culminó con un largo velo a la frente sujeto por una tiara de brillantes, propiedad de la familia del que iba a ser su marido. Ese "sí" no fue un asentimiento cualquiera, fue la rúbrica de un acuerdo en el que el amor y el dinero se cogieron fuertemente de la mano en el caso de ella. En el caso de Miguel, fue una especie de beso envuelto en un susurro de amor eterno.

Meses después, Elvira convertía el viejo taller de su madre en un moderno *atelier* que llegó a ser una importante empresa de costura especializada en el diseño de gabardinas para hombres. El dinero que ganaba con su empresa y el de su marido le permitieron pronto contratar a un economista, un "testaferro" del legado con el que acallaba su conciencia y mantenía a esa hija secreta. Además de las ingentes cantidades de dinero que enviaba regularmente al convento donde Clara vivía, también enviaba cantidades a su prima y hermanos con el fin de que ese embarazo "inapropiado" no terminara estropeando lo que para Elvira era su merecido trozo de pastel hecho de vida, de amor, de esperanza y de todo cuanto se puede desear.

Elvira era una mujer que no es que se adaptara a las situaciones, simplemente las creaba. Pasaba página como los ávidos lectores de los grandes clásicos. Vivía el momento como filosofía de vida, mientras Clara crecía con sus calcetines largos y su uniforme ajado que heredaba de otras niñas. Las obras del convento se sufragaban gracias al dinero de su madre, pero ella vivía bajo el voto de pobreza que no había elegido, a pesar de lo cual era inmensamente feliz. ¡Qué sabía ella de la vida!

Ese día sería aquella misma niña, más mayor, la que se quedó mirando la fachada de aquel palacete burgués durante casi una hora. Se limpió las lágrimas con las mangas de su jersey. Se enjugó el orgullo herido mientras buscaba un taxi mirando las huellas de sus UGG en el pavimento manchado de esa pegajosa humedad propia de los días como ese. Buscó en su bolso algún pañuelo. No tenía. Trató de distraer su mente de la imagen de Elvira posando en un viejo retrato sobre su lujoso comedor. De aquellas en las que aparecía con su hija en sus brazos. Había sido feliz.

Pienso en Clara y siento pena, mientras paseo por mi apartamento vacío de nuevo. Intento no mirarme en los espejos. Seguramente la imagen que vea ni siquiera me guste y, cuando no puedo evitarlo, me miro pero no me veo. Solo veo a Miguel, el de Clara. Lo veo joven y hermoso mirándola. Le sonríe. Vuelven a tener veinte años. Ella en su cabeza no tiene más que un millón de sueños. Todos ellos llevan el nombre de Miguel.

Tengo que irme a la tienda a trabajar. Antes de salir miro por la ventana y el viento me susurra sus nombres... Ya es final de enero.

XX

Por más que he rezado a mi Dios, por más que he amado, por más que haya perdonado, por más que he suplicado "no me abandones" a lo largo de mi vida, parece que el destino ha vuelto a elegir por mí. Será por eso por lo que, después de estar sentada un rato en esa padereta de un lugar al que no pertenezco, mirando como una boda esa verja de hierro forjado de un gusto exquisito desde la distancia, he cogido un taxi y he pronunciado "a Ronda, por favor". El taxista se ha sorprendido y, aunque no me ha advertido de cuánto me iba a costar la carrera, sé que lo ha pensado. Mientras yo me acomodaba, el señor del que solo veo la nuca desde el asiento de atrás ha metido la primera, acortando la distancia entre mi yo más genuino -el que sabe levantar la barbilla, mirar de frente y enjugarse las lágrimas- y el incumplimiento de una promesa: la que le hice hace mucho a sor Josefina, cuya presencia ha vuelto a mi vida como si de un vendaval se tratara.

-Quiero que estudies y que estudies mucho, mi niña -me dijo una noche de esas en las que saltándome las normas me acerqué a la sala donde las monjas veían un rato la televisión antes de ir la cama-. Tengo muchos planes para ti. Tengo miles de sueños para la niña de mis ojos.

-¿Las monjas sueñan? -le pregunté. No debía tener más de nueve años.

-Pues claro, mi vida. Y cuando eso suceda, cariño mío, quiero que te alejes de este lugar sin remordimientos, sin mirar atrás. Quiero que viajes, que vayas a un millón de sitios en los que yo nunca he estado. No quiero que vuelvas a este lugar jamás.

-¿Sabes que haré, madre, cuando gane mi primer sueldo?

-¿Qué harás? A ver... -Su pelo, el que escondía esa toca de color gris oscuro, era de ese mismo color. Nunca supe si lo tenía largo o corto. Aunque alguna vez la vi en camisón y sin el atuendo, jamás se lo vi suelto. Su cara era como la que tienen las buenas personas: una cara redonda con una tez muy pálida, y unos ojos enormes y también redondos.

-Pues te voy a llevar a San Pedro del Vaticano. Te voy a llevar a Roma para que conozcas a Juan Pablo II. Ya veras, Madre, cuando te conozca... Se va a morir de amor. Se querrá casar contigo.

-¡Ay, hija, qué cosas tienes!

-¿Es que acaso los curas no son los maridos de las monjas? -le pregunté, pensando entonces que era el papa, de todos los curas el más apuesto, y que los hombres de sotana eran los que estaban reservados para las mujeres de hábito.

-Las monjas estamos casadas con Dios, pequeña.

-¡Pues vaya marido ese que nunca está!

-¿Cómo que no? El Señor está en todas partes...

-Pues el marido de Teresa, la madre de María, ese sí que está a todas horas: le da besos en la boca y le lleva la compra al coche… -seguí diciéndole- Y dice, madre, que los hay peores...

-¿Qué hay peores?

-Pues los maridos, madre... ¿Qué va a ser? Los hay que meten la lengua hasta la gargan...

-¡Ay, Jesús, María y José! -exclamó sin ni siquiera dejar que terminara la palabra-. María... Siempre María con sus cantinelas...

-Madre, ¿qué hace aquí esta niña? -preguntó la hermana Amelia, una monja aún más vieja que sor Josefina, que era una de las más ancianas del lugar, sorprendiéndonos a las dos e interrumpiendo una de tantas charlas nocturnas de contrabando-. Sabe que la niña no debe estar aquí. Tendría que estar ya dormida como el resto.

-Ya se iba a la camita, ¿verdad, Clarita? Solo ha venido a darnos las buenas noches -le contestó mientras me guiñaba un ojo. Yo las besaba a las dos en sus mejillas no sin antes decirles lo mucho que las quería. Ellas me respondían con achuchones y sor Amelia terminaba sustituyendo el gesto torcido por uno mucho más amable.

El hecho de haber dado prácticamente mis primeros pasos en aquel convento supongo que ayudó a que fuera vista de una manera especial por todas ellas, incluida la madre Amelia, que se pasaba las horas entre los fogones de la vieja y gran cocina que había en el ala norte del convento. Su piel estaba llena de arrugas y sus manos de manchas, las mismas manos que hacían vestidos para mí, atados con lazadas a la espalda. Me hacía un par de ellos en invierno y otros tantos para el verano. Me los ponían los domingos para ir a misa. También esas manos fueron las que me enseñaron a bordar pañitos de esterilla de algodón donde hacía punto de cruz, punto atrás y tiras de vainicas dobles y sencillas con hilos de diferentes colores, sentada en una silla en una de las esquinas de esa fría cocina. Uno de ellos aún lo conservo en el cajón de mi ropa interior, aunque dudo que ahora fuera siquiera capaz de coser un botón. Pero a pesar de que mi relación con prácticamente todas las monjas era de absoluto cariño y cercanía, sor Josefina era mi preferida.

Los domingos eran días especiales. Las niñas y el profesorado externo solían irse los fines de semana a sus casas, salvo yo que me quedaba correteando por la que era la mía, del Señor y la de no sé cuánta gente más. La rutina supongo que era como la de cualquier convento, donde los amaneceres se adelantaban incluso a la llegada del sol. A las seis de la mañana todas las madres se levantaban para media hora más tarde dirigirse al coro a cantar laudes y maitines, que estaban siempre seguidos por una oración en silencio de más de media hora y una misa.

Sor Josefina me contó que antiguamente las maitines se hacían a medianoche, pero que, a medida que todas fueron cumpliendo años, la costumbre pasó a la mañana, cuyo verdadero trajín comenzaba a las siete y media, finalizadas las liturgias. Era entonces cuando, coincidiendo con los rayos de sol, el convento se llenaba de monjas que limpiaban, cocinaban, despertaban a las niñas, preparaban los desayunos, hacían trabajos de jardinería o de costura. Pese a todo esto, que resulta agotador con solo escribirlo, lo cierto es que allí la palabra cansancio parecía no encontrar el lugar por donde entrar. El interior de esos gruesos muros de piedra se llenaban de luz y hasta de alguna que otra bella voz tarareando alguna canción.

Las harinas, la miel, las almendras, la manteca, los huevos frescos, la meloja, los higos o las castañas amasadas por esas manos blancas como la nieve, mientras se calentaba la candela -como recuerdo que ellas llamaban a los fogones- se transforman en alfajores, quesos de almendras, roscos de vino, mantecados, suspiros o yemas, dando vida a una tradición llevada en secreto durante siglos. Los olores a veces no me dejaban concentrarme en las clases, siendo esta distracción llevadera entre semana; desbocada, los sábados y los domingos, cuando mis amigas se habían marchado y no había más distracción que el sermón del cura Pepe, titular de la iglesia que abría sus puertas para dar sus misas. Ese hombre alto, joven y apuesto, de pelo moreno fijado como si de un galán de novela se tratara, vivía en una casa dentro de la misma finca pero separada del convento.

Así, y a pesar de ser advertida de que estaba cometiendo un pecado capital, el de la gula, engullía ingentes cantidades especialmente de yemas, que me volvían loca. Luego me bajaba a la capilla, rezaba tres padrenuestros y dos avemarías -mi autopenitencia- para volver a esperar la ocasión de retroceder de nuevo mis pasos hasta la cocina o a las salas donde se suponía que no debería estar. Otras veces, en lugar de imponerme yo misma mi consabida penitencia, esperaba al cura Pepe para confesarme en el confesionario de madera tallada. Me gustaba pensar que no sabía quién era cuando le relataba una sarta de pecados -unos verdaderos, otros inventados; a veces me parecían pocos los cometidos y añadía otros tantos para parecer una pecadora más interesante- al otro lado de una celosía de madera oscura. Ahora imagino que sí sabía quién era a la perfección y que muy probablemente disimulaba para imponerme después los rezos, que siempre eran los mismos.

El taxista me saca de mis pensamientos. "¡Qué viento hace! ¿Qué va a Ronda a hacer turismo?", me pregunta. Le contesto con una respuesta amable y me sorprendo de mis propios recuerdos enterrados desde hace más de quince años. Me marché de allí, dejé a mi querida sor Josefina en la puerta de la entrada y no volví. Ni siquiera lo hice cuando me avisaron de que había muerto mientras dormía una noche de frío invierno. Ella me dijo que viviera la vida y que olvidara aquel lugar al que yo había llegado por una decisión que yo no tomé, y vaya si le hice caso.

Debí haber ido a verla, pero estaba ocupada descubriendo el mundo que había fuera de esas viejas verjas del convento en el que estuve encerrada hasta los dieciocho años cumpliendo la pena de un pecado que no cometí. Pensé que a ella es lo que le hubiera gustado tal y como yo interpreté por sus palabras. Ahora no estoy tan segura.

-Madre, ¿lleva bragas? -le pregunté un día cualquiera.
-¡Hija! ¿Qué pregunta es esa? -me increpó evidentemente sonrojada. Yo no entendía qué había de malo en querer saber si debajo del hábito las monjas se ponían cucos como los míos. Eso sí, recuerdo que las dos monjas que había en los soportales leyendo junto a sor Josefina se rieron al tiempo que se tapaban las bocas con las manos-. ¡Qué cosas tienes, Clarita!
-Pues claro, hija. Debajo de los hábitos hay mujeres de carne y hueso -contestó una monja joven cuyo nombre ahora no recuerdo.

Aquella tarde sor Josefina nos mandó callar a todas obviamente enfadada conmigo; me castigó por lo que ella denominó una desfachatez y una indiscreción y me mando a la cama sin cenar. Años después me confesó que nunca se perdonó que me fuera a dormir con el estómago vacío, así como que mi incómoda pregunta provocó las risas de todas las madres de la comunidad hasta convertirse en una anécdota que se contaba una y mil veces cuando me marché a la universidad a estudiar. Allí, de la niña que correteaba por los pasillos que dio paso a una mujercita que recibía clases privadas de inglés o francés, solo quedó el recuerdo de un puñado de viejas que creían en ese Dios que yo ahora no encuentro.

-Va a nevar, señora. Veo que no lleva equipaje. ¿Piensa volver esta misma noche? Han dado muy mal tiempo.

-¿Cómo sabe que no soy de aquí? -pregunto sin obtener respuesta-. No me quedaré mucho. ¿Conoce Ronda?

-Cómo no... Se le va a hacer de noche. Son ya casi las siete de la tarde. Yo... mire que me quedaba a esperarla si usted quisiera. Se nota que está solo de paso. Pero es que esta noche hay fútbol y mi mujer me está esperando.

-No se preocupe. No me había dado cuenta de lo tarde que es. Me quedaré a pasar la noche.

-Pues entonces será mejor que busquemos un hotel.

-No sabe cuánto se lo agradezco -le contesto a este señor tan entrometido. Pero es cierto que no sé ni qué hora es, así como que también es cierto que será buena idea buscar un lugar donde alojarme. Es tarde y será mejor que espere a mañana para hacer lo que no sé qué he venido a hacer aquí.

-¿Conoce usted el hotel San Gabriel?

-No, hace muchos años que no vengo. No lo recuerdo.

-Si quiere miramos a ver si tienen habitación.

-Me parece estupendo -contesto, sin más.

El taxi entra ya en la ciudad. Pego mi nariz a la ventanilla. Está todo casi igual o eso me parece. Como ya es de noche se ve el Tajo iluminado, así como todos los monumentos que dejamos atrás a nuestro paso. El conductor del taxi busca una calle, la del hotel que me ha recomendado y que resulta que conozco a la perfección. La ventanilla se llena de vaho y lo limpio con la mano. Mi corazón se acelera.

-Señora, tenemos que dejar aquí el taxi. La calle es peatonal y tendrá usted que ir andando.

-Perfecto -le contesto mientras saco la billetera para pagarle la carrera-. Es usted muy amable. Disfrute de su partido.

-Gracias... Buena suerte -dice mientras me da el cambio-. Espero que encuentre lo que ha venido a buscar aquí.

-¿Cómo sabe que he venido buscando algo?

-Los taxistas sabemos muchas cosas... Media vida metidos en un coche con gente que no conocemos da para mucho, señora.

El frío corta como una navaja afilada. He acelerado mis pasos en dirección a la calle que me señaló el taxista mientras le he dicho adiós con la mano. Unos metros a paso ligero me han traído hasta la misma puerta del hotel San Gabriel. Al ver el cartel sobre la entrada, no he podido evitar sonreírme; sus propietarios eligieron el nombre de uno de los arcángeles que aparecen en la Biblia. Justamente el que significa "Dios es mi protector". El mismo que a modo de saludo le dijo a una virgen llamada María unas frases que yo he pronunciado muchas veces. Lo he interpretado como una grata casualidad y, cómo no, como una señal.

XXI

Las cosas no pasan porque sí, me dijo Clara aquella noche. También me contó que sus pasos o la vida la habían llevado hasta ese hotel, donde yo iría al día siguiente para llevarle una maleta con las cosas que me había pedido. Le pregunté si pensaba quedarse mucho tiempo a lo que contestó con un simple "ya veremos". Inmediatamente después de colgar fui a su casa, hice lo que me pidió -que consistía básicamente en coger ropa de invierno-, puse la maleta a los pies de mi cama y conté las horas para ir a Ronda a llevársela. La llamada fue corta; igual de breve casi que mi visita al día siguiente.

Un portón de madera oscura con dos hojas daban paso a la pequeña recepción: una escueta barra de madera con una encimera de mármol sobre la que había un timbre de hierro. Apreté el botón sin apartar los ojos de las pinturas que decoraban las paredes, donde también había colgada una foto enmarcada de los reyes de España. Mientras la amable mujer que me atendió minutos después llegaba, observé aquella casa en la que una escalera con una ornamentada barandilla de madera, una biblioteca y lo que me pareció un salón parecían completar la planta inferior, en la que también había dos puertas cerradas detrás de una de las dos columnas de piedra aposentadas a mi espalda.

-Buenos días -dijo una mujer amable mientras bajaba las escaleras y que no parecía un huésped.
-Buenos días. Mi amiga Clara me está esperando. No sé si estará levantada... -dije dando por hecho que esa señora trabajaba allí. Acerté.
-¡María! -exclamó Clara mientras bajaba ya la escalera también.
-Ahí la tiene por lo que veo... -dijo sin más la mujer de pelo rubio mirando la maleta-. Si necesitan algo no tienen más que decírmelo.

218

-La subiremos nosotras mismas. No se preocupe.
Luego, tomaremos un café... ¿Tienes hambre? -siguió
diciendo Clara mientras ya era a mí a quien miraba con esa
cara tan suya llena de expectación.

-No mucho, la verdad.

-Pues venga, vamos a subir este trasto. Ya verás qué
bonita es la habitación.

-¿Quiere que se la subamos nosotros? -insistió la
mujer ya desde la puerta de lo que me había parecido, y
efectivamente era, una biblioteca.

-No, no se preocupe...

Clara me agarró la mano con una de las suyas,
mientras con la otra tiraba, escaleras arriba, de la maleta.
¡Madre del amor hermoso! ¡Qué grande era aquello! La
puerta de madera que abrió con la llave dio paso a una
enorme estancia iluminada por un gran ventanal en la parte
más alta de la pared.

No calculé la altura del techo, pero me pareció
grandioso. De nuevo pinturas, una mecedora de madera
oscura como el resto de la carpintería del lugar y varias
macetas. Aquella estancia era la antesala que daba acceso, a
través de una segunda puerta de dos hojas de cristal, a otra
habitación: un salón. El techo ligeramente abuhardillado,
presidido por una mueble biblioteca de madera noble con una
chimenea central y unos sillones estampados en una tela
beige componían aquel lugar por el que también se accedía a
su vez, subiendo unos cuantos escalones, a la zona del
dormitorio donde el granate sustituía al crema en cuanto a las
telas se refiere. Otra ventana junto a la cama y un espejo
sobre el cabecero antiguo llamaron mi atención.

-¿Te puedes creer que es la habitación que suelen
elegir los recién casados? -Rio.

-¿Esa es la señal a la que te referías anoche? -bromeé.

-¡Eres muy graciosilla! Ven, quiero enseñarte algo... -
De nuevo tiró de mi mano, solo que esta vez lo hizo con

mucha más fuerza pues la maleta ya estaba en alguna parte del suelo.

Y fue precisamente al suelo donde me arrastró de un empujón. Primero se tumbó ella y luego me tendí yo, arrastrada por sus manos. Ahí estábamos, las dos echadas en el suelo como cuando éramos niñas.

-Estás loca, Clara...
-Calla y mira al techo -ordenó.

Mis dudas ya se habían disipado: el techo era efectivamente muy alto, doble. No había una ventana grande, sino dos enfrentadas además de otras cuatro, en grupos de dos y en forma de arco de medio punto, en las dos paredes que formaban ese cuadro perfecto del que colgaba una lámpara de hierro y cristales de colores, bajo la que habían instalado varias vigas de madera formando un complejo cuadro de listones cruzados. Silencio. Alguna risas, las mías; una sonrisa, la suya.

-¿Te has dado cuenta de que esas maderas forman una estrella? -preguntó después de un largo rato.
-¡Anda! Pues no me había dado cuenta, no...

De nuevo, las dos callamos...

-Perdóname, Clara. -Ahora la que rompía el silencio era yo.
-No, perdóname tú. Pensé que estaba haciendo lo correcto..., me equivoqué.
-No te equivocaste. Él no me ha llamado ni una sola vez en todo este tiempo. He llegado a la conclusión de que soy una pobre tonta enamorada del amor...
-Pues ya somos dos entonces -afirmó-. Mi madre no es lo que yo pensaba. No es nada sobrenatural... Es solo humana.

Callé. Mejor dejarla seguir.

-Chema tampoco era extraordinario aunque, a diferencia de mi madre, sí es único. Me quiso a su manera, lo mejor que supo hacerlo, y yo no lo he entendido hasta ahora. Esperamos demasiado de las cosas, olvidando quizás que nosotros tampoco estamos a la altura.

-¿Por qué no le llamas?

-Porque simplemente no sabría qué decir.

-¿Crees que Álvaro me quiso también a su manera?

-No, Álvaro es un cabrón -dijo medio en broma, medio en serio. Yo solté una carcajada-. Creo firmemente que en alguna parte de este mundo hay alguien que quiere lo mismo que quieres tú. Tendrás que estar atenta y saber esperar.

-¿Crees que tendré que esperar mucho tiempo?

-Tendrás que esperar lo que esté escrito, acompasando el tiempo... ¡Que mira que es extraño! Pasará muy lento o muy rápido, depende de para qué cosas. Manuel se hará mayor demasiado rápido mientras el reloj se detendrá para lo que requiere paciencia.

-¿Piensas que la vida está escrita?

-Elvira me dijo que no, que solo estaban escritos los libros. Pero yo no soy como ella. Yo creo en el destino. Creo que hay cosas que están hechas para unos y para otros no. Yo he sido una privilegiada...

-¿De veras lo piensas? -Me salió del alma. ¿Cómo podía decir eso alguien que iba a morir?

-Claro. Sé que tú crees que he sido una niña desgraciada que viví alejada del mundo. Pero eso fue positivo. Recuerdo que cuando llegué a Madrid me pasaba el día en el cine viendo una película detrás de otra. Lo que para ti era algo normal, para mí era extraordinario-. Seguíamos tumbadas en el suelo de barro.

-Cuando baño a Manuel por las noches, pienso en ti.

-¿Por qué?

-Pues porque se me rompe el alma de pensar en que tal vez con esa edad, la misma que tiene ahora mi hijo, no había nadie que te metiera en la bañera para lavarte el pelo.

-Hay que ver el lado positivo de las cosas, María.

-Ojalá pudiera, pero la vida a veces me sobrepasa... Como a todo el mundo, supongo.

-Mira, María..., si mi madre no me hubiera abandonado, yo no te habría conocido. Eres lo mejor que me ha pasado en la vida, ¿me oyes? ... Lo mejor de todo. Y si eso ha tenido este alto precio, ha merecido la pena pagarlo.

Noté que el calor de dos lágrimas perezosas corrían por mis mejillas hasta caer al suelo antes de que acabara la frase. No me moví.

-Creo que no podré vivir sin ti. Me duele el corazón. Te quiero tanto...

-Podrás. Pienso que será como quedarse dormida. No debes sentir dolor ni pena. Dormir es dormir. Dormir es soñar... No lo sé. ¿Tú que crees?

-Creo que iras a un lugar precioso, un sitio donde habrá un salón de baile..., donde sonará una música. Una de esas en las que hay un trompeta, unas notas de esas que hacen que los pies se muevan solos.

-Seguro que tienes razón. Yo te esperaré en ese salón de baile -susurró con los ojos cerrados-. Te esperaré mucho tiempo, el que haga falta.

-¿Tienes miedo?

-¿Tú qué crees?

-Que sí...

-Me da miedo no saber bailar esa música de la que me hablas.

-Vuelve pronto, Clara. Ahora seré yo la que te espere en Estepona.

Me levanté del suelo. Me agache para darle un beso en la frente y me marche mientras ella siguió tumbada. No podía estar allí ni un segundo más.

XXII
La muerte

Clara permaneció tumbada en el suelo hasta que los huesos, calados por el frío, le dijeron un rotundo "levántate" y les hizo caso: se calzó unos cómodos zapatos y se puso un abrigo. El dolor de cabeza, presente desde la noche anterior, no le impidió salir del céntrico hotel para recorrer a pie el camino hasta el viejo convento. Pasó por el casco antiguo de la ciudad y siguió el sendero. El mismo trayecto que le fascinaba a los dieciséis años, cuando le permitían acompañar a la muchacha que trabajaba al servicio del cura Pepe y que se encargaba de los asuntos administrativos. Aquellos permisos, como mera acompañante de Mari, le parecían formidables y únicos. Los mismos adjetivos que hubiera puesto aquella gélida mañana mientras recorría el trayecto contrario.

No se paró a pensar en qué es lo que iba a encontrar hasta que la desolación, encarnada en el abandono que vio ante sus ojos, se apoderó de su humor. La verja de entrada ya no estaba; en su lugar, un tabique de ladrillos y cemento hecho a la carrera.

Rodeó el muro hasta la parte de atrás, donde recordaba que existía otra entrada, oculta a los ojos de las personas ajenas a ese lugar donde había crecido. Esta vez tuvo más suerte, porque a través de esa pequeña puerta enrejada sí pudo ver el patio trasero por el que se accedía a los fogones de la vieja Amelia. Las ventanas del ala norte también habían sido tabicadas, al igual que las puertas que se veían bajo los soportales de ese ángulo del deteriorado convento. Las malas hierbas habían crecido entre las grietas de los muros y los suelos, de la misma manera que del hermoso y cuidado jardín ya no quedaba nada, salvo espesos matorrales que ese día desafiaban al frío.

El cielo estaba enrojeciendo y Clara decidió volver. Nevaría de un momento a otro y tenía media hora por delante de camino de regreso. Ahora sus recuerdos se habían marchitado como si el agua se hubiera helado sobre ellos, resquebrajando aquellas bellas voces escuchadas en las mañanas de antaño.

Aunque al salir había pensado que a su regreso daría una vuelta turística por la ciudad, el frío y el desánimo la hicieron volver directamente a San Gabriel, donde al llegar descubrió que el portón estaba cerrado, a diferencia de una hora antes. No obstante, solo tuvo que empujar una de las hojas para acceder a su interior, donde se topó con la mujer rubia de siempre, acompañada en ese momento por una chica que se estaba registrando.

-Bienvenida. Esperamos que le sea grata la estancia... -decía la mujer cuando Clara asomó la cabeza por la puerta. Su llegada interrumpió el recibimiento a aquella chica morena que debía ser, junto a Clara, la única huésped en el hotel-. ¿Ya está de vuelta?

-Sí, hace demasiado frío para mí -dijo Clara mirando a las dos mujeres distraídas ahora por su presencia.

-Hace un frío que pela -afirmó la recién llegada mientras comenzaba a dirigir sus pasos a la escalera de subida a las habitaciones.

-Ahora mismito encendemos las chimeneas y ya verán cómo no es para tanto... -dijo la mujer rubia que, además de un chico que vio el primer día, parecía la única empleada en aquel lugar.

Clara permaneció en silencio mientras la chica joven que subía las escaleras, que debía tener una edad parecida a la suya, ascendía por el tramo de escalones que se veía desde su posición. Siguió allí hasta que de nuevo el joven del primer día, que salió de una de las dos puertas que siempre estaban cerradas, cogió la maleta de la nueva huésped, que estaba colocada al lado de la recepción, para subirla a su habitación. Esperó a quedarse a solas con la mujer rubia.

-Perdone, quería hacerle una pregunta -dijo Clara interrumpiendo a la mujer, que ya se estaba dirigiendo al barroco salón situado a la izquierda de aquella escueta recepción tras terminar las anotaciones en el libro de registro.

-¿Le importa si me la hace mientras enciendo la chimenea?

-No. Por supuesto que no -contestó Clara mientras la seguía.

-¿Sabe qué pasó con el convento franciscano que había subiendo el viejo sendero?

-Pues, hija, ¿qué va a pasar? Las monjitas se hicieron mayores y reubicaron a las más jóvenes en el convento del barrio de San Francisco... ¿Sabe dónde está?

-No.

-Yo le hago ahora un mapa si quiere... Pero, eso sí, será mejor que lo deje para otro día, que mira que hoy hace mucho frío y está usted muy enclenque. No quiero que se nos vaya a resfriar y se lleve un recuerdo horrible de Ronda. -La mujer rubia a esas alturas de conversación ya había encendido el fuego con una práctica sorprendente-. Yo le preparo ahora un café bien calentito y se sienta usted aquí frente al fuego y ya verá cómo entra en calor. Está pálida como el mármol. ¡Por mi madre que yo le saco los colores!

-Gracias, pero estoy bien. Es solo el frío... Me ha calado los huesos.

-Pues siéntese, que el fuego calentará rápido el salón...

-Quería preguntarle una cosa más, si no le importa.

-Sí, claro... Dígame -dijo expectante mientras dejaba la pinza de hierro que tenía en la mano en un colgador donde había otras herramientas para chimeneas y volvía su cara hacia la de Clara.

-Verá, hace unos años en aquel convento había un cura...

-¡Claro! El cura Pepe -exclamó para su suerte sin dejarla terminar-. El padre Pepe... ¡Qué hombre tan extraordinario! ¿Sabía usted que es el hijo de mi amiga Pilar, que Dios la tenga en su gloria?

-Pues no lo sabía, no -"¿Cómo iba a saberlo?", pensó Clara mientras alargaba la negativa con un ligero movimiento de cabeza.

-Un día será obispo por lo menos. ¿Ha escuchado usted alguno de sus sermones? -le preguntó mientras se sentaba a su lado. Era obvio que Clara había tocado sin querer uno de sus temas favoritos.

-Sí, alguno que otro...

-A mí me encantan. La vida es que está de una manera... Se están perdiendo los valores. Da gusto ver a alguien tan joven interesado por estas cosas. En la iglesia ya solo vamos quedando los más viejos...

-¿Sabría decirme dónde puedo encontrarlo? -siguió preguntando Clara ignorando el comentario.

-¡Pues claro! Lo encontrará muy cerquita de aquí. Ahora es el cura de la parroquia Nuestra Señora del Socorro -confirmó dando una palmadita en las piernas de Clara al tiempo que se levantaba-. Tengo muchas cosas que hacer... La dejo aquí sentadita mientras se calienta. Ahora solo tenemos tres huéspedes. El frío y la crisis, hija..., ya sabe... El fin de semana esto se llena y tenemos que ponernos manos a la obra.

-¿Tres huéspedes? ¿El frío, la crisis y yo?

-No -negó la mujer convencida de que la pregunta de Clara la había hecho en broma, aunque en realidad no fue así-. Le tenemos a usted, la chica que acaba de entrar y un señor muy guapo que llegó un día antes que usted y que suele venir por aquí de vez en cuando. Por cierto, ¿se quedará el fin de semana?

-Sí, me quedaré unos días.

-No se lo pregunto por nada en especial. No tenemos problemas de habitaciones.

-Le avisaré de mi marcha con suficiente antelación...

-Como quiera. No he querido incomodarla.

-No se preocupe, no lo ha hecho. Me gusta este lugar, el portón es impresionante.

-Es el de piedra original... ¿Se ha fijado en el escudo de armas?

-Claro, cómo no...

-Cuando acabe las tareas, si quiere le enseño todo y le cuento la historia de esta casa. ¿Sabe cuál es nuestro lema?

-No.

-"Hotel San Gabriel, su casa en Ronda" -dijo una voz masculina y ronca a la espalda de Clara que sobresaltó a las dos mujeres.

La rubia mujer se dio la vuelta de inmediato con una generosa sonrisa en la cara; Clara permaneció donde estaba, frente a la chimenea, sin darse la vuelta.

-¡Qué casualidad! Mire, señorita Ceballos, este es el señor Castiñeira.

-Encantada de conocerle -dijo Clara tendiendo la mano a aquel hombre, ahora sí obligada a darse la vuelta.

-Les dejo, que tengo que seguir con mis tareas... Cualquier cosa que necesiten no tienen más que llamarme a mí o a la chica que está en el turno esta mañana.

-Gracias, Antonia. Es usted única -dijo el hombre con los ojos de un verde indescriptible mientras la mujer salía ya por la puerta.

-Zalamero... -oyó Clara que decía Antonia por lo bajo sonriendo mientras terminaba de salir por la puerta.

-Si quiere le puedo hacer de cicerone. Con este tiempo, aquí hay pocas cosas que hacer...-. Ahora era a Clara a quien hablaba aquel desconocido del que para esas alturas ya había olvidado su apellido. El color en las mejillas, echado de menos por Antonia, había vuelto de inmediato a su cara muy a su pesar. Se había ruborizado tal vez por lo inesperado del encuentro, quizás porque efectivamente ese hombre le había parecido atractivo en extremo nada más mirarlo.

-Gracias. Es usted muy amable -atinó a articular Clara.

-¿Eso es un sí? ¿O es tal vez un no? -Sin obtener más respuesta que una sonrisa en la cara de aquella joven mujer que acababa de conocer, aquel hombre rodeo el sillón hasta llegar a la chimenea-. ¿Puedo acompañarla? Iba a salir, pero ha empezado a nevar.

-Claro, cómo no... -respondió Clara dejando libre la mitad del sillón-. Yo también tenía pensado hacer unas gestiones, pero el frío me ha traído de vuelta.

-Esta mañana la vi salir del hotel desde mi ventana. Parecía que tenía prisa -observó aquel señor que no se sentó pese al ademán de ella. Por el contrario, se quedó donde estaba.

-Más que prisa, era impaciencia... ¿Suele cotillear desde las ventanas? -le preguntó algo incómoda.

-No..., en absoluto -le contestó él riendo-. Solo quería fumarme un cigarro. En los hoteles está prohibido, pero abrí la ventana para hacerlo de igual modo. ¿Fuma usted?

-No..., lo dejé hace algún tiempo -le dijo avergonzada por haber pensado y dicho en voz alta lo del espionaje.

-¿Sabía usted que dicen que cuando alguien deja un vicio, el diablo gana un alma?

-¿Quién lo dice? -preguntó Clara ya relajada. El comentario había cerrado la puerta del desconcierto y la desconfianza para abrir la ventana del agrado. Le había hecho gracia el comentario.

-No lo sé, pero lo dicen...

-Pues entonces tendré que fumarme un cigarro. No quiero que mi alma se la lleve ese señor tan siniestro.

El hombre de pelo moreno y un tanto largo soltó una carcajada que convirtió su rostro, hasta ese momento de atormento disimulado, en uno amable y sincero; de esos que se corresponden con las personas que tienen un gran sentido del humor. No era ni alto ni bajo, delgado y fibroso. De una edad difícil de definir y que podría oscilar entre los cuarenta y tantos y los cincuenta. Su tez estaba bronceada, lo que resaltaba el blanco de sus dientes, alineados a la perfección. Una espléndida sonrisa, unos rasgos atractivos y unos impresionantes ojos completaban la descripción de aquel desconocido.

-¿Es usted gallego?

-No, ¿por qué lo has pensado? ¿Por mi apellido? Y por favor, deja de hablarme de usted...

-Sí, me pareció de allí, aunque ahora ni siquiera lo recuerdo... El apellido, digo...

-Me llamo Pablo. Soy de aquí... de Málaga, aunque vivo en Marbella.

-Yo me llamo Clara y no soy de ninguna parte.

-¿Sabes lo bueno que tienen los hoteles, Clara? -preguntó sin inmutarse por la extraña, o cuanto menos, inesperada respuesta de Clara.

-Muchas cosas, supongo.

-Sí, exacto; tienen muchas cosas positivas, pero la más importante de todas es que a los hoteles se llega sin pasado aunque con maletas. Uno no es nadie o puede serlo todo.

Clara se quedó mirando a ese hombre fijamente a los ojos. Él le sostuvo la mirada el instante que duró aquello hasta que en la cara de ella se volvió a dibujar una enorme sonrisa; una tan grande como jamás se recordaría después. A su mente, una frase que escuchó en una película aunque en ese momento no recordara cuál era su título; una en la que una mujer le dice a un hombre: 'es que los iguales se reconocen'.

-Un euro por lo que estás pensando... -espetó Pablo sacándola de su pensamiento.

-No hay euros que valgan. Si hubieras propuesto un dólar, tal vez-. Clara ya había encontrado en el fondo de su baúl su versión más genuina. Hacía meses, muchos, que no hacía uso de esa interpretación de sí misma que inmediatamente consiguió el aval de su interlocutor que comenzó a reír a carcajadas.

-¿Te quedarás el fin de semana? -preguntó Pablo, obviamente interesado.

-Sí. Tengo cosas que hacer antes de irme.

-Yo también.

-¿Sí? -preguntó intrigada ante la respuesta tan inmediata.

-Pues sí. Tengo que beberme una botella de Santa Teresa o dos, según se me den las cosas...

-Tal vez deberías intentar no beber esa botella, abrir los ojos de par en par y encontrar el camino que parece que perdiste hace mil años -contestó ella con la misma indiferencia que había visto en él minutos antes.

La partida entre dos grandes ya había dado comienzo. Clara estaba echando tremendo órdago a sabiendas de que estaba acertando con su observación. Debajo de aquellos vaqueros gastados y una camiseta en la que ponía Rolling Stones, sobre la serigrafía en rojo de una boca sacando la lengua, -atuendo, por cierto, que Clara pensó que era demasiado juvenil para alguien de su edad a pesar de mantenerse en buena forma- se escondía solo un hombre visiblemente cansado. Pero lo dicho, dicho estaba. Se levantó del sillón con el abrigo en la mano y el gorro aún puesto, dando fin a aquella improvisada conversación.

-Tal vez, Clara, deberías beberte también tú una botella de lo que quieras, abrir los ojos de par en par si es que puedes, y encontrar el camino que parece que perdiste unos años después que yo.

La voz de Pablo alcanzó a Clara cuando ya estaba en el umbral de la puerta. No hizo falta que se diera la vuelta para comprobar que ese extraño se estaba riendo. Ella también lo estaba haciendo.

-¿Y quién te ha dicho que no lo vaya a hacer?

Con esta frase Clara acabó, ahora sí, aquella conversación. Cambió de planes y, a pesar de que la nieve caía en ese momento de forma abundante, salió a la calle tratando de recordar el nombre de la iglesia. Si se daba prisa llegaría a la misa de doce. No es que quisiera rezar o quizás sí; de lo que no cabía la menor duda es que el objetivo principal era encontrar al cura Pepe, el único puente que quedaba entre ella y su niñez.

Tal y como dijo Antonia, la mujer del hotel, la iglesia que buscaba estaba relativamente cerca. En lugar de pedirle el mapa, sus prisas le obligaron a preguntar a los dos transeúntes con los que se cruzó por el camino. Un kilómetro escaso y un maravilloso paseo a pesar de la nieve la separaban de su destino, al que llegó después de leer el nombre de varias calles, como la de Santa Cecilia o el de la calle de La Almendra. Calles pintorescas y cuidadas que la guiaron hasta los pies de la plaza que da nombre a esta iglesia, construida sobre un templo antiguo a mediados del siglo pasado. Una portada de piedra con arco de medio punto entre dos pilastras simétricas, que parecían sostener un frontal partido, le dieron la bienvenida. También, con la puerta en las narices. Estaba cerrada a cal y canto.

El frío, más intenso por momentos, y su segunda decepción aquella mañana hicieron desesperar a Clara quien, lejos de marcharse, optó por golpear aquel portalón de gruesa madera con sus nudillos. Primero, lo hizo delicadamente. Luego, aporreando. La golpeo una y otra vez mientras pedía que alguien le abriera. Lo pidió primero a gritos, luego en inaudibles susurros, indiferente a las miradas de curiosidad que estaba despertando aquel comportamiento entre las pocas personas que estaban en aquella plaza a esas horas. El temporal de nieve, anunciado desde hacía varios días, había hecho acto de presencia.

-¿Te pasa algo? ¿Necesitas ayuda? -preguntó una voz femenina a sus espaldas que sintió muy cerca, casi a la altura de su cuello.
-No..., lo siento. Siento haber gritado. Tal vez la he asustado y en realidad no me pasa nada... Solo esperaba que la iglesia estuviera abierta -musitó Clara dándose la vuelta.

Era la chica joven que había visto en el hotel. Llevaba el pelo recogido en una trenza que se veía bajo un gorro de lana parecido al que ella llevaba. Eran de la misma altura y talla, también tenía pecas y una boca grande. Le estaba sonriendo amablemente.

-Hemos coincidido esta mañana. Hace un frío horroroso. Quería dar una vuelta y ha sido cuando te he visto... Si no está abierta ahora, ¿qué te parece que vayamos a preguntar por los horarios y vuelves más tarde?

-Debes pensar que soy una loca...

-En absoluto. Sólo pienso que quieres entrar por algún motivo que desconozco y que debe ser muy poderoso. Sólo eso... Quédate aquí mientras yo voy a ver si encuentro a alguien que nos diga a qué hora se abre este portón.

No hizo falta tal gestión porque un papel pegado en la misma puerta lo ponía bien claro: las misas durante los fines de semana eran a las once. La del viernes ya hacía rato que había finalizado. Probablemente el temporal de nieve había sido la causa por la que la Iglesia había cerrado ese día con premura. Clara tendría que esperar al día siguiente.

-Me llamo Clara.

-Yo, Paula. Sé quién eres.

Con este saludo, Clara comenzó la cuenta atrás de una vida que le iba a regalar dos amigos de última hora. Amigos de esos que llegan cuando menos lo esperas, convirtiéndose en una familia improvisada de iguales que se reconocen con solo mirarse, tal y como ella mismo pensó un rato antes al conocer a Pablo. Tres personas de esas que no se limitan a vivir, sino que agotan sus horas en una intensa búsqueda de lo sublime mientras tratan al destino de tú.

María y yo, entretanto, seguíamos con nuestras vidas. Pero antes de que prosiguieran nuestros trayectos vitales, paralelos a esos días de Clara y mientras ella andaba el camino de vuelta al hotel acompañada por Paula e intercambiándose las primeras frases de cortesía pronunciadas cuando el conocimiento está con los pies aún en el umbral de la puerta, me dispuse a cometer mi última tropelía. El escorpión volvió a hacer acto de presencia para devorar sin piedad a la indefensa ranita en la peor versión de la metáfora, sin que mi yo más consciente pudiera parar un instinto irrefrenable: llamé a Chema.

Dejé que se desahogara en mi oído a través del teléfono. Dejé que me contara que la echaba de menos, que no podía soportar el dolor que le estaba causando aquella larga ausencia; permití que me dijera que su deseo era estar a su lado -'en lo bueno y lo malo, ya sabes', dijo-; consentí sin inmutarme que me pidiera consejo, que me confirmara cuánto la amaba. Él a cambio me premió, sin saberlo y a costa de esas confidencias, permitiendo que me regodeara en el dolor de ambos través de sus palabras. Pude decirle que ella le quería de la misma manera, pero no lo hice; pude asegurarle que si ella no le llamaba era porque no sabía cómo retroceder sus pasos, pero tampoco lo hice. Pude explicarle que tal vez la única razón que les había separado era que Clara no había sabido encajar que las relaciones evolucionan y que en el mundo de 'el otro', del que comparte una vida, pueden y de hecho deben existir otras personas sin necesidad de creer que existe entre ellos algo más que la amistad.

-No he querido tener hijos con ella por un único motivo..., por puro egoísmo.

-Ella lo interpretó como la falta de voluntad por tu parte de atarte a ella con un nudo que no se podría deshacer... -le dije.

-Yo no quería compartirla con nadie y menos aún con un bebé... Me avergüenzo, pero es esta la razón... Quería despertarme a su lado por las mañanas, ver su melena despeinada y sus ojos somnolientos. Quería su sonrisa solo para mí. ¿Cómo iba yo a decirle la razón? Habría pensado que era un egoísta y al final mira tú por donde, cree que soy algo bastante peor...

-¿Crees que el asunto del bebé fue el único motivo?-. Mi aguijón le debió llegar a las mismas entrañas.

-¿No es acaso ese? -dudó-. Nos enfadamos el día que se fue. Le dije cosas terribles, pero le pedí perdón. Soy humano, joder... Me enfado y digo cosas que no siento...

-Oye, Chema..., tengo que dejarte. Se me hecho tarde. Llámame cuando quieras. ¿Prometes que lo harás?

-Claro... Una cosa Lourdes... No cuelgues, por favor -suplicó.

-Dime.

-¿Cómo está? ¿Dónde está ahora? ¿Crees que si voy se enfadará aún más?

-Ella está bien. De momento, está como siempre. Debes estar tranquilo, ella ahora mismo se lo está pasando genial en Ronda ¿Para qué vas a venir? Estropearías aún más las cosas.

-¿Con quién está allí? ¿Con María? -me preguntó extrañado.

-No, con María no... Hablamos más tarde, ¿vale? Otro día, tal vez... Es que llego tarde. Un beso, que sabes que te quiero.

Mi veneno corrió por sus venas; la satisfacción, por las mías hasta dos días después. Cuarenta y ocho horas de cortesía por parte de mi conciencia, la de quien está claro está abocado a estar solo después de haberse pasado la vida estableciendo relaciones como depredador o normalmente para aparearse. De nuevo, la traicionaba. Había sembrado una injusta duda; otra vez, me escondía mientras una voz me decía 'lo siento, no he podido evitarlo'. Regocijo, complacencia, autodisculpas, desconsuelo, aflicción, inquietud y un poco de pesadumbre eran para mí la combinación de ese elixir que necesitaba tanto como el aire que respiro.

De nuevo me siento como hace meses delante de la mesa del comedor. Sobre el mantel, un libro. Lo observo, leo su título una y otra vez. Lo miro. Acaricio su lomo. Leo el nombre de la autora. Me levanto. No puedo abrirlo. No quiero. La echo de menos pero no deseo encajar las piezas de una vida que no conocí en su totalidad. Sólo conozco mi parte, la que me concierne.

Me levanto y vuelvo. Lo abro. "Teclas rotas de marfil" es su nombre.

XXIII

Veintitrés días, ni uno más ni uno menos, es lo que Clara tardó en volver. Días que se me hicieron eternos al principio; más llevaderos, al final. Mi amiga tenía un tumor en la cabeza, diagnosticado desde hacía más de un año. Su deterioro físico ya se empezaba a intuir. La necesitaba más que nunca. Mi divorcio se había complicado. Un juez había dictado medidas cautelares que me obligaban a dejar a mi hijo en manos de Álvaro cada dos fines de semana, mientras mi abogado me aconsejaba que interpusiera una demanda por malos tratos. Yo solo quería olvidar lo ya olvidado.

Llamaba a Clara todos los días y hablábamos durante horas. Me ponía al corriente de su aventura, de los partes meteorológicos, bromeaba...; yo, a cambio, le contaba chismes de Estepona obviando tanto el asunto de la custodia como todo cuanto pudiera suponer una preocupación para ella. Es por eso que le oculté la conversación con Pepe en la que, además de preguntarme por Clara como hacía de manera regular, me contó cómo Chema había destrozado parte del dormitorio después de encontrar una caja muy extraña. Un "artefacto" que rompió a martillazos con el fin de encontrar lo que ocultaba: un trozo de papel en el que solo había escrita una frase: "Demasiados años mirando al sol y esperando tu regreso". Una caja que por lo visto le había hecho llegar un chico en Italia a Clara a través del propio Pepe. Me quedé de piedra cuando, al preguntarle acerca de aquel joven, Pepe me contestó que se llamaba Miguel y que no era más que un admirador.

Quise preguntarle a Clara por la caja y por Miguel. No hizo falta que nadie me dijera que se trataba de la misma persona que ella convirtió en el recuerdo al que aferrarse cuando las cosas no iban del todo bien. No lo hice. ¿Para qué? Tendría que contarle entonces cómo me había enterado de la existencia de esa caja de los secretos. Tendría que haberle contado entonces que Chema se volvió loco. Tendría que haberle confesado que pese a los intentos de Pepe por explicarle que no era más que un trozo de papel sin importancia, Chema se dispuso a poner punto y final a su amor por Clara siete meses después de su marcha. Debería haberle dicho entonces también que él lloró como un niño para luego aparentar ser un hombre.

Mientras todo se complicaba fuera de los muros de Ronda, aquel viernes, cuando Clara se encontró la puerta de la iglesia cerrada, el temporal de nieve provocó un desprendimiento en la ladera que incomunicó al municipio con la Costa del Sol. Un hecho que no afectó en nada a la historia que allí comenzaba a transcurrir, provocando únicamente que esa intimidad -de la que habla un libro que ahora estoy leyendo- se hiciera aún más presente.

-Me gustan tus libros -dijo Paula un rato después de las presentaciones y tras haber andado en silencio una junto a la otra un par de calles-.Te admiro profundamente y te lo iba a decir esta mañana en cuanto te he reconocido...

-¿Por qué no lo has hecho?

-Me ha dado un poco de apuro.

-Qué tonta... -dijo cariñosamente Clara-. No hay mejor reconocimiento para un escritor que le digan exactamente lo que tú me acabas de decir ahora... ¿Qué te ha traído hasta aquí?

-Nada en particular. Necesitaba unos días de descanso...

-Me refería a la iglesia.

-Pues..., parece que no podremos volver a la carretera de la costa hasta el lunes. Las previsiones meteorológicas anuncian copiosas nevadas y quería pasear un poco por la ciudad antes de que la cosa se pusiera peor. Estaba perdida cuando te he visto... ¿Y a ti? ¿Qué te ha traído hasta aquí? ¿Estás escribiendo de nuevo?

-No... , en absoluto. No creo que vaya a escribir más, de hecho...

-Qué curioso. Yo quiero ser escritora como tú pero no he encontrado tal vez la historia. Yo quiero escribir y tú ya no quieres hacerlo..., ya ves cómo es la vida.

-Las historias no se buscan; ellas te encuentran. ¿Quieres que te cuente un secreto?

-Claro... -contestó rápidamente Paula.

Las dos andaban tranquilamente ajenas al frío y las pintorescas fachadas, distraídas por la conversación. Ambas miraban al suelo adoquinado, ahora cubierto por la nieve, que no cesaba de caer en forma de delicados copos.

-Verás..., un día, cuando la historia que está escrita para ti te encuentre, cobrará vida ante tus ojos. Te convertirás en el mero vehículo de tus propios personajes, que despertarán de su letargo y no te dejarán siquiera dormir. Reirás, llorarás y los vivirás como si no fueran tuyos. Cobrarán vida propia. Tendrás que estar atenta... mucho. Deberás escuchar lo que te dicen y guiarlos hasta las hojas que se irán escribiendo prácticamente solas. Cuando llegue ese momento, y solo entonces, descubrirás que los libros son pura magia.

Clara se había parado y, para cuando estaba terminando de hablar, ya la había cogido por las manos para mirarla de cerca. Retomaron el silencio que duró apenas un momento.

-Antes te mentí un poco cuando te dije que estaba aquí para descansar. No es del todo cierto... He venido para curar el desamor y el fracaso.

-¡Qué dos grandes palabras! -exclamó Clara riendo para quitarle hierro a lo que acababa de decir Paula-. ¿Y cómo se te está dando?

-Mal. Creo que no quiero curar nada de eso en realidad-. Ahora era Paula la que reía-. He dejado escapar muchas oportunidades..., han pasado por delante de mí sin que haya podido hacer nada por alcanzarlas. Perdona, no quiero aburrirte con mis cosas...

-En absoluto. ¿Sabes qué haremos? En cuanto lleguemos, le decimos a Antonia que nos prepare una mesa junto al fuego y comemos juntas... ¿Qué te parece?

-No puedo creer en mi suerte.

-Aquí la que está de suerte soy yo.

Al enfilar la calle Marqués de Moztezuma, desde cuyo inicio ya se veían las dos macetas que custodiaban la puerta del hotel, aceleraron el paso. Llegaron casi a la carrera y entraron entre risas cómplices a aquella recepción que, de no ser un hotel, sería simplemente el recibidor de una enorme casa encargado de distribuir los espacios.

Pasaron la puerta entre sonoras carcajadas y casi sin aliento. Paula entró primero mientras Clara se retrasó un segundo para cerrar la puerta tras de sí. Con las dos manos y haciendo toda la fuerza que pudo con su pequeño cuerpo trató de mover una de las hojas del imponente portón. Una mano masculina grande y morena apareció detrás de su espalda y por encima de su cabeza, facilitando el cierre de la puerta.

-Te estaba esperando para comer -oyó a su espalda.

Antes de girar dibujó una sonrisa en su cara. Sabía perfectamente de quién era aquella mano y, por supuesto, de qué garganta había salido aquella voz. Se giró lentamente dejando su espalda apoyada en la puerta y su cara a muy corta distancia de la de Pablo. Lo miró un instante. Le sonrió y, a modo de desafío, acercó su boca hasta la oreja de él para decirle en un susurro: "Seremos tres".

Pablo rio mientras la seguía mirando. Había visto llegar a Clara junto a otra mujer. No se dio la vuelta para comprobar que se estaba refiriendo a ella. Lejos de hacerlo, le devolvió el gesto; se acercó al oído de ella, se agachó y le dijo: "Estoy encantado con el hecho de que seamos tres, listilla".

Unas risas ahogadas de ambos y la incertidumbre de Paula ante lo que estaba allí pasando fueron el prólogo de las presentaciones de cortesía. Eran definitivamente los únicos huéspedes en San Gabriel cuando a esas horas ya no se esperaba a nadie para ese fin de semana de enero.

Tal y como le dijo Clara a Paula por el camino, pidió a Antonia que les preparara una mesa junto al fuego. Una mesa redonda que se convirtió en testigo de los primeros momentos de aquella extraña unión. Una unión convertida en regalo para todos, por unos motivos o por otros, bajo la excusa de que ninguno podía volver de momento cuando en realidad es que ninguno quiso hacerlo. Hablaron de todo y de nada.

-Yo no creo en el amor -dijo Pablo en un momento de la conversación.
-Pues yo sí, pero da igual. Estoy segura de que no es en lo único en lo que no crees... -dijo Clara.
-¿No crees en el amor? -le preguntó Paula.
-No creo, no. Estoy muy mayor para esas cosas -aseguró mostrándose al tiempo coqueto. Difícil saber cuándo hablaba en serio y cuando en broma -. Solo se trata de una reacción química que vosotras las mujeres llamáis amor.
-¿Cómo puedes decir eso? -le preguntó Paula mientras Clara se pasaba al bando de la observación, consciente de que lo único pretendido por Pablo era realmente entrar en discusión con ella.
-Porque es cierto. Las mujeres queréis ponerle nombre a todo; una extraña manía que yo no comprendo. Las cosas son como son, los sentimientos también son como son..., indescriptibles la mayoría de las veces. ¿Por qué hay que ponerle un nombre a cosas que no se pueden definir?
-¿Y qué problema hay en hacerlo?
-Ninguno. Solo que a mí me cansa.
-Odio a los hombres como tú... -dijo Paula mientras le tiraba una miga de pan.

-¿Y cómo soy yo? -preguntó Pablo, seguro de que su contrincante se lanzaría de inmediato a hacer una descripción probablemente poco acertada.

-No se lo digas, Paula... No le des la satisfacción... -interrumpió Clara-. Dicen que hablar de uno mismo o escuchar cómo lo hacen los demás de ti genera infinitas hormonas de la felicidad...

Bromeaban, se reían, tocaban temas serios o escuchaban en muchos casos las anécdotas que contaba Paula, la más charlatana de los tres. Aquella comida se prolongó hasta la cena en uno de los sillones del salón bajo la necesidad ávida de los tres de aprovechar aquel momento. Las conversaciones no se agotaban; ellos tampoco, mientras Antonia iba y venía pegando la oreja satisfecha de que sus huéspedes estuvieran tan a gusto.

-¿Sabes qué te digo, Pablo?

-¿Qué me dices? -escuchó Clara en un momento que se decían de nuevo bromeando y al hilo de vete tú a saber qué asunto.

-Que eres un pelmazo discutidor. Me voy a la cama. Si tú sientes que estás por encima del bien o del mal, es tu problema. Como comprenderás yo no puedo empatizar contigo porque, a diferencia tuya, yo estoy empezando a vivir -le dijo Paula a modo de despedida mientras le daba un beso en la mejilla-. Pese a eso, si quieres mañana seguimos en el desayuno...

-Vete a dormir, anda, que vas a tener que poner esa lengua viperina en la almohada. Mañana te espero a las nueve -dijo él poniendo la mejilla para recibir ese beso.

Que habían conectado era evidente. Se habían divertido. Se había establecido una unión a tres bandas en la que el puro sentimiento de amistad los unía a la totalidad, mientras un lazo invisible ataba a Clara y a Pablo por debajo de la mesa a través de una fina cuerda de seda, hecha de mera atracción intelectual en la que lo sexual no tenía cabida por ser demasiado terrenal.

-Nos hemos quedado solos. Tienes cara de sueño -dijo Pablo acariciando la mano de Clara y cambiando el tono de su voz por un murmullo.

-¿Has oído lo que ha dicho?

-¿Qué? No ha parado de hablar...

-Que está empezando a vivir -precisó Clara pensativa.

-Es una tipa interesante. Me ha gustado conocerla y muy especialmente intuir ese gran mundo interior que parece poseer.

-¿Te estás divirtiendo? -le preguntó cambiando el tema.

-Claro. ¿Nos vamos a dormir? Tienes cara de estar muy cansada... A mí me da igual. Yo apenas duermo, o sea que por mí no hay problema.

-¿No duermes?

-No. Hace tiempo que dejé de hacerlo.

-¿Qué pasa con tu botella de Santa Teresa?

-¿Qué pasa con la tuya? Tampoco te la has bebido. Yo estoy siguiendo tu consejo...

-Yo es que no pienso seguir el tuyo...

¿Por qué no me hablas de ti? A ver si así cojo el sueño -dijo él mientras acomodaba las piernas de Clara sobre las suyas. El fuego se estaba apagando al igual que las luces que hacía rato que habían quedado reducidas a una lámpara en una de las esquinas del ventanal.

Clara acomodó un cojín bajo su cabeza. Pablo, sentado en la otra punta del sillón con los pies de ella sobre sus piernas. Le quitó los zapatos, dejando los calcetines. Acarició sus pies. Se miraron un instante hasta que ella volvió sus ojos a los restos del fuego que había estado encendido todo el día.

-¿Por qué no seguimos jugando a serlo todo o a no ser nada?

-Porque jugaría con ventaja -le contestó Pablo.

-¿Por qué?

-Porque tú no puedes jugar a no ser nada cuando yo sé perfectamente quién eres.

-Pues entonces, ¿para qué hablarte de mí?

-Porque de ti, en realidad, solo conozco que escribes libros y que estás enferma. Salió en la prensa, lo leí..., pero no quiero que me cuentes detalles, solo quería que me hablaras de ti.

Así fue como a las tantas de aquella noche Clara empezó por el principio...

-Soy como la niña de un cuento, solo que no he encontrado ese final feliz. Trato de encontrar el sentido a la vida cuando sé que me queda poco tiempo. ¿Por qué es tan complicada? ¿Qué sentido tiene?

-¿Y si yo te dijera que no lo tiene?

-No te creería. Yo ahora creo que la vida es un milagro. Que en realidad más que un sentido, que está condicionado por muchos aspectos externos, tiene un propósito. Yo no tuve ninguno y mírame...

-Veo a una mujer preciosa que lamento no haber conocido antes. ¿Por qué no llegaste, Clara, hace diez años?

-Porque no estaba previsto. Quizás hace diez años no me habrías visto con los ojos que me ves hoy. Ni tú ni yo éramos los mismos entonces... -El gesto de máxima complicidad entre ellos Clara lo transformó de repente en otro más relajado; de nuevo quería quitarle transcendencia a ese momento-. No estará coqueteando conmigo, señor Castiñeira, ¿verdad?

-Por supuesto que no se me ocurriría, señorita Ceballos. La miel no está hecha para la boca del asno.

-No digas eso... ¿Sabes que mi madre me dijo ayer que no hay nada reservado para nadie?

-Siento discrepar. Tú no has estado hecha para mí.

-¡Le he querido tanto! ¡Le quiero tanto...! -dijo de repente Clara volviendo sus ojos de nuevo al fuego.

Pablo supo que no se estaba refiriendo a su madre. Imaginó que el dolor olvidado horas atrás había vuelto de la mano de la enorme luna que coronaba ese cielo y cuya luz traspasaba aquel salón.

-Me gusta la música clásica. Mucho. Dice mi amiga María que cuando muera iré a un salón de baile donde sonará una música insinuante y delicada -siguió diciendo Clara cambiando de tema.

-Descríbemela, Clara.

-Pues una pieza orquestal como la que bailan los protagonistas de *Memorias de África* durante la fiesta de fin de año, por ejemplo... ¿Has visto esa película?

-Pues claro. Gran elección, señorita. Y ahora que lo menciona, creo que en esa banda sonora hay varias piezas que parecen hechas para ti...: el sonido de las flautas y los violines. Tal vez el *Concerto for clarinet in A* de Mozart.

-Esa me encanta. Es mi favorita. Chema la solía poner mientras trabajaba...

-A él te estabas refiriendo hace un minuto, supongo.

-Sí. Le echo tanto de menos...

-¿A él o al amor, Clara?

-No lo sé. He querido entender durante este tiempo en el que no le he visto qué es lo que nos pasó.

-¿Has llegado a alguna conclusión?

-No. Hay días en los que le he odiado y otros en los que le he amado con todo mi corazón. He justificado situaciones, para al rato siguiente no encontrar esas mismas razones. El amor es un misterio, aunque tú digas que es solo química.

-No lo he dicho en serio...

-Lo sé. Creo que nuestra relación iba más allá del propio amor...

-¿Qué os pasó pues?

-Una vez me dijo que era adicta a la infelicidad. Tal vez tuviera razón.

-¿No lo puedes evitar?

-¿El qué?

-Hacerte daño... -contestó Pablo-. Chema y Clara han amado de manera única, de una forma que no tiene porqué ajustarse al entendimiento. Deja de buscar respuestas, Clara. Hay cosas que no las tienen.

-Le juzgué cuando yo era peor que él. Durante años mantuve abierta la puerta al recuerdo de un amor que había pasado; que en realidad no tuvo tanto de especial. En los días de vendavales esa puerta abierta generaba intensas corrientes de aire. Era una especie de bala en la recámara preparada para el disparo en defensa propia.

-Nadie es perfecto... Yo tampoco lo soy, ni mucho menos.

-¿Sabes lo que es conseguir la paz?

-No y has dado en la diana, porque es justo lo que yo busco.

-Pues yo a su lado sentía paz. Por las noches me acurrucaba junto a él y me dormía apoyada en su pecho. Una noche tras otra, durante diez años. Recuerdo sus muñecas, los puños de sus camisas, sus manos en especial. Eran grandes y delicadas. Cuando lo pienso, lo veo siempre de perfil..., dormido... Sueño con volver a verle. Espero cada día que el sonido de su coche me despierte. Lo pido a gritos en el silencio de las noches, que ahora se alargan porque el dolor no me deja conciliar el sueño.

-¿Por qué no le dices a él lo que me estás diciendo a mí?

-Porque aún creo en la vida y quiero que ella decida por mí.

Clara le habló de Chema, de sus demonios, de Miguel, de su madre. Le habló de su vida como si de un extraño cuento se tratara, a veces sujeto a la contradicción. Pablo la escuchó con atención mientras aquella noche fue pasando sin saber que muy lejos de aquel cielo ese hombre, del que recordaba las muñecas, soñaba con ella. Ninguno de los dos sabía que Lourdes había asestado un golpe final y que nunca jamás se volverían a ver, al menos de frente.

Clara se despertó en su habitación. No recordaba cómo había llegado hasta allí. Estaba vestida con la ropa del día anterior, tapada con una colcha. Buscó en su cabeza alguna pista. El último recuerdo que tenía de lo que había sucedido tan solo unas horas antes era la cara de Pablo mientras le decía: "Me gusta escucharte. Tu voz es como el sonido de las teclas de un piano. Unas de marfil que cuando tocan las notas de esa pieza de Mozart rozan el cielo. Notas que se quedan reverberando en el infinito".

Una ducha rápida y ropa cogida al azar. Una carrera escaleras abajo y un rápido "hasta luego" a la chica joven que estaba en recepción llevaron a Clara hasta la calle peatonal donde estaba el hotel, para dirigir sus pasos hacia la iglesia del Socorro. El reloj le decía que ya podía darse prisa. Eran casi las doce de la mañana y la misa de once ya habría acabado. No quería que se repitiese la escena del día anterior. Correteo por las calles andadas un día antes para entrar por el portón, ese día aún abierto, casi sin aliento.

Las cinco cúpulas de la iglesia fueron testigos de cómo Clara recorrió el pasillo central hasta el altar entre los bancos vacíos. Tantas fueron las prisas que no se percató de que en uno de ellos había un hombre sentado. Un hombre vestido de negro; un hombre con alzacuellos; un hombre, sólo un hombre; el mismo que pronunció su nombre, el de Clara, rompiendo el sepulcral silencio.

-Sabía que, tardara más o tardara menos, un día vendrías -añadió aquel hombre después de llamarla por su nombre.
-¡Padre Pepe! -exclamó Clara al reconocerlo tras un instante y después de haberse dado la vuelta.
-Pequeña Clara, qué mayor te has hecho... -le dijo él.
-Tú también -contestó Clara, riendo y abriendo sus brazos para abrazar a aquel hombre que ya se había puesto de pie.
-Sabía que un día cruzarías el umbral de esta iglesia. Lo sabía...

Su pelo ya no era negro como el carbón. Peinaba canas, muchas, pero aún se le veía joven. Debía tener unos cuarenta años, calculó Clara. Seguía siendo guapo. Elegante en sus andares y en sus maneras. Debía ser muy joven cuando era el cura de la iglesia del viejo convento.

-Estás muy mayor, Clarita -siguió diciendo mientras la observaba y la abrazaba una y otra vez, evidentemente alegre de tenerla allí-. Siéntate, pequeña, y cuéntame...

-¿Cómo podía estar tan seguro, padre? ¿Cómo sabía que vendría?

-Porque hay caminos sin retorno y otros que son de constante ida y vuelta. Este es tu lugar. Un maravilloso punto en el mundo al que no dejarás de pertenecer jamás. En el fondo y en la forma somos animales que tenemos una querencia. ¿Sabes lo que es eso, Clara?

-Lo he oído respecto de los toros, ¿o estoy equivocada?

-Se habla sí de la querencia de los toros -le explicó un tanto divertido-. Pero la querencia no es algo exclusivo de las reses bravas. Digamos que es una tendencia animal especial hacia el lugar en el que se ha nacido o en el que se ha vivido mucho tiempo.

-Pues entonces será que mi querencia me ha traído hasta aquí...

-Será eso, mi pequeña niña...

-Estuve ayer. Vine pero me encontré la iglesia cerrada. También estuve en el convento. No queda de allí más que un viejo edificio...

-Las madres se fueron haciendo mayores. El colegio se cerró, aunque los pupitres de madera con sus bancadas siguen estando en su sitio. Como las pizarras -le contestó-. Se tapiaron las puertas y las ventanas para evitar que alguien entrara e hiciera destrozos. Ya sabes, Clara, que la vida se ha puesto de una manera...

-Menos mal que usted sigue aquí.

-Pues menos mal, hija. Si no a ver quién te iba a dar algo que dejaron a mi custodia por si un día volvías.

-¿Dejaron algo para mí?

-Claro que dejaron. Un montón de cosas. Vestidos de cuando eras pequeña. Fotos, muchas. Un viejo y valioso rosario, el de sor Josefina, y un diario manuscrito por la monja que he guardado como un tesoro. Lo escribió para ti y me pidió que lo guardara hasta que volvieras un día. También hay un diario tuyo.

-Sor Josefina... -Solo pronuncio su nombre. Clara no podía articular palabra. Tenía miedo de decir nada que abriera la veda del llanto que se le ahogaba en la garganta.

-He leído todos tus libros. Me gustan mucho a pesar de que son muy... ¿cómo diría yo?... muy modernos, tal vez. Demasiado mundanos. Te he visto en fotos o en imágenes que han sacado de ti en la tele. Es por eso que al verte entrar y recorrer el pasillo central he sabido que eras tú; mi niña, la niña de todos...

-Tengo un tumor en la cabeza.

-También sabía que estabas enferma.

-Me muero, padre. No vine a su entierro y necesito saldar esa cuenta.

-Pues lamento decirte, Clara, que ella no está aquí enterrada. Sus restos se trasladaron a Teruel, de donde era. Recibieron cristiana sepultura en un panteón familiar.

-¿Dónde está sor Amelia?

-Murió un año después, de un simple catarro. Ya ves cómo son las cosas, hija mía. Yo creo que en realidad la echaba mucho de menos. Siempre andaban a la gresca pero llevaban toda una vida juntas.

-¿Sabías que sor Josefina tenía un hijo? Ella no siempre fue monja.

-¿No?

-Fue la hija mayor de un matrimonio de familia de rancio abolengo de Teruel. Un hijo ilegítimo en aquellos años era lo peor que te podía pasar. Ahora la Iglesia, aunque no comulga con esas cuestiones, al menos ya no las señala. Lo dieron en adopción. A pesar de aquello, ella siguió como pudo con su vida después hasta que estalló la guerra. Lo que pasa con las guerras, hija, la familia dejó de tener la posición que tenía porque los tentáculos de la necesidad los acabó por alcanzar. Un día, durante un bombardeo, se refugió en una iglesia de donde saldría ya con los hábitos años después de que finalizara ese absurdo conflicto bélico que dividió nuestra España en dos.

-Siento que no sé nada de mi vida o de la de los que la han compartido conmigo.

-Ella te quiso como si de una hija se tratara. Se sentía orgullosa de ti. No te podrías imaginar cuánto... En realidad, todos estábamos orgullosos -siguió contando el cura de forma pausada-. Has sido como una hija para todos y creo que estábamos de acuerdo en que vivieras tu vida lejos de aquí. Entre las cosas que te dejó encontrarás parte de las respuestas que hoy dices no tener. No obstante, y aunque todo eso te ayude, te darás cuenta de que no necesitabas diarios, fotos o cartas para saber que todas esas respuestas estaban dentro de ti.

-¿Cartas?

-Hay muchas, ya las verás. Ella consideraba injusto que estuvieras aquí encerrada. Trató de evitarlo, pero no pudo..., por eso un día creo que decidió generar en ti la curiosidad suficiente para mantenerte alejada de una vida que tal vez ella no habría elegido de haber tenido otras opciones... La vida y su propia historia hizo que viera en ti lo que su familia le arrebató años antes. Fuiste una bendición para todos y especialmente para ella. La madre Amelia siempre nos decía que tu afición por escribir no se lo debías a un don sino a sor Josefina. Yo creo que fue una mezcla de las dos cosas. Me dio pena de que no viviera para ver lo que luego terminaste escribiendo.

-¿Sufrió?

-No. Se quedó dormida una noche. Así, sin más. Creo que intuyó que el final estaba cerca. No dejaba de hablar de ti, de leernos las cartas que le escribías. Dos mañanas antes de que su vida en la tierra se acabara, me dio lo que hoy te daré yo a ti.

-¿Su vida en la tierra? ¿Eso es la muerte, el final de la vida en la tierra?

-Hija mía, el miedo o la tristeza de perder a un ser querido es algo natural. ¿Cómo no sentir eso? El dolor... Pero quiero que recuerdes que la vida de los que creen en Dios no termina, solo se transforma... Se deshace nuestra morada terrenal, adquirimos una mansión eterna en el Cielo...

-Creo que he dejado de tener fe.

-No digas eso y piensa que nadie sabe ni la fecha ni la hora... Ni siquiera tú, aunque lo intuyas. Si Dios te llama a su lado, será porque ha llegado el momento y lo que viniste a hacer al mundo de los vivos ya está hecho.

-Será eso...

-Quisiera darte el consuelo que parece que ahora no encuentras y oírte decir que tienes dudas de tu fe me entristece. Yo rezaré por tu alma, sabedor de que irás a un lugar muy bello en el Cielo. "Yo soy la Luz del Mundo. Quien me sigue no andará en tinieblas", dijo nuestro Señor.

-Seguiré entonces esa luz.

-Esa será una decisión muy sabia -le dijo el cura agarrándole las manos.

-Tengo que irme, padre. Estoy cansada y tengo un poco de frío.

-Ven. Antes de que te vayas, quiero darte tus cosas. Te gustará tenerlas. –Cuando ya se habían levantado, le preguntó-: ¿Quieres confesar antes de irte?

-No he hecho otra cosa que querer incluso a los que no se lo merecían. ¿Es acaso eso un pecado, padre?

-No, hija, no lo es.

Clara siguió al cura Pepe por la sacristía. En una habitación de la parte de arriba estaban las cajas y unos cuadernos. Solo se llevó los diarios, las fotos y el rosario. La ropa pidió que la donaran a alguien que lo necesitara, después de comprobar que estaba todo en muy buen estado. Un largo abrazo fue la despedida.

-Yo soy la luz del mundo -oyó que decía el cura a su espalda cuando ya estaba saliendo por el portón que el día antes había aporreado. No volvió la vista atrás.

Sentía que las piernas le temblaban. Estaba agotada. Los nervios del reencuentro, supuso. La emoción del contenido de los cuadernos que llevaba en su bolso, se dijo. Recorrió el camino de vuelta, ahora sin carreras. Todo estaba nevado y hacía un frío que cortaba la cara. Lo agradeció. En menos de diez minutos estaba ya de vuelta.

XXIV

Cuenta el libro que leo que aquella mañana solo bastó un "hola, ¿dónde has estado metida?" para sacar a Clara de su habitación, donde al parecer se reconcilió con su pasado a través de unos viejos cuadernos, los suyos y los de una monja, una que yo también conocí en el colegio donde me eduqué junto a Clara y María.

Dice ese mismo libro que, a través de aquellas viejas hojas, Clara recordó su infancia feliz, colmada de cariño y abrazos. Hojas en las que ella misma describía lo que entonces suponía que habría más allá de los muros. Líneas manuscritas en las que hablaba de María y de mí. Historias que le contábamos. Había dibujos y cuentos escritos. Fábulas inventadas por sor Josefina. Bellas historias de niñas pequeñas con finales felices. También dice este libro, el mismo que ha estado meses cerrado sobre la mesa de mi comedor, que en el diario de la monja estaba su propia historia contada desde otro punto de vista. Los detalles de su existencia como si fueran las hojas arrancadas de otro libro que nunca se llegó a escribir y que Clara echó en falta a lo largo de su vida. Entre esas hojas efectivamente había alguna que otra carta firmada por Elvira. Pero no por esa Elvira que Clara imaginó. Estaban rubricadas por la madre que no fue y que no quiso ser. Por esa madre que en aquellos días, en los que transcurrieron en Ronda, la llamaba sin descanso no obteniendo más respuesta que el sonido de una línea comunicando al otro lado del teléfono.

Cuenta ese libro también, el que ya está abierto y el que leo ahora, cómo Clara pasó esos días en Ronda con Pablo y con Paula. Cómo recorrieron la ciudad y por qué decidieron prolongar su estancia más allá de aquel fin de semana. También cuenta cómo el temporal de nieve dio paso a otros días soleados. Cuenta muchas cosas de unos días que ni María ni yo vivimos junto a ella, convirtiéndose para mí en algo más que en un mero libro..., convirtiéndose en parte de la historia que me faltaba.

Página tras página, estas teclas rotas se convierten en un retrato de todas nosotras realizado por alguien a quien yo no he conocido, con la maestría de un trazo experto. Nos dibuja como a imágenes frente a un espejo que escupe, al menos en mi caso, el reflejo de alguien que soy pero que cuesta mirar.

Habla de Chema, de Pepe, de todos nosotros a través de la voz de ella. También describe a Pablo, el mismo del que Clara dijo que era un tipo un tanto trasnochado y muy vivido, un tipo encantador del que incluso se podría haber enamorado de no ser porque llegó demasiado tarde, nos dijo en una de esas últimas cenas en su gran mesa de comedor. Cuenta cómo fueron esos últimos días de Clara antes de que la muerte golpeara tímidamente la puerta de aquella habitación que se convertiría en cuartel general de ellos. De esos que conozco a través de estas páginas.

Días de vino y velas, días de vida que ya siempre permanecerán en todos nosotros porque hubo alguien que mereció su confianza.

-Me marcho -dijo Clara una mañana de repente sorprendiendo a sus amigos, que la esperaban para desayunar en uno de los salones de San Gabriel.
-¿Te marchas? -preguntó Paula, mientras Pablo trató de parecer impasible ante el mazazo que suponía aquella afirmación.
-Tengo las maletas en el taxi que me está esperando en la puerta. No se me dan bien las despedidas, es solo ese el motivo de que no os lo dijera anoche.

Pablo se quedó sentado donde estaba; Paula se levantó rápidamente para abrazarla.

-Te voy a echar de menos.

-Yo a ti también. Toma esto, es para ti.

-¿Qué es? -preguntó Paula alargando sus manos para coger lo que parecían unos cuadernos.

-¿Recuerdas que te hablé de unos diarios? Pues ahora son tuyos. Son el diario de una monja que habla de mí, uno que escribí yo misma cuando era pequeña y el que he estado escribiendo en estos últimos años.

-No puedo aceptarlos...

-Claro que puedes -le dijo Clara sin dejarla acabar-. Nadie mejor que un escritor para conservar lo que hoy no son más que un puñado de palabras; nadie mejor que tú.

-Si no soy escritora.

-Recuerda: las historias no se buscan, llegan a ti. Te encuentran ellas. Pasea por las líneas de mi vida. Ándate con ojo..., quizás la noche que menos te lo esperes cobremos vida propia. Yo no creo en ese Dios del que hemos hablado, será por eso que quiero seguir viviendo a través de ti.

-No digas eso Clara, voy a llorar -terminó diciendo Paula mientras la abrazaba.

Pablo se levantó observando aquella despedida. Miró a aquellas dos mujeres, a los dos últimos amores de aquellos días perdidos en el tiempo. Limpió las lágrimas de Paula con la yema de sus dedos agarrando por el brazo a Clara, a quien condujo hasta esa puerta donde efectivamente había un taxi. Se pararon a la altura de la puerta del pasajero, detrás de la del conductor.

-Te marchas sin saber ni siquiera quién soy. He jugado con ventaja finalmente. Has sido una gran contrincante pese a ello...

-No me importa quién eres -le dijo Clara mirando aquellos ojos bellos ojos verdes.

-¿No te importa?

-No he querido saberlo, para ser exacta.

-¿Por qué?

-Me ha dado miedo de que la realidad estropeara lo que he imaginado que serías.

-¿Qué has imaginado? -le preguntó Pablo sonriendo.

-Que eres un músico que dejó de tocar porque sus musas un día le abandonaron.

-Entonces, si lo que dices es cierto, ¿crees que podré traerte de vuelta de ese salón de baile a través de las notas de mi viejo piano? -preguntó sonriendo.

-Si aún quedan teclas afinadas, no me cabe la menor duda. Yo ahora creo que no soy más que una tecla rota...

-Quizás precisamente por eso el sonido puede ser aún más bello... Has sido enormemente generosa conmigo, Clara. No podré agradecértelo jamás. Has hecho que olvide ese abandono del que hablabas. El de mis musas... -contestó sin que Clara pudiera saber con exactitud si estaba bromeando-. ¿Por qué te marchas de repente?

-Ya os lo he dicho: no me gustan las despedidas.

-Pues entonces no me queda más que decir adiós a la señorita de ninguna parte que se marcha como vino, por sorpresa, para ir a donde quiera que sea -dijo Pablo besando una de sus manos-. ¿Has encontrado al menos lo que viniste a buscar?

-No..., pero eso ya no importa. Os encontré a vosotros.

-Tal vez ahí estaba tu respuesta.

-Tal vez...

-Seguro que volveremos a vernos.

-Seguro. Te esperaré en el salón de baile -le contestó mientras abría la puerta de ese taxi, que no se cerró hasta que ella desvió la mirada de sus ojos para cerrar la puerta.

Pablo se quedó mirando cómo aquel taxi se alejaba. Paula, de pie en el mismo lugar donde Clara la había dejado, abría la última hoja del cuaderno más nuevo:

26 de enero de 2012

Siento que se me hace tarde para volver. Mañana me marcho a casa; la aventura ha terminado. Sigo sin saber quién soy cuando hoy he notado que ya no pienso con claridad. Quiero mirar las calles donde nací desde mis miradores blancos. Quiero ver las macetas que adornan las fachadas de la calle Caravaca. Si no lo hago mañana, quizás sea demasiado tarde para encontrar la luz.

Ronda, Clara Ceballos.

XXV

Clara llegó a Estepona a la hora de comer ese mismo día, sin embargo no nos llamó a María y a mí hasta por la tarde para decirnos que estaba de vuelta y que nos invitaba a cenar en su casa. Cuando llegamos aquella noche, la mesa estaba puesta. Había velas encendidas. No recuerdo qué cenamos, pero sí que nos marchamos muy tarde. Clara estaba visiblemente desmejorada, aunque ahora que lo pienso creo que eran solo ojeras.

Estaba especialmente habladora. Nos contó sus andanzas en Ronda aquellos días. Una descripción llena de detalles, de olores, sabores y colores. Historias como las que escribió en ese diario, en el que también hablaba de Elvira. Estaba llena de vida pese a que aquel día fue el primero del ocaso que marcaría los dos meses que siguieron.

Ese día era el 27 de enero de 2012. Clara moría una mañana templada de mayo de ese mismo año. Dos meses en los que se fue apagando tímidamente después de comenzar a prolongar los tiempos de descanso, hasta que un día de finales de febrero no podía ya casi ni andar. Por expreso deseo de ella, solo la visitó el doctor Robles venido desde Madrid, quien le proporcionaba la medicación destinada a aliviar los dolores que se habían intensificado con el paso de los días. En marzo, Clara apenas podía hablar y había comenzado a perder visión.

Para entonces entre María y ella se había establecido un nuevo idioma. Ella balbuceaba y María la entendía. Entre ellas, una nueva forma de comunicarse que evitaba que Clara se pusiera nerviosa como le ocurría conmigo. María interpretaba cada uno de sus gestos o sus palabras. Fue un aprendizaje rápido, forzado por esa cuenta atrás que no podía parar ni siquiera la cortisona que el doctor le había empezado a inyectar, con el fin de que el tumor se desinflamara.

-La vida se me antoja cobarde -dijo Clara desde su cama a María, que leía en la butaca junto a la ventana.

-¿Por qué? -le preguntó mirando su chaqueta de punto rosa sobre un camisón blanco como la nieve, después de levantar la vista del libro que estaba leyendo.

-Porque te roba momentos por la espalda. Sin que nos demos cuenta.

-¿Qué tipo de momentos?

-Los felices, especialmente -le contestó aquella tarde de abril cuando aún Clara no había comenzado a recorrer la peor parte de ese camino sin retorno.

-Entonces no es cobarde, sino inteligente -espetó María.

-No. Es cobarde y vanidosa, por eso se lleva nuestra felicidad -siguió diciendo Clara desde su cama, apoyada en un cojín estampado en tonos violetas.

-¿Qué te ha robado a ti?

-¿Qué...? ¿Qué me ha robado? Me ha robado mi último beso.

-¿Tú último beso?

-Sí. Me robó el último beso que Chema y yo nos dimos sin que pueda recordar en este momento dónde o cuándo fue. Si yo hubiese sabido que era el último... -dijo sollozando.

-¿Quién te ha dicho que ha sido el último, tonta? -le preguntó María ya a su lado limpiando esas lágrimas y acomodando los enormes cojines.

-¿Cómo es posible que uno sea feliz y que de repente deje de serlo? Así, sin más. ¿Cómo es posible que la vida se desmorone de esta manera, María?

-Te pondrás bien, ya lo verás -le dijo convencida de sus palabras. Si alguna virtud siempre tuvo María fue la de albergar en su corazón la capacidad de negar lo evidente. De nuevo explotaba esa extraña virtud-. Te pondrás bien y entonces, ¿sabes qué haremos?

-¿Qué haremos?

-Iremos en busca de la vida y le pediremos que nos devuelva lo que es nuestro. La ley es para todos por igual, incluso para la vida. No se puede llevar lo que no es suyo.

-¿Y qué pasará si eso no sucede?

-Sucederá y para entonces las dos habremos aprendido que con ella no se juega. Así, la próxima vez que seamos felices seremos conscientes de que lo somos -contestó sentada en el borde de la cama besando la frente de Clara.

-Cada día me cuesta más trabajo pensar. No puedo hacerlo y cuando pienso una palabra, a veces, me cuesta luego decirla. ¿Y si me olvido de lo que tenemos pensado hacer?

-Yo estaré aquí para recordarlo. No me moveré de tu lado...

Además de Marieta, la señora que trabajaba en su casa y que se quedaba a pasar las noches desde su vuelta, María era su perfecta compañía. La bañaba, la peinaba y le echaba coloretes todos los días; también carmín en los labios. Le ponía música y le leía libros. La cuidaba como si de una niña pequeña se tratara, mandando cocinar todo cuanto uno pueda imaginar con el fin de que Clara comiera lo mejor posible. Yo pasaba a verla por las tardes, todas. Nos sentábamos las tres en su habitación haciendo como si nada de lo que estaba pasando estuviera ocurriendo en realidad. Inconscientemente María y yo ignorábamos a la muerte pensando que, tal vez así, la terminaríamos disuadiendo. Una mañana mientras tomaba café antes de entrar a trabajar, leí en el azucarillo una frase que decía: "La muerte se sabe tan vencedora que nos da una vida de ventaja". Entonces entendí que en el caso de Clara debía tenerla por una gran adversaria; solo le había dado treinta y cuatro años de delantera cuando en otros casos ese tiempo se alarga sobremanera.

Ninguna de las dos llamamos a Chema. Clara fue tajante respecto a que no quería que su empeoramiento trascendiera más allá de aquella casita en la que hoy vive María con su hijo Manuel. Clara lo dejó todo atado para su amiga. Le dejó su casa y construyó encima un apartamento que alquilar, con el fin de que tuviera ingresos suficientes de cara a ese divorcio en el que se jugaba la custodia de su hijo y que finalmente no llegó a perder.

Tampoco llamamos a Elvira; era ella quien lo hacía a diario. En esas llamadas que atendía María no había lamentos o justificaciones. Al otro lado, solo una mujer relamiendo la herida que dejó una maternidad a destiempo arrancada de cuajo.

Aquella primavera fue valiente, de esas que desafían al invierno adelantando los días templados, colados a codazos entre el frío y el fuerte viento. Con ella llegó mayo y con mayo llegó la muerte.

El sonido del teléfono despertó a María en mitad de la noche. El timbre se le acopló al sueño que estaba teniendo, pero aun así logró traerla de vuelta hasta la consciencia. Las timbradas retumbaban a su lado, aún soñoliento. Al coger el aparato vio su nombre en la pantalla y unos números digitales bien grandes que le dijeron que eran las cuatro y media de la madrugada. Había dejado de sonar. Antes de marcar para devolver la llamada, su madre ya estaba en la habitación. Parece que el timbre había despertado a todos en el silencio de aquella noche, la maldita noche en la que minutos después una ambulancia se llevaba a Clara de su piso hacia el hospital Costa del Sol de Marbella, desde donde sería trasladada horas después a una clínica privada.

-Clara..., ¿estás ahí? ¿Me oyes? -gritó María cuando notó que el sonido de la llamada cambiaba por el tono que hacen los teléfonos cuando los descuelgan.

Silencio..., desesperación. Latidos desbocados. Preguntas. Ausencia de respuestas. Cinco kilómetros que se hicieron eternos hasta que desde el Passat de su padre María pudo ver las luces de una ambulancia y a algunas vecinas en pijama. Entre esas mujeres estaba Marieta.

-¿Es usted familiar? -preguntó un hombre de uniforme a María cuando vio que intentaba acercarse a la camilla.

-Sí.

-Vamos a trasladarla al hospital Costa del Sol. Han llamado al 112 y han dicho que se encontraba mal. Estaba inconsciente cuando hemos llegado.

María observaba atónita cómo otras tres personas -un hombre y dos mujeres- se metían con ella dentro de la ambulancia sin poder ver más que una sábana blanca sobre su menudo cuerpo.

-Tendrá que ir en su coche. En la ambulancia no irá más que ella -le dijo ese hombre de uniforme adelantándose a sus pensamientos.

Antes de que Lorenzo arrancara el coche, María me llamó. Un solo timbre fue suficiente para que yo me despertara de inmediato. Un único timbre bastó para saber que se trataba de Clara.

-Llama a Chema, Lourdes. Mi padre me lleva a Marbella. No puedo conducir. Estoy confusa -me dijo llorando. Apenas la entendía.

No dije nada más. Tampoco habría dado tiempo. María había colgado dejándome a los pies de mi cama, sentada con el teléfono en la mano. Los momentos de buscar dioses perdidos habían pasado, la vida de Clara supongo que también. Busqué en la agenda de mi teléfono. Miré el número un largo rato. ¿Cómo se dicen este tipo de cosas? ¿Por qué tenía que ser yo quien hiciera esa llamada?

-No tenemos historial médico de la paciente –dijo un doctor a María después de llevarla a una austera sala, donde no había más que una camilla al fondo y un escritorio.

-Tiene un tumor en la cabeza. Su médico es el doctor Robles de Madrid. Si quiere le doy su número de teléfono. No se ha puesto tratamiento alguno. No había demasiadas esperanzas... En los últimos meses ha empeorado y su médico la ha estado tratando en casa.

-Me temo..., ¿señora?

-María..., María Moreno.

-Pues me temo, señora Moreno, que no le puedo dar buenas noticias. La hemos estabilizado pero su corazón está muy débil. Será cuestión de horas.

-¿Cuestión de horas el qué?

-Váyase a la sala de espera, que enseguida la llamamos.

Horas después y tras una llamada al doctor Robles, Clara era trasladada a otra clínica. Estaba todo previsto, aunque yo nunca llegué a saberlo a ciencia cierta, porque aquella noche, al igual que los días que siguieron, María no se despegaba de su lado día y noche. Yo, entretanto, pasaba las horas sentada en una silla de una elegante sala de espera. Clara, la vida, o la propia muerte abrió una brecha entre nosotras; quizás una que ya existía, que no ha llegado a cerrarse. Una herida que duele y que late.

La habitación era espaciosa. Las paredes, del color que tiene el plomo. Una cama, máquinas por todas partes, una ventana en el fondo y un cómodo sillón bajo ella. El constante ruido de sus latidos era lo único que se oía en su interior, salvo cuando entraba una enfermera para cambiar las bolsas que colgaban del gotero. No soportaba ver a Clara, empequeñecida por el dolor atada a aquellas máquinas. Aún menos a María, con una sonrisa permanente fingiendo que no estaba pasando nada. Yo ya no fingía.

La situación había dejado de ser una "cuestión de horas" para convertirse en una "cuestión de a ver quién puede más por parte de quien no tiene pensado rendirse", algo que no sorprendía después de haberla escuchado decir tantas veces a lo largo de su vida: "La rendición no está escrita para mí". Y así fue, Clara no se rindió. Se la llevaron por la fuerza aprovechando que la sedación iba en aumento con el paso de los días.

-María... -dijo Clara rompiendo el silencio por sorpresa y pese a la medicación.

El aumento inmediato del sonido de los latidos provenientes de la máquina despertaron a María, que estaba sentada en una silla junto a la cama. Se había quedado dormida, apoyada junto a una de las manos de Clara.

-Dime, tesoro... -dijo María mientras trataba de despertar sorprendida también porque Clara llevaba dos días sin apenas articular palabra.
-He tenido un sueño; un sueño muy bonito...
-¿En serio? -preguntó María.
-Sí...
-No te fatigues -le dijo ya en pie para acomodarla mientras mojaba sus labios con una gasa empapada en agua.
-He soñado con Chema... Se tumbaba a mi lado, como cuando dormíamos en nuestra casa. Me besaba el cuello, así por detrás -siguió diciendo mientras trataba en vano de mover el brazo para llevarlo hasta su cuello, hasta el punto exacto-. Olía fenomenal...
-Claro que sí...
-Me ha preguntado si sé que el agua en el hemisferio sur desagua en sentido contrario que en el hemisferio norte.
-¿Eso te ha preguntado?
-Sí -le contestó Clara esbozando una tímida sonrisa.
-¿Y tú qué le has dicho?
-Pues quería hacerme la lista preguntándole si sabía cómo hicieron los egipcios las pirámides, pero no lo recordaba.
-No pasa nada, pequeña. Seguro que se lo podrás preguntar en otro momento.
-Seguro que sí -contestó Clara cerrando los ojos ahora con una sonrisa plácida en la cara-. María, ¿te importa cerrar las cortinas y bajar un poco las persianas?
-Claro que no... -dijo María mientras ya se dirigía a la ventana.
-Cierra la puerta también, por favor.
-La puerta está cerrada.

-Vale...

Aun estando segura de su afirmación, María fue hasta la puerta para comprobar que estaba cerrada. Lo estaba. Maldijo a Chema. Maldijo al amor, preguntándose cómo era posible que él no hubiera venido. Habían pasado seis días, con todas sus horas. María no sabía que yo nunca llegué a marcar ese número de teléfono.

-María... -volvió a oír cómo decía Clara-. Me trajo flores, como las que había siempre en mi casa.

Instintivamente María se dio la vuelta, comprobando así que efectivamente las flores estaban sobre la mesita de noche que había a la espalda de Clara, tumbada de costado.

-Me ha dicho que son tulipanes blancos, mis preferidos...

María no pudo articular palabra. Apresuró el paso para llegar hasta Clara y tratar de ponerla sobre el otro costado. Quería que Clara viera con sus propios ojos que no había sido un sueño, que había estado allí, besando su cuello mientras María dormía rendida por el cansancio. Pero antes de alcanzarla, un pitido intenso la paró en seco a menos de medio metro. El tiempo pegó un traspiés. María se quedó clavada donde estaba entre las flores y Clara. Varios médicos y enfermeras entraron de inmediato y apartaron a María, que se quedó en un rincón viendo cómo trataban de reanimarla, hablándose entre ellos. Prisas, convulsiones mecánicas, miradas de preocupación. El pitido que cambiaba de ritmo una y otra vez. Lo intentaba pero ya no podía.

Las voces de aquellos médicos se alejaron dando protagonismo al pitido lineal que salía de la máquina. María cerró sus ojos. Los párpados arrastraron las dos lágrimas que pedían a gritos salir. Los mismos gritos que de repente pronunciaron un nombre: el de Manuel. Su hijo. La vida.

Yo, entretanto, vi a los médicos correr mientras las enfermeras arrastraban un carro con ruedas. Me quedé donde estaba. Me faltó valor; el mismo que también se ausentó al ver cómo María salía minutos después corriendo por el pasillo. Se iba. Transcurrieron unos minutos disfrazados de eternas horas. Apoyé mi cabeza sobre mis manos y busqué el llanto que debía estar. No lo encontré. Tal vez ese llanto se había marchado con el valor minutos antes.

-Por más que lo hayas intentado, Lourdes -dijo una voz masculina sobre mi cabeza-, hay cosas que no se pueden impedir. Lo que está escrito, lo está. ¿Me oyes?

Levanté la cara para toparme con la suya.

XXVI

Desperté a mi hijo, que aún dormía en su camita. Lo abracé mientras lloraba. Él me miraba con sus dos enormes ojos azules, aún a medio despertar. Lo estreché y él me devolvió el abrazo. Sus dos bracitos rodearon mi cuello. Su pelo del color del trigo estaba despeinado y su pijama olía a suavizante.

-Mamá, no me dejas respirar…
-Perdona, cariño -le dije mirando su cara.
-¿Por qué lloras, mami?
-Porque te quiero.
-¿Y por eso lloras?
-Sí, hijo. Lloro porque te quiero tanto...
-Pues no llores, que te pones muy fea.

Clara había muerto y yo sentía miedo. Dolor. Vacío. Me eché en la cama con Manuel y cerré los ojos para llorarla. De repente en mi interior sonó una melodía, una música tocada en un piano compuesta de dos acordes en re menor y la menor, seguidos de una especie de 'fa' mayor y 'do' mayor. Un la si do si do re... do si... la re... mi re do si do...la...

Esas notas bailaban dentro de mí sin que yo supiera que en ese mismo momento las manos grandes y delicadas de un hombre de tez morena tocaban en su viejo piano una pieza compuesta para Clara. La había terminado la noche anterior, después de estar días encerrado aporreando las teclas de marfil amarilleadas por el tiempo, que también había dejado su rastro en forma de polvo.

Semanas antes, Pablo -el nombre de ese músico de películas- se había reencontrado con sus musas y, haciendo alarde de la reconciliación, se había sentado en el taburete tapizado en terciopelo marrón. Abriendo la tapa se despidió de la frustración de antaño, dando la bienvenida a una nueva partitura que llevaba el nombre de Clara y que comenzaba a escribirse en aquel momento. Como un loco, rotulador en mano, tocó y tocó durante días. Cerraba sus ojos y se dejaba llevar recordando sus ojos del color de la miel. La recordaba riendo, sentada, medio tumbada, mirando atenta, observando distraída. Se quedó con su alegría y con parte de su tristeza. Su frondosa melena ligeramente rojiza. Los codos apoyados en la mesa y la cara, entre sus manos. Si do si do re... do si... la re... mi re do si do...la...

-Me gusta la gente que se ríe a carcajadas -recordó haber oído de la boca de Clara.

-¿No todo el mundo se ríe a carcajadas? -le preguntó.

-¡Qué va! ¿Te puedes creer que hay gente que se ríe sin ruido?

-No me había fijado, no... -reconoció Pablo.

-Pues fíjate a partir de ahora.

-¿Cómo me río yo?

-¿Tú? Como el viejo loco que eres.

-¿Viejo loco?

-Sí, eso he dicho... Pero, para tu tranquilidad, sí: haces ruido al reír.

Recuerdos. Situaciones vividas. Miles de conversaciones como esa, que parecen vacías porque carecen de datos relevantes como lugares de procedencia o experiencias vividas. Pero no lo están en realidad. Son como pequeñas llavecitas huecas que abren cajas de secretos relevantes. Conversaciones que se traducían en notas sobre una partitura.

-Todo evoluciona irremediablemente -recordó también Pablo haber dicho sobre los platos de loza blancos, posados sobre un mantel de cuadros blancos y rojos en un restaurante de Ronda cuyas paredes estaban llenas de fotos de toreros.

-Y que lo digas. Por fin estamos de acuerdo en algo -contestó Clara pensativa-. Yo una vez quise a alguien. Durante años pensé que había sido el amor de mi vida...

-¿Y?

-Y nada..., que ahora pienso otra cosa distinta. Es que la perspectiva del tiempo es lo que tiene. Que ves las cosas de maneras muy distintas cuando se trata de lo mismo. Es un misterio...

-Bueno..., ¿qué piensas ahora de ese amor, que nos tienes en ascuas? -inquirió Pablo.

-Pues que no fue más que una lluvia de perseidas en agosto..., una lluvia de estrellas preciosa que sorprende por la intensidad momentánea y por su propia velocidad. Chema, por el contrario, ahora para mí es como una inmensa estrella en mi cielo.

-Un cuerpo que brilla con luz propia... -le apuntó Pablo aquella noche que olía a madera noble de barrica.

-Un cuerpo que me iluminaba. Estábamos ligados gravitatoriamente...

-¿Cuál es el problema? ¿De qué estábamos hablando? ¿Qué me he perdido...? -dijo entonces Pablo riendo.

-¡Ninguno! Hablábamos de que todo evoluciona, incluso la manera en que vemos las cosas. ¿Qué pasará si un día dejo de ver a Chema como la luz de mi cielo? ¿Y si un día dejo de pensar que nosotros éramos un sentimiento que iba más allá del amor para pensar que nuestra relación era un fracaso? ¿Qué pasará? Ya lo he pensado antes...

-Pues no lo sé, Clara. Supongo que pasará lo que dices: dejará de ser una estrella para convertirse en una simple perseida.

Pablo seguía recordando, escribiendo notas, tocando... Y mientras él acariciaba esas teclas como si fuera la piel de Clara en un rincón del salón de su enorme casa, vestigio de lo que un día había sido ese músico, en otro rincón -en uno más modesto de un pequeño apartamento- Paula escribía *Teclas rotas de marfil*, describiendo la voz de Clara como las notas de ese piano. Ambos daban vida a lo que ya no lo tenía, pero así son los artistas: pura magia.

XXVII
Paula

De todos los que la conocían, el que más lloró su muerte fue el propio cielo, que dejó de ser azul como los ojos de Manuel, ese niño del que hablaba Clara en su diario, para tronar durante días. Ese trozo de cielo bajo el que ella había estado durmiendo pensando en ese hombre que el día de su entierro cogía un vuelo rumbo a Sudamérica. Allí pasó días vaciando la bañera. Allí comprobó que verdaderamente el agua se iba por el desagüe en el mismo sentido que en su casa de Madrid.

"Gracias, Clara, por haber existido y por haber cobrado vida una noche cualquiera en plena madrugada, tal y como advertiste. Ahora ya no sólo eres una persona; ahora eres palabra y música. Ahora vivirás eternamente aunque este libro no llegue a publicarse. Gracias, Clara, por haber inspirado estas teclas rotas de un viejo piano que hoy suena para ti y para todas esas mujeres que son solo piel, esas que viven hasta las últimas consecuencias y ven la vida con su particular prisma. Esas mujeres que sufren, aman, que aceptan, que entienden y que deciden no pasar de puntillas. Sigo las huellas de tus pisadas a donde sea que quiera que lleven. Seguro será un bello lugar donde no habrá más que verdad".

Esto es lo último que escribí después de pasar noches enteras pegada a mi viejo ordenador. Noches que vinieron después de muchos días, días normales que pasaba en las oficinas de la editorial donde trabajaba como secretaria -la mejor de las opciones, siendo ese el lugar más cercano a un teclado que había encontrado en meses-. Mi vida después de Ronda se incorporó a la normalidad a una velocidad sorprendente. Así, sin más...

Todo volvió a ser como antes de marcharme, hasta que una noche su voz me despertó entre sueños. No dejaba de hablarme entre susurros de su casa de Madrid, de su niñez, del convento, de su amor pasado y futuro. Traté de ignorar esa voz convencida de que solo era cansancio, sueño y desvelo. Una madrugada la voz cobró fuerza y se mezcló con otras muchas, voces que no me dejaban dormir. Entonces recordé lo que ella misma me había dicho meses antes: "Deberás escuchar lo que te dicen y guiarlos hasta las hojas, que se irán escribiendo prácticamente solas".

Supuse entonces que Clara ese día se refería a esas voces que yo escuchaba en mis noches, voces de personas que no eran más que palabras sobre tres viejos diarios que había leído varias veces. Voces, solo voces... hasta esa noche que me sacaron de mi cama ya convertidas en bramidos, sonidos en mi cabeza que se transformaron en palabras escritas en mi ordenador, cobrando una extraña vida que por momentos se me antojaban incluso ajenas a mí misma. Tecleaba noches enteras sin descanso, movida por una especie de necesidad animal, de un instinto irrefrenable.

Me convertí en sus ojos, en la narradora de imágenes del pasado, de momentos que se habían ido, para acto seguido traer esos instantes de vuelta para que se quedaran para siempre. Veía lo que esos ojos, los suyos a través de los míos, dibujaban y lo traducía en letras. Unas detrás de otras, hasta que una noche me percaté de que en mi cabeza solo había silencio. Esa noche miré la pantalla de mi ordenador para descubrir que ya se había escrito la última frase.

Unas semanas después de que eso sucediera, tras otras tantas de noches en blanco echando de menos esas voces, apareció en mi oficina un señor moreno de pelo anillado. Ni joven, ni mayor. Un señor bien vestido y extrovertido, un hombre que llegó sin avisar tocando la puerta entornada con sus nudillos.

-¿Se puede?
-Sí, pase..., por favor -dije sorprendida por no tener visita anotada en mi agenda y buscando en mi cabeza una

rápida excusa que poner ante la orden tajante de mi jefe de no recibir a nadie que no estuviera citado de antemano-. ¿Viene a ver al señor Aranda?

-No.

-¿No? Pues usted dirá...

-Venía a verla a usted.

-Pues dígame -dije sorprendida. Lo estaba.

-Me llamo Pepe Crespo. Siento el atraco, pero es que me ha costado encontrarla y he venido expresamente para verla.

-Dígame entonces en qué puedo ayudarle.

-No. Dígame usted en que puedo ayudarla yo.

La sorpresa se convirtió en una inesperada perplejidad, mientras miraba el reloj nerviosa y esperanzada en que mi jefe no terminara su reunión antes de lo previsto. Me moría de curiosidad por aquella extraña visita.

-Clara Ceballos. ¿La conoce, verdad?

-La conozco.

-Yo trabajaba para ella. Dejó una carta escrita. Nunca me pidió nada más allá de pequeños deseos fáciles de complacer -dijo para mi monumental asombro mientras desplegaba una carta que se había sacado del bolsillo de su *blazer* azul con coderas -. "Búscame, mi querido Pepe, entre las letras escritas por alguien que merece una oportunidad. Me la diste a mí. Dásela a ella".

Esto era lo que estaba escrito en esa hoja de papel que ese señor leyó para mí.

-Debajo de esta frase venía tu nombre -siguió diciendo ahora mirándome a mí.

-¿Decía algo más? -pregunté arrepentida de inmediato por mi inapropiada indiscreción.

-Sí -contestó mientras volvía a poner sus ojos en aquella hoja-. "Te alegrarás de hacerlo y entonces podrás perdonarme que no haya querido que me vieras en este ocaso al que la vida o la muerte, quién sabe, me está sometiendo.

Estoy segura de que verás el mejor de mis retratos, porque así es como quiero que me recuerdes".

-Vaya... -solo atiné a decir.

-Es curioso eso que dice acerca de que te dé una oportunidad, porque yo se la di a ella. Eso no fue así, ¿sabes? Ella era la escritora, mientras yo no era más que su simple hombre de confianza. Generosa hasta el final... ya ves -reflexionó en voz alta.

No podía apartar los ojos de aquel papel sin poder salir de mi asombro. No dije nada, porque simplemente no sabía qué decir.

-Dicho esto, mi duda ahora es si eres escritora o tal vez pintora... -Entonces el hombre sonrió.

-Soy secretaria, en realidad... -Estaba nerviosa.

-Bien... veo que no sabes de qué estamos hablando... Tal vez no he sabido interpretar lo que quiere decir esta carta.

Yo lo miraba. No sabía qué decir o qué hacer. No lo esperaba, eso era todo. Aquella visita me había pillado de improvisto. Callé.

-Si se te ocurre algo puedes llamarme a este número de teléfono. A ver si entre los dos podemos dar luz a estas extrañas palabras -dijo levantándose y dejando una tarjeta sobre mi mesa.

-Bueno..., yo... He escrito algo. -Dudé pero lo dije. Se iba a marchar y tal vez esa era la respuesta.

-¿Has escrito algo? -preguntó sentándose de nuevo en uno de los sillones de cuero frente a mi mesa, cambiando su mirada distante, aunque cariñosa, por una de curiosidad.

-Sí, he escrito un manuscrito.

-¿Habla de ella?

-Sí.

Su suspiro de alivio llegó antes de que yo terminara de pronunciar un monosílabo que no sabía si era el más adecuado, de la misma manera que para entonces tampoco estaba segura de que manuscrito no fuera una palabra demasiado grande para el montón de folios impresos que había sobre la mesa de mi cocina, reconvertida en improvisado despacho.

-Haremos una cosa: me mandas al correo un capítulo, le echo un vistazo y vemos qué podemos hacer. ¿Te parece?

-Me parece.

-¿Será eso una oportunidad suficiente en tu opinión? ¿Crees que Clara es lo que habría querido?

-Lo será y te estaré enormemente agradecida.

-No me lo agradezcas a mí, sino a ella.

Aquel montón de folios impresos se convirtieron efectivamente en un manuscrito que se editó unos meses después, convirtiéndose a su vez en un libro cuya portada tenía una bellas letras, *Teclas rotas de marfil*, además de unas hermosas ilustraciones con terminación de acuarela en las que aparecía un viejo piano en la esquina de una habitación. Una especie de foto antigua con tintes sepias.

Yo dejé de trabajar en la editorial para pasar a escribir una columna en el semanal de un periódico de tirada nacional, durmiendo poco o nada ahora por el silencio, que se llama así porque precisamente no tiene sonido. Una ausencia de susurros que suplía abriendo el libro que yo misma había escrito en mitad de la noche para leer al azar algún fragmento, lamentando que la historia que habría de llegar a mí y que me daría la vida durante los meses que duró esa extraña locura se hubiera marchado como lo hacen tantas cosas a lo largo de una vida.

Esta marcha me dolía más que el abandono del padre de mis hijos, que tiró de la puerta una mañana de finales de diciembre, dejándome sola a cargo de los niños, con veinte euros en el monedero y una caja de detergentes para vender. Él era comercial.

Aquel día me quedé sentada delante del árbol de Navidad durante horas, viendo cómo las luces se apagaban y se encendían. La frase que más daño me hizo fue la que no se atrevió a decir, la única que no dijo y que pasaba porque yo no era suficiente para él. Unos días después de aquello, empeñé el anillo de compromiso y el de la boda, dejé a los niños con mi madre, elegí un destino al azar, puse la música en el coche a todo volumen y llegué hasta Ronda. Mis bolsillos entonces estaban llenos de batallas perdidas, de sueños que nunca llegaron a ser..., y de un recorte de revista en el que había una columna con la que me topé una de mis noches de insomnio, de un suplemento llamada "Maldita empatía" de Enma Riverola, alguien a quien no conocía pero que escribió algo que leí cientos de veces aquellos días.

"Fin...

Cierra la puerta. Gira la llave al fuego. Y que el tiempo se detenga en esa habitación. Que el polvo se acumule sobre los muebles, las arañas aniden en las molduras y tejan velos de letargo. Que toda duerma sobre su manto gris. Que el silencio ordene silencio y las manecillas del reloj se detengan sin alma. Polvo. Oscuridad. Silencio... Nada. Que la nada devore la estancia. Que se coma las risas que se tornaron huecas. Que sorba los besos que se cubrieron de escarcha. Que beba todas las palabras que nacieron en un salón de baile y murieron en el campo de batalla. Una inmensa lluvia de nada que cale cada recodo, que impregne el aire hasta robarle el oxígeno que empape el pavimento de la memoria y desdibuje sus senderos.

Cierra la puerta. Dale la vuelta. Mia al frente. Y aléjate sin volver la vista atrás. No te detengas al oír los cantos de sirena de la madera al envejecer. Ni atiendas los lloriqueos de las telas al ajarse o los suspiros de la pintura al descoharse. Que las hormigas se paseen por los tarros dulces de los recuerdos, las cucarachas aniden entre las migajas de promesas y el óxido cubra la barandilla donde se posaban los pájaros que te hacían soñar. Que se queden ahí también los sueños viejos, prendados para siempre en las pinzas de tender la ropa. Destiñéndose al sol. Deshilachándose por el viento. Durmiendo para siempre perdidos en la oscuridad de la noche. Sin piedad para los oráculos fallidos de las estrellas. Sin concesiones a las trampas de los anhelos.... Sin futuro para el pasado".

Y haciendo caso a esa mujer de pelo rubio, cuya foto aparecía en la parte superior de mi recorte, dejé de darle concesiones a las trampas de los anhelos. Entonces fue cuando me encontré con Clara. La terminación del libro me causaba más dolor que el abandono de aquel comercial de detergentes, porque simplemente me había hecho más feliz. Había curado esas heridas que había causado aquel portazo y me había traído de vuelta de esa vida de vaqueros gastados y jerséis viejos frente a una vieja película. Me había puesto de nuevo dentro de un mundo pintado de colores donde los sueños siguen teniendo cabida. Dejé de aparentar ser feliz para realmente serlo. Dejé de sobrevivir para simplemente vivir, que no es poco.

Un día -uno cualquiera de ese nuevo mundo que se había dibujado para mí- mientras comía con Pepe en un céntrico restaurante de Madrid para hablar de cómo iba el libro, un hombre muy alto y de pelo claro se acercó hasta nosotros. Parece que la sorpresa se había instalado en mi vida sin pedir permiso. Alargó su mano para saludar a Pepe, sin que yo pudiera dilucidar en ese momento si se había tratado de un saludo entre dos personas que se conocían o de un mero gesto de cortesía por parte de quien se atrevía a interrumpir a dos desconocidos mientras comen en un sitio público.

-Perdone que la aborde. Sé que esto debe ser muy desagradable, pero quería que me firmara si es posible un ejemplar de su libro... La he reconocido...

Yo no salía de mi asombro. ¿Firmar? ¿Quién? ¿Yo? Era la primera vez que me sucedía. Miraba el libro, miraba a

Pepe; se reía. ¿De qué? Miraba al resto de comensales con la esperanza de que no se estuvieran percatando de aquella escena. Me moría de la vergüenza. Entonces dije algo que ya había dicho alguien antes que yo.

-No se preocupe. En absoluto..., estoy encantada -dije mirando la página en la que estaba impresa mi dedicatoria y mientras notaba que Pepe me alargaba una estilográfica-. ¿Cómo se llama?

-Me llamo Chema.

-Vaya..., como el protagonista... -contesté mientras levantaba la mirada para ver lo que con los nervios solo había intuido como un tipo alto de pelo rubio.

Al fijarme bien, vi a otro hombre. El de ahora no era solo un tipo, era un señor elegante, alto, delgado, impolutamente vestido. Lo imaginé de perfil mientras dormía. Imaginé la descripción que había leído en el diario de Clara acerca de sus muñecas y de los puños de sus camisas. Le miré a los ojos, los mismos en los que ella se perdía y en los que quiso perderse eternamente. Vi su tristeza. Oí sus palabras de amor; las de desamor, también. Vi todo eso en un sólo instante, el que tardé en levantar la mirada para bajarla de nuevo, coger la pluma y escribir: "Para Chema, la luz de su cielo".

Chema cogió su libro, leyó mi dedicatoria, me dedicó una amable sonrisa, asintió con la cabeza a modo de saludo cuando miró a Pepe, y se marchó tal y como había venido. Pepe me dio una palmadita en la mano y me sonrió.

Nunca he vuelto a ver a Pablo, del que me despedí una tarde de finales de enero. El señor de los detergentes nunca volvió. Tampoco lo he deseado. No he conocido a Lourdes o a María, salvo a través de esos cuadernos. Nunca estuve allí, en esa casa o en el convento.

Me llamo Paula y soy escritora.

Printed in Great Britain
by Amazon

41272324R00166